고미카와 준페이 대하소설

인간의 조건

NINGEN NO JOKEN
by Junpei Gomikawa
© 1956-1958, 1995, 2005 by Ikuko Kurita
Originally published in Japanese by San-ichi Shobo, 1956-1958
Iwanami Shoten, Publishers' edition in 2005.
This Korean language edition published in 2013
by itBook Publishing Co., Paju
by arrangement with the Proprietor c/o Iwanami Shoten, Publishers, Tokyo
through BC Agency, Seoul.

이 책의 한국어판 저작권은 BC 에이전시를 통한 저작권자와의 독점 계약으로 도서출판 잇북에 있습니다.
신 저작권법에 의해 한국 내에서 보호를 받는 저작물이므로 무단전재와 복제를 금합니다.

이 도서의 국립중앙도서관 출판시도서목록(CIP)은 서지정보유통지원시스템 홈페이지(http://seoji.nl.go.kr)와 국가자료공동목록시스템(http://www.nl.go.kr/kolisnet)에서 이용하실 수 있습니다.
(CIP제어번호: CIP2013019762)

인간의 조건

고미카와 준페이 대하소설
김대환 옮김

6
집으로 가는 길

6부

집으로 가는 길

1

"용건은?"

단정한 용모의 소련군 대위가 동양인으로 보이는 통역병의 입을 빌려 말했다. 허름한 사무용 책상 너머에서 부리부리한 눈을 부릅뜬 일본인이 담뱃진으로 더러워진 이를 드러내며 말했다.

"시간이 좀 걸리는 얘기인데 괜찮겠습니까?"

"되도록 간단하게 해주세요."

"간단하게라……."

일본인은 또 더러운 이를 드러내 보였다.

"어딜 가나 간단하게 말하라는군. 문제는 간단하지가 않은데……"

일본인은 한때 가지의 동료였던 오키시마다. 2년 전, 특수 광부의 참

수 사건 후 라오후링老虎嶺에서 벽촌의 작은 광산으로 좌천된 그는 전쟁이 끝나자마자 토착민이 일본인에게 보복적인 폭동을 일으킬 조짐을 보이자 일본인 종업원 전부를 한데 모아 본사가 있는 이 거리로 피신했다.

지금은 소련군 탱크 부대의 사령부가 된 전 일본인 초등학교의 살풍경한 한 교실에서 이 부대의 정치장교라는 젊은 대위와 마주 앉아 있다. 오키시마는 라오후링 때보다 조금은 야윈 모습이다. 그 때문인지 눈은 한층 더 부리부리하다.

"당신은 당신네 군인들이 길거리에서 무슨 짓을 하고 다니는지 아십니까?"

"치안 유지를 하고 있습니다."

장교는 시원한 얼굴로 대답했다.

"우리가 신속하게 진주한 덕에 일본인의 생명과 재산이 보호받고 있는 겁니다."

"그렇습니다. 공무적인 면에서는 훌륭합니다. 감사하고 있습니다. 하지만 난 일본인의 대표라는 자격으로 온 것이 아니기 때문에 붉은 군대에 대해 새삼스럽게 감사의 인사는 하지 않겠습니다. 난 진정하러 온 것입니다. 아니, 탄원이라고 해도 좋겠죠."

장교는 희고 긴 손가락으로 딱딱 소리를 냈다. 표정은 전혀 움직이지 않았다.

"당신네 부대 병사들이 공무 외의 이유로 일본인 주택을 방문하거나 길거리에서 일본인 통행자에게 금품을 갈취하고, 일본인 부녀자를 쫓아다니는 행위 등을 엄금해주시기 바랍니다."

"엄금하고 있습니다."

장교는 지극히 사무적으로 말했다.

"따라서 그런 사실은 없다고 생각합니다. 그런 일이 있었다는 말은 들은 적이 없습니다."

"정말로 당신이 사실 일체를 파악하고 있다고 생각합니까?"

오키시마의 눈에 야성의 빛이 나타나기 시작했다.

"당신이 없다고 생각하거나 들은 적이 없다고 해도 거리에서는 그런 일들이 일어나고 있습니다. 당신들이 진주한 이후 일본인 남자가 거리를 걷다가 붉은 군대의 병사에게 손목시계나 만년필, 또는 돈 같은 물품을 빼앗기지 않았다면 그는 정말 운이 좋은 사람입니다."

오키시마도 이 거리로 피신해오자마자 회사의 잔무정리기관으로 이주 가족 문제에 대해 상담하러 가다가 어깨에 자동소총을 거꾸로 멘 두 명의 소련군 병사에게 불려가 몸수색을 당했다. 몸수색을 마친 그들 중 하나가 "다와이, 다와이(빨리, 빨리)."라며 오키시마에게 손목시계와 만년필을 내놓으라고 했다. 당연한 전리품인 양 그는 오키시마의 가슴에서 만년필을 뽑고, 손목에서 손목시계를 벗기려고 했다. 오키시마는 손을 뿌리쳤다. 그러자 다른 한 명이 자동소총을 고쳐 쥐고 오키시마에게 들이대면서 푸른 눈으로 히쭉 웃는 것이었다. 둘 다 아직 스무 살 안팎의 몸집이 작은 병사로 난폭한 느낌은 전혀 없었다. 오키시마에게 뭐라고 빠른 말투로 지껄이는 것이 꼭 이렇게 말하는 것 같았다.

"너희들은 또 살 수 있잖아? 우리나라에선 이런 걸 구하기가 쉽지 않아서 말이야. 내가 가져간다. 만주에 온 기념이 될 테니까."

그 정도로 가벼운 기분이었는지도 모른다. 빌어먹을 놈! 오키시마는 화가 나는 한편으로 어처구니가 없었다. 붉은 군대의 생태를 추상화해 버리고, 그저 관념적으로 인민을 위한 해방 군대라고 결론지었던 어리석음을 비로소 깨달은 듯한 기분이었다. 그의 아내와 이웃사람들은 이 거리로 오는 도중에도 붉은 군대를 무턱대고 무서워했다. 그럴 때마다 이것은 일본의 교육 선전 조직이 지금까지 온갖 방법을 동원하여 주입한 편견이 틀림없다고 생각한 오키시마는 웃으면서 말했다.

"군인이니까 물건을 탐내는 놈도, 여자에 걸신들린 놈도 있을 거야. 그래도 중국에 파견된 일본군 같은 짓은 하지 않겠지. 어쨌든 혁명의 시련을 겪고 있는 자들이니 인민과 등지게 되면 어떻게 되는지 정도는 알고 있을 테니까."

그런 그가 곧바로 '물건을 탐내는 놈'과 조우한 것이다. 뿐만 아니라 '여자에 걸신들린 놈'의 이야기도 여기에 와서 수없이 들었다. 그래도 아직은 '어쩔 수 없지'라는 될 대로 되라는 식의 그다운 태도로 방관하고 있었지만, 라오후링을 떠나 여사원 기숙사에서 야스코와 같이 살고 있는 미치코를 오랜만에 만나서 그 이야기를 들은 뒤로는 생각이 바뀌었다. 더러운 자식들! 만약 스탈린이 모든 일본인을 하나같이 벌레처럼 생각하고 군대를 지도했다면 벌레한테도 기개가 있다는 걸 보여줄 필요가 있다.

오키시마는 정치장교와 통역을 번갈아 보며 말했다.

"전쟁에 패한 일본인이 여기에 와서 말이죠, 붉은 군대를 비난하듯 말한다면 반동이라는 낙인이 찍힐지도 모릅니다. 어쩔 수 없죠. 어차피 난 별로 착하게 살아온 놈은 아니니까요. 중국인 노동자를 착취하기 위한 도구였습니다, 난."

오키시마는 장교의 단정한 얼굴을 뚫어져라 쳐다보았지만 그 표정에선 아직 아무런 변화도 나타나지 않았다.

"당신이 고향으로 돌아가서 장차 지도 간부가 되려면 이런 민족 문제도 다소나마 도움이 될 테니 들어주십시오."

오키시마가 말을 이었다.

"일본인은 말이죠, 대위님. 전쟁에 진 날부터 중국인의 보복을, 그러니까 폭동이나 약탈을 두려워해야만 했습니다. 물론 당연한 일입니다. 과거의 민족적인 범죄가 있으니까요. 다들 문과 창을 보강하고 단단하게 걸어 잠근 뒤 집에 틀어박혔습니다. 그래도 여기저기서 작은 폭동이나 약탈은 있었습니다. 우린 집 안에 틀어박혀서 함성과 기물이 파괴되는 소리를 들었습니다."

"이 사람한테 말해주게."

장교가 통역에게 말했다.

"빨리 요점부터 말하라고. 난 일본인의 푸념을 들어줄 만큼 한가하지가 않아."

오키시마는 그 말을 전해 듣고 오히려 더 침착해졌다.

"요점은 이미 말했습니다. 사회적인 혼란을 처리한다는 중요한 일에 대해서 말이죠. 폭동이나 약탈이 크게 확대되지 않은 것은 중국인이 대국인으로서의 도량을 갖추고 있기 때문이기도 하지만, 붉은 군대의 진주가 예상보다 빨랐기 때문이라는 것은 당신이 말한 대로입니다. 당신네들이 기존의 치안세력을, 그러니까 일본 군대의 일부와 경찰력을 일시적으로 교묘하게 이용한 덕에 우린 살 수 있었습니다. 그런데 이번엔 당신네 군인들을 우리가 두려워하게 되었습니다. 당신네 군인들이 마구 드러내 보이는 욕망 때문에……."

장교가 손가락으로 딱 소리를 내고 기지개를 폈다. 의자 등받이가 보이지 않을 만큼 넓은 어깨다. 잿빛 눈이 유리알처럼 차갑게 빛나고 있었다.

이러다 두들겨 맞는 거 아냐? 아니면 감옥에 처넣을지도 몰라. 오키시마는 그 순간 아내의 얼굴을 머릿속에서 그려보았다.

"전쟁이 인간의 욕망을 극도로 억압한다는 것은 알고 있습니다. 또 반대로 전쟁이 욕망을 폭발적으로 발산시키는 기회를 준다는 것도 경험상 알고 있습니다. 당신네 군인들은 필시 사상 유례가 없는 독소전쟁을 치른 사람들이니 그런 의미에서는 인간의 욕망을 가장 심하게 억압받은 사람들이라는 것은 충분히 이해가 됩니다."

"조국 방위 전쟁을 우린 절대로 욕망의 관점에서 보지 않소."

장교가 조용하지만 단호하게 말했다.

"그건 잘못 본 거요."

"잘못 봤다 해도 욕망은 분명히 억압받았습니다."

오키시마도 강한 어조로 바꾸었다.

"난 이렇게 이해하고 있습니다, 대위님. 당신네 군인들은 방위 전쟁 이전에는 사회주의 건설이라는 지상 명령에 의해 철저하게 절약적인 소비 생활을 강요받았고……"

"난 국경을 넘어온 관동군 병사에게서 들은 게 있소."

장교가 오키시마의 말을 막으며 말했다.

"그의 말에 따르면 일본인의 식량사정보다 우리가 훨씬 넉넉했소."

"좋습니다."

오키시마는 쓴웃음을 지었다. 이 자식, 꽤나 고집불통이군.

"난 당신네 나라가 가난하다고 말하고 있는 게 아닙니다. 오히려 그렇게 소비재 사용을 억제했기 때문에 사회주의를 건설할 수 있었고, 큰 전쟁을 수행할 수 있었다고 탄복하고 있는 것입니다. 하지만 대위님, 당신은 그와 같은 과거의 사생활의 희생이 여기에 와서 '다와이'를 낳고, 외국 여자를 쫓아다닌다는 현상을 낳고 있다는 사실은 인정해야만 합니다."

대위는 일어서서 창가로 갔다. 6척은 넘어 보이는 높다란 곳에서 연한 황갈색 머리카락이 햇빛을 받아 아름답게 빛났다. 그는 긴 필터가 붙은 담배에 불을 붙이고 연보랏빛 연기를 한 모금 뿜어내고 나서 돌아섰다.

"당신의 전 직업은?"

"노무관리자입니다."

"직위는?"

"고참 직원, 주임입니다."

"역사 강의를 하는 직업은 아니었군."

장교가 살짝 미소를 지었다. 잿빛 눈은 정밀 광학기구의 렌즈처럼 차가웠다.

"이만 돌아가시지요. 난 바쁩니다. 구체성이 결여된 이야기는 아무리 떠들어도 어떠한 발전도 기대할 수 없습니다. 당신은 요컨대 패전이라는 사실을 무시하고 일본인이 침략 전쟁을 수행하고 있을 때와 같은 생활 상태를 현 상황에서 요구하고 있는 것이오. 난 인내의 한계에 도달했습니다."

장교는 여전히 냉정하게 말했지만 인내의 한계를 뛰어넘은 것은 오키시마 쪽이었다.

"좋소. 그렇다면 구체적인 사실을 제공하고, 그 설명을 듣겠소이다!"

오키시마는 자리에서 일어나려다가 다시 앉았다.

2

"난 내 신변에 일어났던, 그것도 극히 짧은 기간에 일어났던 세 가지 사실을 당신의 판단 앞에 내놓겠습니다."

오키시마는 평소의 그라면 '골치 아픈 얘기로군.' 하고 말했을 법한 표현법을 썼다. 그 때문인지 그의 이마에는 굵은 힘줄이 솟아나 있었다.

"그것을 어떻게 해석하면 되는지 가르쳐주십시오."

정치장교는 창가에서 오키시마를 가만히 지켜보고 있었다. 통역병은 책상 옆에 나무 인형처럼 서 있다.

"2주일 전에 내가 머물고 있는 집 근처에 붉은 군대의 제복을 입은 군인들 셋이 침입했습니다. 한밤중에 말입니다. 현관문을 부수고 들어와서 그 집의 주인이 나가 보니 손짓발짓 하는 것이 숨겨둔 무기를 수색하러 온 것 같다는 것이었습니다. 하지만 집 안으로 들어온 그들은 집 안의 전등을 모두 켜는 순간, 심야의 공무집행자, 뭐 대충 그렇게 부릅시다. 어쨌든 그들이 강도와 치한으로 돌변했다면 어떻게 하시겠습니까? 여기 도난 목록이 있습니다. 손목시계 하나, 알람시계 하나. 반지 세 개, 양복 두 벌, 여성용 일본 옷 일곱 벌…… 이런 것들이야 뭐 버린 셈 칠 수도 있고, 나중에 반드시 불행의 원인이 되는 것도 아니니까 아무래도 좋다고 해두죠."

오키시마는 책상 위에 펼쳐놓은 종잇조각을 손바닥으로 탁 때렸다.

"당신네 군인들은 그러고 나서 마담, 마담 하고 부르기 시작했습니다. 여자를 내놓으라는 말입니다. 마담이라고 하면 일본인도 알아들을 거라고 누군가한테 들었겠죠. 물론 집주인은 아내를 내놓지 않았습니다. 내놓을 필요가 없었던 겁니다. 군인들이 먼저 30초도 안 되는 사이에 마담을 헛간에서 끌어냈으니까요."

오키시마는 퍼렇게 노기를 띤 얼굴로 쓴웃음을 지었다.

"그 뒤 무슨 일이 일어났는지 구체적으로 말할 필요가 있을까요? 이웃에 있는 우리는 고함 소리를 듣고 달려갔지만 총부리에 맥없이 쫓겨 왔습니다. 세 병사가 돌아간 뒤 그 부부는 각자 다른 방에서 울고 있었습니다. 그날 밤 이후 부부는 서로 거의 말을 하지 않고 지냅니다. 아마도 평생 그러고 살겠죠. 우연히 덮친 재난을 결정적인 불행이라고 생각하는 것은 그 부부가, 특히 그 남편이 아내를 자신의 소유물로 생각하는 나쁜 습성에서 벗어나지 못하기 때문이라고 해둡시다. 하지만 대위님, 내가 여쭙고 싶은 것은 그 세 병사가 당신네 나라에서도 그런 짓을 태평하게 저지르는 사람들인가요? 만약 그렇다면 좋습니다. 강도나 치한을 원정군에 편입시키기를 주저하지 않았다는 점에서는 당신네가 경멸하고 증오하던 일본군과 마찬가지였다는 게 되니까요. 만약 그런 사람들이 아니라면 문제는 또 다른 의미에서 심각해집니다. 만약 야폰스키(일본인) 따위는 아무래도 상관없다고 생각하는 풍조가 있다면 말이죠……."

장교는 담배꽁초를 내던졌다.

"조사하겠소이다. 만약 사실무근이면……."

잿빛 눈동자가 이번엔 칼날처럼 날카로워졌다.

"우리 부대를 고의로 모욕한 죄로 당신을 체포하겠소."

"사실무근이라는 것은 사실을 증명하는 것이 당신네 병사들에게서는 불가능하다는 것을 말합니까? 그렇다면 사실무근이 아니라는 증명은 어떻게 하겠습니까?"

오키시마의 얼굴은 창백하다 못해 흙빛이 되어 있었다.

"뭐 상관없습니다. 난 이대로 체포될지도 모른다는 각오는 하고 온 것이니까요. 일본인 유력자라던 자들은 뒤에서는 당신네들의 험담만 하면서도 얼굴을 마주 보고는 아첨밖에 할 줄 모르죠. 내가 왔다는 데는 그만한 의미는 있는 셈이지요."

장교는 긴 다리로 실내를 왔다 갔다 하기 시작했다. 표정에는 나타나지 않았지만 신경이 날카로워져 있는 것만은 틀림없었다. 그러나 그의 신경이 왜 날카로워졌는지는 오키시마도 몰랐다. 어쩌면 이런 것인지도 모른다. 이 일본인을 쫓아내는 것은 간단하지만 만약 상급 기관에서 범죄 사실을 지적받으면 이 대위의 입장이 난처해진다. 아니면 단순히 이런 것인지도 모른다. 어떻게 하면 구린내 나는 것에 뚜껑을 덮어서 감춰버릴 수 있을까?

오키시마는 생각했다. 만약 이 대위가 소련군 병사의 난폭한 행동에 대해 고민하고 있고, 그것을 지적한 일본인의 감정을 풀어주기 위해 애쓰고 있다면 나는 나 스스로 이런 일은 전쟁의 치부에 지나지 않는다고 생각하는 것으로 양보해도 된다고.

오키시마는 끝내 상대의 표정을 읽지 못한 채 말을 이었다.

"이번엔 3주일쯤 전에 있었던 일입니다. 이건 거리 한복판에서 벌어진 일이라 어쩌면 다른 부대와 관련된 일일 수도 있습니다만, 서로 공통된 것이 있더군요."

"확인된 사실만 말하시오."

통역이 말했다.

"우리들한테는 여기서 일어난 일이나 1,000킬로미터 밖에서 일어난 일이나 매한가지요!"

오키시마는 다소 거친 목소리로 말했다.

오키시마가 말하는 두 번째 사실은 생각하기에 따라서는 약간 우스꽝스러운 일에서 비롯되었다.

진주한 소련군 병사들의 '다와이'와 '마담'에 대한 공포가 일본인 사이에서 급속도로 퍼지게 되자 거리의 중심부, 즉 상점가의 유력자 중 한 명이 진주 부대를 환영하는 파티를 열자고 제안했다. 붉은 군대에 순종의 뜻을 나타내고 협력할 의사가 있다는 것을 보여주는 것과 동시에 살벌해져 있는 병사들의 감정을 달래주어서 일본인이 입을 피해를 줄여보자는 것이었다. 그뿐이라면 패전국 국민의 연약외교(독자적인 주장이나 방침이 없이 외국의 눈치를 보아가며 벌이는 외교-옮긴이)로서 수긍이 가지 않는 것도 아니다.

그러나 이 제안에 찬성한 '유력자'들은 환영 파티를 붉은 군대의 환심을 사는 계기로 만들려는 의도를 갖고 있었던 모양이다. '유력자'들은 마을에서 몇 명의 아리따운 아가씨들을 골라 몸치장을 해서 접대역으로 내보내기로 했다. 아가씨들의 부모는 걱정스러웠지만 '유력자'가 자기도 동석해서 책임지겠다고 하자 마지못해하며 딸들을 내주었다.

파티장은 거리 한복판에 있는 초등학교의 교정이었다. 환영 파티는 흥겨운 담소를 나누며 화기애애하게 진행되어서 소기의 목적은 거의 달성된 듯 보였다. 고위급 장교는 주민 대표에게 승자의 위엄을 지키는 한도에서 환영 파티에 대한 사의를 표하며 "모처럼 마련해주신 음식들이 아직 많이 남아 있는 듯하니 병사들과 함께 마음껏 즐기길 바랍니다."라는 말을 남기고 돌아갔다. 환영 파티의 성공에 흐뭇해진 유력자들은 환영 파티를 '끝낼' 시기를 놓치고 말았던 것이다.

그런데 식탁 위에 놓인 술병이 거의 비어갈 무렵 사태가 급변했다. 그 자리에 남아 있던 하급 장교 앞에서 병사들이 주민 대표자들에게 환영 파티를 열어준 호의는 이제 충분히 알았으니 돌아가라고 말했다. 그 말에 분위기는 갑자기 싸늘해졌고, 유력자들은 아가씨들을 데리고 돌아가려고 했다. 그러나 아가씨들을 한 명씩 에워싸고 신이 나서 떠들던 병사들은 아가씨들을 쉽게 보내주지 않았다. 환영 파티는 아직 끝나지 않았다, 우린 이 '키레이(예쁜)' '무스메(아가씨)'랑 실컷 놀다가 보내줄 테니까 걱정하지 말라는 것이었다. 언제 협박으로 돌변할지 모르는 기세였다.

그래도 아가씨들 몇 명은 어수선한 틈을 타서 빠져나오는 데 성공했다. 운이 나빴던 것은 그중에서도 가장 인기가 좋아서 병사들과 신나게 까불며 놀던 두 자매다. 그녀들은 일본인 남자들이 내쫓기듯 나가는 것을 봤을 때 사태가 심상치 않은 것을 깨달았지만 점점 두터워지는 병사들의 포위에 갇혀 꼼짝도 할 수 없었다.

자매의 아버지는 일본도를 뽑아들고 환영회 제안자에게 따지고 들었다. 제안자는 잠깐만 기다려보라고 코가 땅에 닿도록 빌 수밖에는 다른 도리가 없었다. 이 자매의 아버지는 하도급업자로 오키시마와는 사업상 알고 지내는 사이였다.

"애들이 몹시 흥분해서는 한밤중에야 돌아왔어요."

그가 오키시마에게 말했다.

"몸을 더럽힐 만한 일은 당하지 않았다고 하더군요. 모처럼 입은 새 옷이 갈기갈기 찢어져 있는데, 그렇게 말하는 것이었습니다. 두 애가 다요. 언니 쪽이 소릴 지르면서 저항한 것 같아요. 건드릴 테면 건드려 봐라. 혀를 깨물고 죽어버릴 테다. 일본 여자가 네놈들한테 당할 것 같으냐고요."

그는 자랑스러운 듯, 그러면서 한편으로는 서글픈 듯 웃었다.

"그런데 말이죠, 오키시마 씨. 두 시간 이상이나 지났는데 뭘 하고 있었을까요? 어떻게 생각하십니까? 제 딸아이들한테는 정말로 아무 일도 없었을까요?"

아무 일도 없었는지 어떤지는 그녀들만이 알 것이다.

"⋯⋯윤간을 당했는지 어땠는지는 따지지 말기로 하죠."

오키시마는 창을 등지고 서 있는 정치장교에게 말했다.

"그녀들은 둘 다 일주일쯤 후부터 소련군 병사들과 놀러 다니게 되었으니까요. 하지만 확실히 해두기 위해 말씀드리면 그것이 일소 우호 감정의 표시라고는 속단하지 말라는 것입니다. 문제는 말이죠, 대위님.

우리들에게 그런 불안과 걱정을 불러일으키고 있다는 사실을 당신들이 어떻게 해석하고 있느냐는 겁니다. ……전후의 일시적인 혼란은 문제 삼을 게 못 됩니까?"

"아까도 말했습니다."

장교가 대답했다.

"조사해보고 사실로 드러나면 처벌하겠소. 인민의 군대는 군기를 엄정하게 지켜야 합니다. 그러나……"

책상으로 돌아온 장교는 장신의 상체로 오키시마를 위에서 내리누르듯이 하며 섰다.

"일본의 일반인들은 우리 소련군을 악의로 해석하는 교육밖에는 받지 못한 모양입니다. 그렇기 때문에 현실에서의 평가가 완전히 어긋난 거죠. 당신들은 우리가 이 지역의 중국인이나 조선인을 일본의 압제로부터 해방시킨 것이나 당신네 일본인을 침략 전쟁에서 해방시킨 것은 무시하고 사소한 문제만을 침소봉대하고 있소. 우리는 그런 경향에 대해 동조할 수가 없습니다."

오키시마는 통역이 장교의 말을 떠듬떠듬 옮기고 있는 동안 생각이 바뀌었다. 세 번째 사실은 이제 말하고 싶지가 않았다. 말해봐야 소용없을 것 같았다.

"……그렇게 말씀하실 줄 알았습니다."

오키시마는 대담하게 웃었다.

"당신들이 역사적으로 큰 공을 세운 것은 확실합니다. 그 공을 내세

위서 논의의 장을 완전히 없애버린다면 물론 할 말은 아무것도 남지 않습니다. 그러나 뭔가 남는 게 있습니다. 예를 들면 내가 석연찮은 기분으로……."

"석연찮다니? 뭐가?"

통역이 끼어들었다.

"가슴속에 뭔가 걸려 있는 것 같다는 말입니다. 그런 기분으로 이 방을 나가면 필시 두 번 다시는 당신들과 상의하려는 마음이 생기지 않을 테니까요."

인정하면 된다, 인정하면. 왜 나쁜 병사가 있다는 걸 솔직하게 인정하지 못하는 거냐? 그 조치에 골치를 썩고 있다고 왜 말하지 못하는 것이냐? 일본인의 전쟁범죄와 이것은 별개의 문제다!

"실례했습니다."

오키시마는 일어섰다.

"이대로 돌아가게 해주시겠습니까?"

"돌아가십시오."

장교는 이미 아무 일도 없었다는 듯한 표정으로 서류철을 한 권 들고 있었다.

"어쨌든 하고 싶은 말은 다 하게 해주셔서 감사합니다."

오키시마는 문 쪽으로 가다가 뒤를 돌아보았다.

"당신이 일본군이었다면 난 문 밖으로 나가지 못했을 겁니다. 아마 미군도 그렇겠죠."

3

　오키시마는 그길로 미치코가 있는 백란장으로 갔다. 미치코가 "어떻게 됐어요?"라고 다짜고짜 물을 것 같은 기분이 들어서 자기는 과연 뭐라고 대답할 수 있을지 새삼스럽게 생각해보았다.

　"틀렸어요. 아무것도 분명한 게 없습니다. 분명한 거라곤 승자와 패자의 관계뿐이죠."

　오키시마는 쓴웃음을 지었다. 더 이상은 진척될 것 같지가 않네요, 아주머니. 상대는 기계 같은 자였으니까요. 설계자가 새겨 넣은 눈금대로만 움직이고, 말도 없더군요. 그래도 가지라면 끈질기게 물고 늘어졌겠죠.

　그러나 미치코는 오키시마가 예상한 것과는 다르게 말했다.

　"무사해서 다행이에요."

　미치코는 그렇게 말하며 야스코와 둘이 있는 방으로 오키시마를 맞아들였다.

　"오키시마 씨니가 틀림없이 생각하는 바를 솔직하게 나 말씀하실 거라 생각했어요."

　"나름 지껄이긴 했는데, 아무 말도 하지 않은 것과 같을지도 모르겠습니다."

　오키시마는 장신의 그 정치장교가 마치 거기에 있기라도 한 듯 미치코의 어깨 너머를 바라보았다.

"아주머니에 대한 이야기도 할까 하다가 그만뒀습니다. 전 인간의 생활에 관한 이야기를 하려고 하는데, 저쪽에선 1945년이라는 역사의 일부만이 생활하고 있고 인간은 그 도구에 불과한 것 같더군요."

"……그런 말을 하던가요?"

"아니요, 그런 말은 입 밖에도 내지 않았어요. 그들은 결정적인 패를 쥐고 있으니까요. 붉은 군대는 인류 전체에 대해 위대한 공헌을 했어요. 그건 확실하죠. 그래서 그 덕에 예를 들어 아주머니가 백주에 길거리에서 코쟁이 치한에게 희롱을 당한다고 해도 그런 걸 운운하는 것은 현실을 잘못 판단하고 있는 것이라고 하더군요. 이게 또 일단은 논리적이기도 합니다."

미치코와 야스코는 오키시마의 말을 눈으로 듣고 있었다.

오키시마가 말하지 못한 미치코에 대한 이야기라는 것은 불과 며칠 전에 마을에서 그녀가 직접 겪은 일이다.

미치코는 그날 군대에서 독신 사원 기숙사로 돌아온 청년이 있다는 말을 듣고 가지의 부대 소식을 물어보려고 갔다. 같은 방의 야스코는 여자 혼자 가는 것이 불안하다며 말렸지만 미치코는 가지에 대한 소식을 알고 싶은 마음뿐이었다.

가지가 진지 작업을 하기 위해 국경에서 후퇴할 무렵에 미치코가 라오후링의 사택을 비워주고 본사에서 일할 결심을 했다는 것을 알린 편지는 술 취한 하사관들의 장난으로 가지의 손에 전달되지 않았고, 그 후 가지에게서도 연락이 오지 않았다. 그리고 얼마 지나지 않아 붉은 군대의 노도와 같은 진격이 시작되었고, '중대 발표'에 의한 일본의 항복, 다시 말하면 일본인의 전쟁으로부터의 해방이 처음엔 허탈함과 영락이라는 형태로 길을 열었지만, 미치코를 허탈 상태에 빠뜨린 것은 역사상의 대변화가 아니라 동부 국경의 수비대가 교전하다 전멸했다는 소문이었다. '마지막 한 명까지' 싸우다 옥쇄했다는 것이다. 조금이라도 희망을 가질 수 있는 소문은 하나도 듣지 못했다.

미치코는 가지의 강인한 육체와 의지에 대한 기억을 아주 사소한 부분까지도 불러내어 가지의 기적적인 생존을 믿고 싶었다. 아니, 광신적으로 믿으려고 했다. 그런데 각지에서 부대가 해산되어 운 좋게 도망쳐 온 사람들에 대한 소문은 이따금 들렸지만, 가지가 있던 방면에서 돌아온 사람의 소문은 끝내 듣지 못하자 그 마음은 산산이 부서지고 말았다.

그날 미치코가 위험을 무릅쓰고 나간 것도 찾아가는 사람이 무단장牡丹江 부대에서 돌아온 사람이라는 소문을 들었기 때문이었다.

미치코는 가는 도중에 반대쪽 노상에 서서 이야기하고 있는 네댓 명의 소련군 병사들을 보았다. 말하는 폼이 근방의 일본인 주택을 물색하고 있는 것 같았다. 오가는 사람이 거의 없는 큰길이다. 군인들은 미치코를 금방 발견하고 도로 건너편에서 손을 흔들고 휘파람을 불었다. 오라고 손짓하는 자도 있었다. 오지 않으면 가겠다고 차도에 한 발을 내디딘 자도 있었다.

미치코는 이미 수십 번이나 들은 여자들의 피해가 당장이라도 자신에게 닥칠 것 같은 불안에 휩싸여서 숨이 막힐 정도로 가슴이 뛰기 시작했다. 도망치면 오히려 재미있어 하면서 쫓아올 것이 뻔하다. 붙잡혀서 도움을 청해도 집 안에 있는 일본인들은 괜히 엮이는 것이 두려워서 잠자코 있을 것이다. 그렇다면 이제 두렵지 않은 척하며 태연하게 걸어가는 수밖에 없다.

미치코는 마음속에 있는 가지에게 지켜달라고 말했다. 그런 다음 군인들에게 할 말을 정리했다. 차라리 운명에 호소하는 것이다. 당신은 정의의 군인이시죠? 파시즘을 신봉하는 군인과는 다르겠죠? 제 남편은 당신들과 싸워야 하는 운명 때문에 괴로워했습니다. 당신들의 승리만이 정당한 것이라고 생각했습니다. 저는 그런 남편의 안부를 확인하러 가는 길입니다. 당신들은 그 왕 씨가 쓴 것처럼 일본군이 저지른 짓과 같은 악행을 저지르지는 말아주세요. 당신들은 인민의 군대라고 하셨잖아요.

발소리는 쫓아오지 않았다. 미치코는 꼭 가지가 지켜준 것 같은 기분이 들었다. 가지는 반드시 살아 있을 거라고 생각했다. 오늘은 좋은 소식을 들을 것만 같았다.

찾아간 사람은 아직 젊을 텐데 몸이 좋지 않은지 안색이 몹시 음침해서 미치코와 헤어졌을 때의 가지보다 훨씬 나이가 들어 보였다.

"……내가 무단장 부대에 있었다고 누가 그러던가요?"

그가 비웃듯이 입술을 일그러뜨리며 말했다.

"거기 있었다면 지금 이렇게 돌아올 수 있었겠습니까?"

"그럼, 국경에 좀 더 가까운 부대는 다 전멸했다는 말인가요?"

"아마도 전멸했거나 죄다 포로가 되었을 겁니다."

포로라는 말을 듣고 미치코는 지금까지 그 생각은 전혀 하지 못했다는 것을 깨달았다. 뭣 때문인지 포로가 되어 있는 가지의 모습만은 상상이 가지 않았다. 죽었거나 살아서 떠돌고 있다고만 생각했다.

그래, 포로라는 것이 있었어. 그이는 포로가 되어 살아 있을지도 몰라.

"포로가 되었다면 일반 병사는 바로 석방되는 게 아니었나요? 전쟁은 이미 끝났으니까요."

"끝났을까요?"

그는 험악한 눈초리로 차갑게 웃었다.

"전쟁에 끌려간 우리들의 사후 대책은 아무도 세워주지 않았습니다. 사령부 놈들은 지들 가족과 재산을 잽싸게 후송해버렸고, 돌아와 보니 회사 간부는 간부대로 경리에게 제대로 사기를 쳐놓고 지들만 뻔뻔한 낯짝을 하고 있는데……"

그의 분노는 미치코의 비탄과는 다른 곳에서 소용돌이치고 있는 모양이다. 회사의 중역들이 서로 짜고 공금을 빼돌렸고 그중 한 명이 거금을 들고 본국으로 튀었다는 소문은 미치코도 들었지만 미치코가 지금 알고 싶은 것은 그것이 아니었다.

"……포로는 돌려보내주지 않을까요?"

"힘들 겁니다. 시베리아로 끌고 가서 중노동을 시키겠지요. 난 그게 싫어서 도망쳐 나왔지만, 나도 부대가 그리 멀지 않아서 성공할 수 있었지요. 국경 쪽이면 설사 죽지도 않고, 포로도 되지 않고 도망쳐 나왔다고 해도 도중에 만주인에게 살해당하거나 굶어죽었을 거예요."

미치코는 그의 계속되는 말을 어디 멀리서 듣고 있는 듯한 기분이었다.

"……포로를 어떻게 대우하는지는 몰라도 아마 살아서 돌아온다면 몇 년이 지나서, 그것도 재수가 정말로 좋은 사람이나 돌아올 수 있을 겁니다."

이 사내에게는 상대의 마음을 위로해줄 만한 여유 따위는 없는 것 같았다. 속임수가 통하지 않는 현실의 냉혹함을 이 사내는 뼈에 사무치게 맛보았을 것이다. 자신은 비록 운 좋게 돌아올 수 있었지만, 운이 나빠 돌아오지 못한 사람에 대한 동정 따위는 그에게 아무런 도움도 되지 않았다.

미치코는 암담해지기만 하는 마음을 끌고 기숙사로 돌아오는 길을 걸었다. 미치코의 기억 속에 뚜렷이 새겨져 있는 것은 그 막사의 거처 방 입구에서 총검술 호구를 입은 채 땀으로 범벅이 되어 나타난 가지의 마지막 얼굴이다. 그 얼굴로 끊길 때까지의 기억 속에서는 짧았지만 풍요롭고 행복한 과거의 편린들이 별처럼 반짝이고 있었다.

그것이 마지막이었다. 그때 다가가서 떨리는 손가락으로 잡았던 호구의 튼튼한 끈을 가지의 육체의 일부인 양 생생하게 기억하고 있다.

"……와줘서 고마워."

가지의 잠긴 목소리가 겨우 그렇게 말했다.

"안녕이라고는 말하지 않을래, 알겠지?"라고.

무슨 일이 있어도 우린 반드시 다시 만나게 될 거야. 틀림없이 그런 의미였다. 그런 굳은 맹세가 그의 잠긴 목소리 속에서 활활 타오르고 있는 듯했다. 그러나 그런 맹세나 사랑의 결의가 과연 무슨 소용이 있단 말인가? 살아서 돌아온다면 몇 년이 지나서야, 그것도 억세게 운이 좋은 사람이나 우연히 돌아올 수 있는 것을.

'그이는 운이 좋지 않았어. 늘 불리한 제비만 뽑았지. 운 같은 것에는 의지할 수 없어. 그이의 강인한 몸과 의지 외에는 기댈 수 있는 것이 아무것도 없구나. 하지만 아무리 몸과 의지가 강해도 전쟁이고 수천 킬로미터나 떨어져 있는데……'

미치코는 깊은 생각에 잠겨서 걷고 있었다. 그때 갑자기 어지러운 발소리가 났다. 정신을 차렸을 때는 세 외국인 병사들이 길을 막고 있었다. 금빛으로 빛나는 솜털이 촘촘히 나 있는 얼굴을 미치코에게 바싹 들이댄다. 한 번도 맡아본 적이 없는 체취가 코를 찔렀다. 미치코에게는 불안과 공포를 넘어 절망이 왈칵 들이닥쳤다.

병사들은 저마다 뭐라뭐라 지껄였다. 열심히 동의를 구하는 모습인 것 같긴 한데, 번갈아가며 주위를 살피는 것이 결국은 은밀한 쾌락을 강요할 속셈으로 보였다. 길가의 조그만 가게 입구에 만주인이 나온 것을 보고 미치코는 그에게 도움을 청하는 시선을 보냈지만, 그는 그저 싱글싱글 웃을 뿐이었다. 이거, 재미있게 됐구먼! 하고 마른침을 삼키고 있을지도 모른다. '로모즈(중국인들이 러시아인을 비하하여 부르는 말-옮긴이)'가 과연 어떻게 일본 여자를 정복할까? 그런데 저놈들도 참 어처구니가 없군. 벌건 대낮에 무슨 짓이야? 그것도 대로에서!

"보내줘요!"

미치코가 딱딱한 목소리로 말했다. 이것을 동의의 뜻으로 알아들었을 리는 없다. 미치코의 승낙 같은 건 아무래도 상관없을 것이다. 그들 중 하나가 미치코의 부드러운 팔 안쪽을 잡았다. 미치코는 그의 손을 뿌리치고 가슴을 밀어내려고 했다. 그러나 아무리 몸집이 작아도 사내다. 꿈쩍도 하지 않는다. 그 묵직한 반응만으로도 저항이 소용없다는 것을 깨닫기에는 충분했다.

미치코는 치한에게 애원해야 하는 비참한 상황에 눈앞이 캄캄해지는 것을 느끼면서도 애원했다.

"보내주세요, 제발 부탁입니다."

앞에 막아선 사내가 다른 두 명과 시선을 나누며 즐겁다는 듯 웃고는 털북숭이 손을 뻗어 젖가슴을 움켜쥐더니 무게를 재듯 한두 번 흔들었다. 휘익, 휘파람을 분 것은 꽤 근사한 사냥감이 걸려든 것에 절로 터져 나온 승리의 함성인지도 모른다. 다른 사내들이 큰 소리로 웃었다. 어찌 됐든 간에 미치코가 의식의 통제하에 행동할 수 있었던 것은 거기까지였다.

미치코의 다음 행위는 완전히 의식 밖에 있었다. 정면에 있는 사내의 뺨이 찰싹, 하고 기분 좋은 소리를 내는 것을 듣고 나자 억눌려 있던 분노가 한꺼번에 터져 나왔다.

"짐승!"

물론 그 뜻은 통하지 않았다. 다만 따귀를 때린 여자의 야들야들한 손바닥이 사내의 육욕에 또 다른 격정의 불을 지핀 모양이다.

건방진 년! 일본 년이 감히 어딜! 그렇게 말하기라도 하듯 이번엔 사내의 널빤지 같은 손바닥이 미치코의 얼굴로 날아왔다. 비틀거리는 동안에도 계속해서 날아왔다. 미치코는 몸을 지키겠다는 의지로부터도 이젠 거의 버림받았다. 다른 사내가 쓰러진 미치코의 몸을 잡아 일으켜서 가슴까지 옷을 찢었다. 단순히 육욕 때문만은 아닐 것이다. 전승국의 긍지와 과도한 우월의식이 무섭게 휘몰아치고 있는 듯했다.

갑자기 미치코의 머리 위에서 실랑이가 시작되었다. 그것이 어떻게 시작되었는지 미치코의 기억에는 없었지만, 어느새 주위에 몰려든 중국인 중에서 한 명이 그들을 말리려고 앞으로 나섰던 것이다.

군인들은 이때도 과도한 우월의식이 작용한 듯 그 중국인을 냅다 떠밀었다. 그것이 중국인들의 격분을 사서 둘러선 사람들이 저마다 아우성치기 시작했고, 그중 서너 명의 사내가 뛰어나와 처음 사내와 합세하자 의외의 전개에 군인들은 당황하면서도 위엄을 지켜야만 했다. 기묘한 민족적 대립으로 사태가 바뀌고 만 것이다. 그때 낡은 지프차기 나타났다. 군중은 "까삐딴!"을 연호했다. 상대가 대위가 아니어도 장교이기만 하면 '까삐딴'이다.

세 명의 군인은 갑자기 몸을 돌려 도망치기 시작했다. 차에서 뛰어내린 두 군인이 그들을 쫓았다. 미치코가 겨우 일어섰을 때는 쫓는 자도 쫓기는 자도 이미 거리 모퉁이를 돌아 보이지 않았다.

"어떻게 된 건가?"

차에서 내린 장교가 서툰 일본어로 물었다.

미치코는 "셰셰."라고 중얼거리면서 도와준 중국인들에게는 몇 번이나 고개를 숙였지만, 장교 쪽으로 돌아선 얼굴은 돌처럼 딱딱하게 굳어 있었다.

"당신네 군인은 깡패가 군복을 입은 겁니까? 난 당신들이 그 세 사람을 체포하는지 어떤지 알고 싶을 뿐입니다."

그 이튿날 오키시마는 그런 일이 있었다는 것도 모르고 백란장으로 미치코를 찾아왔다. 미치코는 아직도 쇼크에서 벗어나지 못하고 있었다. 미치코의 창백하고 흐린 낯빛은 오키시마도 처음 보는 것이었다. 미치코는 마음을 터놓을 수 있는 오키시마를 보자 그만 흥분해서 쓸데없는 소리까지 할까 봐 경계하는 듯 이야기가 그 일에 이르자 입술을 파르르 떨었으나 대신 옆에 있던 야스코가 격분했다.

"짐승들이에요! 아주 돼먹지 못한 놈들이에요! 뭐가 인간은 평등하다는 거죠? 일본인 중에도 공산주의자가 있죠? 어떤 낯짝을 하고 있는지 한번 보고 싶네요. 당신도 공산주의자인가요?"

"……아니."

오키시마는 야스코의 무시무시한 기세에 말문이 막혀서 그저 웃기만 했다.

"유감스럽게도 아직 그렇게 불릴 만한 활동은 하지 못했어요."

"그들이 훌륭한 군대를 보냈어봐요. 일본인은 정에 약하니까 대번에 그들에게 홀딱 반해서 신자가 부쩍 늘어났을 거예요. 우리는 어릴 때부터 빨갱이는 나쁜 놈이라고 배웠어요. 그런 우리들한테 정말로 나쁜 놈을 보내다니 그런 바보 같은 짓이 어딨어요?"

"그건 그래요. 전략상 어떤 필요가 있었다고 해도 말이죠."

오키시마는 여전히 쓴웃음을 짓고 있었지만 부리부리한 눈에는 노기가 가득 차 있었다.

"……어쨌든 그 정도로 끝난 게 그나마 다행입니다."

미치코는 옆에서 보일 정도로 몸을 떨고 있었다. 만약 그때 중국인들의 도움을 받지 못했다면 어떻게 됐을까? 그때는 이미 거의 의식을 잃은 상태나 마찬가지였지만 지금 돌이켜 생각해보면 마음속에서 생각이 이런 식으로 얽혀 있었던 것 같다. 능욕당하면 죽어버리자. 돌아올 그이의 얼굴을 보는 것이 두려우니까. 아니, 살아서 그이가 돌아오기를 기다리자. 그이는 다시 한 번 처음부터 시작하겠다고 했으니까 나한테도 다시 시작할 기회를 줄 거야. 아니, 난 말할 수 없어. 잠자코 있자. 잠자코 있다가 만약 그이가 알게 되면 어쩌지? 만약에 알게 된다면……?

"어제 몹시 심하게 맞았어요."

미치코는 젖은 눈으로 오키시마를 보며 말했다.

"그래도 이렇게 살아 있는 걸 보면 어쩐지 그이도 무사히 돌아올 수 있을 것 같은 생각이 들어요."

미치코의 눈이 눈물 막을 통해 한 번 웃고 나서 반짝 빛난 것은 희망과 함께 분노가 되살아났기 때문이리라.

"군대는 어느 나라든 마찬가지일까요?"

"……다를 거라고 생각한 것은 전쟁을 겪기 전에 우리가 가졌던 센티멘털리즘이었는지도 모르죠."

이 순간 오키시마는 소련군 사령부로 교섭하러 가야겠다고 결심했다. 선의의 해석이 감상에 지나지 않는다면 요컨대 선의는 항상 배신당할 것이고 성립되지도 않는다는 말이다. 붉은 군대는 설마 부정을 증명하러 온 것은 아닐 것이다.

사령부에서 돌아온 오키시마는 이 두 젊은 여인은 물론 자신을 납득시키기에도 충분한 답변은 듣지 못했다. 그래서 그는 스스로 답을 만들어서 말했다.

"굳이 해석하자면 이런 것이겠죠. 그들은 자기들에게 가해지는 압제나 자기들의 고통에서 해방되기 위해 투쟁한 것이 아니라 일본 군대를 때려 부수기 위해 원정길에 나선 것이다, 즉 민중의 해방 같은 것보다는 이기기 위한 전쟁을 했다, 그리고 이겼으니까 위대하다, 그런 감정을 갖고 있는 거죠. 어차피 남의 땅이니까 황폐해지든 말든 알게 뭐냐. 봐라, 우린 너희들을 해방시켜준 것이다……. 그러니까 거기에 살고 있는 사람들과 고통을 나눈다는 마음 같은 건 털끝만큼도 없을 겁니다."

"그러면 연전연승할 때의 일본군과 다를 게 없겠네요."

미치코는 왕시양리라는 포로 광부가 일본 군대의 잔혹한 행위를 냉정하게 힐난한 수기를 떠올렸다. 그 수기는 헌병대에 압수되었지만 미치코가 '도저히 믿을 수 없어요.'라고 신음했을 정도로 그 인상은 아직도 또렷하게 남아 있다. 그것을 건네받고 가지가 느꼈을 괴로움의 깊이도.

"인간이란 결국 아무것도 믿을 수 없는 걸까요?"

미치코가 말했다.

"아니요, 믿고 싶어요! 해방이니 평화니 하는 훌륭한 명목의 이면이 이렇게 더러워도 되는 것이라고는 생각하지 않아요. 저는요, 오키시마 씨, 저쪽 사령관이 누군지는 모르지만 말해주고 싶어요. 당신은 훌륭한 사람이겠지만 당신들은 제 남편이 믿었던 군대는 아닙니다, 훨씬, 훨씬 더 천하고 비열하다고요. 인간의 행복을 완성시키기 위해서는 중도에 강도질을 하거나 강간을 해도 된다는 것과 같아요. 그런 봉변을 당한 사람이 저 혼자만도 아니잖아요? 이런 상황에서 소련군을 신뢰하는 일본인 여자가 있을까요? 이것이 일본 군대가 중국에서 저지른 짓에 대한 중국인의 복수라면 어쩔 수가 없다고는 생각해요. 하지만 님의 나라에 와서 그 사람들이 할 짓은 아니라구요!"

"그렇긴 하지만……."

오키시마는 다시 그 장신의 장교를 눈앞에 그려보았다.

"평범한 이치가 어디에서 빗나가서 사라져버렸는지 그걸 모르겠습니다. 붉은 군대의 지도부가 말단 병사의 결함을 깨닫기까지는 상당한 시간이 필요하겠죠."

"깨달아도 일부러 모른 척할 수도 있어요."

야스코가 까무잡잡한 얼굴을 남자처럼 긴장시키며 말했다.

"그럴지도 모릅니다. 여하튼 전 어정쩡하게 아무 소득도 없이 돌아왔지만, 가지였다면 끝까지 물고 늘어졌을지도 모르지요."

오키시마는 생각했다. 가지였다면 그 정치장교에게 이렇게 말했을 것이다.

"붉은 군대의 군사 행동의 목적과 그 근저에 있는 사상의 골격은 전적으로 옳습니다. 그렇다고 그것이 모든 것을 정당화한다고 생각하는 것은 엄청난 잘못입니다! 당신들은 올바른 일을 하는데, 전혀 올바르지 못한 인간들을 너무 많이 쓰고 있소. 그러면서도 태연하죠. 화를 입는 건 다른 민족이니까요. 소련의 승리와 번영만이 지금의 상황에서는 절대적인 것이라고 생각하고 있겠죠. 다른 나라 민족은 눈을 감고 있으라는 겁니다. 이제 건져내줄 테니까 기다리고 있어. 그렇게 생각하고 있지는 않습니까? 나에게 당신들을 믿게 해주시오. 그래서 말하겠소이다. 잘못된 것은 반드시 바로잡을 수 있다고 생각하기 때문에 난 말하겠습니다. 나는 일본인이오. 일본인이 저지른 모든 죄에서 다 결백하다고는 말할 수 없습니다. 그렇다고 당신들에 대해서 말해선 안 된다고는 생각하지 않습니다. 그래서 말하는 거요. 도대체 무엇이 당신네 군인들을 욕망에는 충실하고 이상에는 충실하지 못하게 만들었을까요? 그 원인은 아마도 그들의 생활 방식에 있을 겁니다. 당신들은 그들을 탓할 수는 없소. 왜냐하면 그들의 생활을 철저하게 규제한 정치사상에 어떤 결함이 있기 때문이오. 결함이 있다는 걸 당신들은 알고 있는 게 틀림없기 때문이오. 알고 있어도 당신들 지도자의 생활에는 아무런 아픔과 어려움이 없었기 때문이오. 뭔가 없었나요? 뭔가, 독선이, 권력의식이, 인간 멸시가, 인간 조직에 대한 굴복이……."

미치코는 오키시마의 얼굴이 어둡게 흐려져 있는 것을 깨달았다. 오키시마는 더러운 이를 보이며 멍청하게 웃었다.

"전 말입니다, 아주머니. 이리로 오다가 문득 가지를 떠올렸습니다. 지금도 그 녀석을 생각하고 있었습니다만, 전 라오후링에서 가지랑 싸웠을 때와 같은 곳에서 제자리걸음을 하고 있는 꼴입니다. 그때 녀석은 저와 누가 더 끈기가 있는지 해보자고 했지요. ……전 대로에 나가 담배라도 팔아서 한 근의 수수라도 더 사는 것이 우선인 형편이라……. 이게 사령부까지 쳐들어간 사내의 정체랍니다. 가지가 돌아오면 다시 한 번 속을 툭 터놓고 이야기해볼 생각이지만……."

미치코는 무릎 위에서 주먹을 꼭 쥐었다.

"정말이에요! 당신과 그이가 말다툼을 벌이는 광경을 한 번 더 보고 싶어요!"

4

미치코도 오키시마도 가지가 이른바 비적의 소두목으로 전락한 것은 상상도 못했다.

산기슭에서 호반의 평화로운 마을이 내려다보이는 지점까지 패잔병 일곱 명과 어린 남매를 인솔해온 가지는 그 마을에서 마음에도 없는 참극을 연출한 하룻밤을 뜬눈으로 꼬박 새우고 우윳빛 새벽안개 속에서 남매의 누나를 흔들어 깨웠다.

"우린 떠날 거야. 실은 난 너희들이 베이후터우北湖頭로 가는 건 위험하다고 생각해서 말리고 싶었어. 하지만 어젯밤 같은 일이 일어나면 너희들이 어떤 봉변을 당할지도 모르고……."

가지는 늘 자신을 똑바로 올려다보는 그녀의 깊은 눈망울을 가만히 응시했다.

"우린 점점 비적이 되어가고 있어. 적어도 이 고장 사람들에겐 그런 오해를 받고 있어. 그러니까 너희들은 역시 너희들이 생각했던 대로 움직이는 게 나을지도 몰라. 어느 쪽이나 위험하긴 마찬가지이지만……. 알겠지?"

"알았어요."

그녀는 가지의 얼굴에 시선을 둔 채 고개를 끄덕였다.

"이 근처 마을을 따라 왕복 200리 길을 돌아가느라 지체할 수가 없구나. 매정하다고 생각해도 어쩔 수 없어."

"그렇게 생각하지 않아요. 군인 아저씨는 저희에게 친절하게 대해주셨어요."

"군인 아저씨는 친절했다고?"

기리하라가 말하면서 다가왔다.

"가지, 우린 여기서 따로 가겠네. 이 연약한 남매를 데려다 주러 가야겠어. 생색을 내려는 건 아니지만 얼마 동안 이 아이들의 집에서 좀 쉬었다 갈 생각이야. 어젯밤에 이미 약속이 된 거니까. 그렇지, 아가씨?"

그녀는 가지에게서 시선을 떼지 않고 기리하라에게 가만히 고개를 끄덕여 보였다. 남매는 가지 일행을 따라가고 싶기도 하고, 부모의 안부를 확인하고 싶기도 했다. 어느 쪽이든 미지의 위험은 예상해야 했기 때문에 어느 쪽이 진심이라고도 할 수 없었다. 그렇다면 가족의 인연이라는 소위 후천적인 본능이 되어버린 것의 목소리에 따라야 하겠다고 결심하고 있는 듯했다.

가지는 가지대로 남매를 데려다 줄까 하고 또다시 망설였다. 하룻밤을 꼬박 생각하고도 마음을 정하지 못했다. 의지가지없는 남매의 처지가 딱하고 가여웠다. 누나는 말로는 하지 않았지만 가지의 호의를 받고 싶어 하는 눈치였다. 어젯밤의 생각지도 못한 참극만 없었다면 오늘 아침 가지는 남매를 데려다 주기로 방침을 바꿨을지도 모른다.

200리는 멀었다. 거리가 아니다. 뚫고 나가야 할 위험의 깊이를 말하는 것이다. 만약 쓸데없이 한두 번의 살인을 또 저질러야 한다면?

"……조심해서 가."

가지는 나지막한 목소리로 작별 인사를 했다.

결국 기리하라와 후쿠모토에 히키타가 가세하여 남매를 데려다 주기로 했다.

아가씨는 돌아서서 인사했다. 숲속으로 들어갈 때 손을 흔들었다. 그 모습이 사라지고 나서 가지 일행도 걷기 시작했다.

"난 결국엔 자네가 데려다 줄 거라고 생각했네."

단게가 말했다. 가지는 열 걸음쯤 가고 나서 대답했다.

"여자에겐 관대한 나라서? 그래, 나 혼자였으면 틀림없이 그렇게 했겠지. 이 인원을 데리고 목적지에서 벗어나 어물거렸다간 틀림없이 무슨 사단이 날 거네. 나 보고 살인의 명수라니까 하는 말인데, 그런 광경을 그녀의 예쁜 눈으로 보게 하고 싶지가 않았어."

기리하라 일행은 호수를 내려다보면서 반나절가량 산속을 걸었다. 기리하라는 항상 긴장의 끈을 놓지 않던 가지와는 정반대의 모습이었다. 남매를 앞에서 걷게 하고 세 병사가 뒤에서 어슬렁어슬렁 따라간다. 꼭 유람을 나온 사람들 같다. 다른 점이 있다면 그런 기리하라도 가지가 그랬듯이 총구를 앞으로 겨누고 언제든 사격할 수 있는 자세로 걷고 있다는 것뿐이다.

세 사내는 한 가지 점에서는 완전히 일치했다. 앞에서 걷고 있는 아가씨의 둥근 엉덩이가 씰룩씰룩 흔들리는 것을 즐기고 있는 점에서는 우열이 없었다. 하긴 그렇다고 해서 아무도 그들을 멸시하거나 책망하지는 못할 것이다. 그들은 몇 년 동안이나 여자로부터 단절된 채 살았다. 그들은 또 수십 일이나 생과 사의 경계를 넘나들며 전장을 헤맸다. 그런 와중에 나타난 젊은 여자의 엉덩이가 매력적으로 보이지 않는다면 그들은 남성의 기능을 상실했다고 할 수 있을 것이다.

"제기랄! 저렇게 순진한 아가씨를 로스케露助(러시아인을 얕잡아 부르는 말-옮긴이) 새끼들이 먼저 맛보았다니!"

후쿠모토가 분통을 터트렸다. 그의 말 속에는 호색적인 연상에 민족적인 분노가 뒤섞여 있었다.

"닳지 않으니 걱정 마라."

기리하라가 웃었다.

"새 것만 찾는 건 고리타분한 놈들이나 하는 짓이야! 예순이 넘도록 숫처녀로 있어봐. 순결한 처녀라도 더러워서 소름이 끼칠 거다."

"그럼, 반장님은 개통식이 끝난 여자도 신부로 맞아들일 수 있습니까?"

히키타가 히죽거리면서 물었다.

"물론이지. 난 남의 마누라든 누구든 물건만 좋으면 상관없어."

앞에서 가고 있는 남매에게 웃음소리는 들려도 말소리는 들리지 않았다. 하지만 아가씨도 왠지 모르게 기분 나쁜 느낌을 등 전체로 받고 있었다. 동생을 재촉하며 길을 서둘렀다.

"꽤나 서두르는군."

뒤에서 히키타가 말했다.

"집으로 돌아가고 싶은 마음이 그만큼 간절하겠지."

기리하라는 쉴 새 없이 흔들리는 아가씨의 엉덩이를 보면서 소리 없는 웃음을 흘렸다.

"이 속도라면 저녁때까지는 도착하겠어. 오늘 밤엔 인간다운 음식을 배 터지게 먹고 한숨 푹 자고 나서 좋은 안을 내보자고."

"하지만 반장님, 아가씨의 집이 이미 없어졌다면 헛수고지요."

후쿠모토가 말하자 기리하라는 마치 막사의 내무반 안에서 자기 부하를 볼 때처럼 의젓한, 그러면서도 거만한 미소를 지으며 돌아보았다.

"나한테 맡겨둬. 그때는 그때대로 또 다른 작전이 있으니까. 난 가지란 놈과는 방식이 달라. 하루하루가 곧 삶이다. 그 오줌싸개 같은 상등병처럼 고지식하게 굴어봤자 죽을 때는 죽게 되어 있어."

산길은 한동안 아무 일도 없었다. 나무 사이로 들려오는 새들의 울음소리에 한가로운 기분마저 든다. 멀리 아래쪽에 가끔씩 모습을 드러내는 호반 마을도 피비린내 나는 시대의 흐름과는 아무 관계가 없다는 듯 평화롭게 생업에 힘쓰고 있는 것처럼 보였다. 이런 풍경은 아무리 살벌한 사내의 마음에도 향수 비슷한 감정을 불러내게 마련인데, 기리하라는 이 와중에도 히죽히죽 바보 같은 미소를 흘리며 공상에 빠져 있었다. 아가씨의 집에 들어앉아서 어느새 사위가 되어 있는 자신의 모습을 상상하고 있는 것이다.

그녀는 명랑하고, 건강하고, 아름답고, 젊으니까 우선 불만은 없다. 그녀의 말에 따르면 부친은 임야국 출장소의 책임자인 것 같으니 그 직권이 패전으로 상실되었다 해도 만약 가정만 건재하다면 당분간 먹고살 걱정은 없을 것이다. 벽촌 오지로 들어간 관리일수록 직책을 이용하여 잔뜩 착복해두게 마련이니까. 또 많은 만주인들을 포섭해놓은 것 같으니 집도 틀림없이 남아 있을 것이다. 그녀가 앞뒤 생각 않고 돌아가려고 하는 것도 그런 계산이 있기 때문일 것이다.

자신은 그녀를 지켜준 은인이다. 도의상 그녀의 부모도 소홀히 대접하지는 못할 것이다. 그렇게 시간을 보내다 보면 사정이 또 어떻게 호전될지 모른다. 예를 들면 이런 경우를 생각할 수 있다. 미국은 일본을 정복한 것만으로는 만족하지 못할 것이다. 소련이 만주를 점령하면 미국은 장제스蔣介石를 원조하여 소련을 몰아내려고 할 것은 당연한 이치다. 만약 무력을 행사하는 단계에 이르게 되면 일본의 중국 파견군이나 관동군을 이용하는 편이 이득이라고 생각할 것이다. 그렇게 되면 사태는 무척이나 밝아지게 된다. 그때 약삭빠르게 굴면 어떤 혜택을 입을지 모른다. 어차피 전쟁은 졌으니까 이긴 놈들 간의 세력 관계를 교묘히 이용하는 것 외에는 살아갈 방법이 없지 싶다.

기리하라는 인식 부족에서 출발하여 더욱 깊은 인식 부족에 도달했지만 공상으로서는 이치가 맞았고, 그런 공상을 즐길 만한 뻔뻔함이 그를 오늘날까지 살아 있게 해준 원동력이었을 뿐만 아니라 앞으로도 그를 삶에서 낙오시키지 않는 구명줄이 될지도 모른다.

기리하라는 갑자기 공상을 중단했다. 숲속에서 마른 나뭇가지 다발을 등에 실은 당나귀를 끌고 한 젊은이가 나타났던 것이다. 이제 겨우 열일고여덟 살쯤 됐지 싶다. 일본인 남매와 그 뒤에 따라오는 세 명의 패잔병을 보자 도망치려고 하다가 아가씨의 얼굴에 미소가 떠오른 것을 보고 멈춰 섰다.

아가씨는 결코 유창하지는 않지만 그래도 충분히 알아들을 만한 중국어로 말했다.

"걱정 마. 이분들은 내 친구야. 우린 좀 더 북쪽 마을로 갈 거야. 아직도 일본인이 남아 있는지 가르쳐주지 않겠니?"

젊은이는 조심스러워 하며 좀처럼 입을 열지 않았지만, 아가씨의 간절한 듯하면서도 사람을 매혹시키는 미소에 안심한 모양이다.

"일본인은 한 명도 없어. 오래전에 어딘가로 가 버렸어."

"한 명도 없다고?"

"응, 한 명도 없어. 이런 곳에서 어슬렁거리고 있으면 위험해. 마을로 가 봐야 잘 곳도 먹을 것도 없을걸?"

아가씨는 핏기를 잃은 얼굴을 숙였다. 그러고는 일말의 희망을 걸고 매달리듯이 말했다.

"너, 쑨 대인이라고 아니?"

"쑨? ······아아, 그 관우처럼 수염이 길고 덩치가 큰 남자?"

"그래! 그 사람이야!"

"도망쳤어. 일본인 관리에겐 아첨만 하고 마을 사람들에겐 거만하게 굴었으니 있을 수가 없었지."

젊은이는 갑자기 큰 소리로 웃었다.

"붙잡혀서 수염과 머리카락이 딱 절반이 깎여 나가서 말이야······. 너희들, 그 관리의 가족이야?"

아가씨는 대답하지 않았다. 초점을 잃은 눈동자로 허공을 쳐다보았다.

옆에서 기리하라가 중얼거렸다.

"이런 곳에 일본인이 있었다는 소문이 퍼지면 안 좋아."

"역시 일본인은 철수해버렸다는 거지? 이봐, 아가씨, 이놈이 그렇게 말하고 있는 거지?"

후쿠모토는 젊은이와 아가씨와 기리하라를 차례차례 보았다.

"헛고생만 한 꼴이군!"

그렇게 한탄한 것은 히키타였다.

"일본인은 한 명도 없다……"

기리하라가 혼잣말을 했다.

"다시 말해서 일본인은 한 명도 있을 수 없을 정도로 위험했다는 거군. 그렇다면 이 근방에서 일본인이 얼쩡거리다간 재미없다는 말도 되겠어."

기리하라의 말투는 중얼거림에서 갑자기 명령으로 바뀌었다.

"아가씨, 이자한테 그 당나귀를 우리한테 팔라고 해."

팔라고 하지만 살 돈도 바꿀 물건도 없으니까 그냥 달라는 말이다. 젊은이가 응할 리가 없었다.

"니, 라이라이(너, 이리 와)."

기리하라는 대여섯 걸음 뒷걸음질 치며 요령부득인 웃음 속에서 후쿠모토에게 눈짓했다. 후쿠모토는 거리낌 없이 젊은이의 어깨를 치고 서툰 중국어로 말했다.

"무섭지 않아. 저 사람, 돈 있다. 말해도 돼."

젊은이는 움직일 마음은 없었던 것이 분명하다. 하지만 후쿠모토의 말에 어느 정도 마음이 놓였고, 일단 말을 듣지 않으면 더 곤경에 처할 것이라고 생각했는지 두세 걸음 움직였다. 순간 이상적인 간격에서 기리하라의 사나운 주먹이 가슴으로 똑바로 날아갔다.

"무슨 짓이에요?"

아가씨가 핏기를 잃고 소리쳤다.

"잠자코 저쪽을 보고 있어."

기리하라가 명령했다.

"이놈이 마을로 내려가서 일본인이 나타났다고 말해봐. 우린 토끼처럼 쫓겨 다니다 맞아죽을 거라고. 난 가지 같은 어리숙한 놈하곤 달라. 유비무환이지."

맞아죽기 전에 때려죽인다. 필요의 유무 따위는 문제가 안 된다. 그렇게 하고 싶어졌다는 것과 그런 마음을 쉽게 일으키게 한 것이 있었다는 것만이 확실했다.

기리하라는 땅바닥에 혼절해서 쓰러져 있는 젊은이를 향해 개머리판을 높이 들었다가 내려쳤다. 아가씨는 동생의 어깨를 안고 등을 돌렸다. 소름 끼치는 소리가 딱 한 번 났다.

"후쿠모토, 히키타랑 둘이서 당나귀를 숲속으로 끌고 가라. 가서 찔러 죽여."

기리하라의 목소리는 평소와 거의 다르지 않았다.

"이봐, 아가씨. 오늘 밤엔 푸짐하게 먹을 수 있을 거야."

"몰라요!"

그녀가 등을 돌린 채 소리쳤다.

"우리 둘만 따로 가겠어요."

"가다니, 어디로? 짱꼴라의 첩이라도 되겠다는 거야? 이제 너희들이 갈 곳은 없어. 싫어도 나한테 의지하지 않으면 아버지와 어머니를 만나지 못한다고."

"만나지 못해도 괜찮아요! 죽어도 상관없어요!"

고개를 돌린 그녀의 독기어린 눈동자는 증오로 타오르고 있었다.

"우리 둘만 어디로든 가겠어요."

"너희들이 죽어버리면 우리가 난처해."

기리하라가 웃었다.

"사이좋게 지내자고, 아가씨. 우린 다 같이 집 없는 일본인이잖아? 하루하루가 곧 삶이라고."

"그렇고말고."

당나귀를 끌고 가면서 후쿠모토가 빙그레 웃었다.

5

가지 일행은 기리하라 일행과는 정반대 방향으로 반나절쯤 걸어간 곳에서 숲속의 젖은 길에 수많은 군화 자국이 나 있는 것을 발견했다. 폭이 꽤 넓고 완만하게 올라가는 길은 숲의 깊은 품속으로 쭉 뻗어 있다. 많은 일본군 병사가 그 숲속으로 들어갔던가, 숲속에서 나왔을 것이다. 어쨌든 이 숲은 일본인과 관계가 있었던 것이 틀림없지 싶다.

가지는 길에 남아 있는 바퀴 자국을 보았다.

"이건 치중차輜重車(예전에 군수품을 실어 나르던 차-옮긴이) 자국이야. 만주인의 짐마차라면 바퀴 폭이 더 넓어."

"그럼 부대가 이 숲속에 있다가 철수한 것일지도 모르겠군."

단게가 말했다.

그로부터 얼마 후 일행은 길 한쪽의 나무 사이에 버려져 있는 수많은 군량과 치려던 것인지 거두려던 것인지 모르는 낡은 천막을 보았다. 군량은 잘 정제된 수수가 수십 가마니나 야적되어 있었다. 아직 마개를 따지 않은 된장통과 간장통 들도 어지럽게 널려 있었다.

데라다와 야마우라는 곧장 밥을 짓기 시작했다. 히로나카는 축축한 땅바닥에 천막을 펴고 누웠다. 이 사내가 시간만 나면 눕는 것은 가지 때문에 지휘관 자리에서 끌어내려진 후 기력의 침체가 육체의 쇠약에 가속도를 붙였기 때문이다.

가지와 단게는 두리번거리며 주위를 살펴보았다. 두 사람의 판단을 종합해보면 우선 첫째로 이곳에서 숙영하던 부대가 몹시 서둘러서 철수했다는 것은 확실하다. 그래도 쌀만은 가지고 갔는지 한 가마니도 남아 있지 않았다. 두 번째로는 패전한 날로부터 꽤 많은 시간이 흘렀지만 여기에 이렇게 많은 식량이 남아 있고, 더구나 가지 일행이 오면서 마지막으로 본 마을에서 10킬로미터도 떨어지지 않은 곳인데도 식량을 가져가지 않은 것을 보면 여기가 마을 사람들에게는 아직 위험한 곳으로 인식되고 있기 때문이리라. 즉 상당수의 패잔병이 아직도 이 지역에 출몰하고 있는 것이 틀림없다. 그것은 군화 자국이 각기 다른 방향으로 어지럽게 나 있는 것으로도 충분히 알 수 있다. 그렇다면 이 숲속에 군인들의 기척이 있을 법도 한데 쥐 죽은 듯이 조용한 것은 무엇 때문일까? 그냥 우연히 지금 이 순간에 아무도 없는 것에 지나지 않는 걸까?

"좀 더 안쪽으로 들어가 보자. 틀림없이 뭔가 있을 거야."

가지가 고개를 갸웃거리며 말했다.

"천막이 이렇게 많은데 제대로 쓴 것은 거의 없어. 군량으로 추측하건대 멀지 않은 곳에 숙영지가 있을 거야. 불을 땐 흔적도 별로 없잖아……. 안쪽으로 조금만 더 들어가면 틀림없이 좋은 보금자리가 있을 거야."

가지의 추측은 맞았다. 그곳에서 숲속으로 불과 1킬로미터쯤 들어가자 똑같은 크기의 석조 건물이 몇 채나 보였다. 의심할 여지가 없는 막사다. 조용하다. 소련군의 공격을 받은 것 같지도 않다.

가지는 그 남매와 헤어진 산에서 내려와 이 숲으로 들어오기 전에 아주 멀리 떨어져 있는 길에서 탱크의 캐터필러 자국이 나 있는 것을 보았기 때문에 이 숙영지가 버려진 채 온전히 남아 있다는 것은 남만주로의 진격을 서두른 소련군이 무저항 지대의 막사 따위는 신경도 쓰지 않고 그대로 지나쳐 간 것이라고 생각했다.

"이상한 일이야."

가지가 단게에게 말했다.

"밭으로 숨어든 패잔병 몇 명을 잡으려고 탱크를 쏘고 불까지 지르더니 이런 곳은 온전히 남겨두었어. 여기도 아마 수십 명의 패잔병들이 들락날락했을 텐데."

경계하면서 막사로 다가가자 안쪽 건물에서 예닐곱 명의 병사들이 나타나 큰 소리로 얘기를 나누면서 물통 옆에서 알루미늄 식기를 닦기 시작했다. 언뜻 보기에도 패잔병의 몰골이다.

"어이, 전우들."

가지가 나무 사이에서 나오며 불렀다.

"어느 부댄가?"

그들은 잠시 동작을 멈추고 낯선 사내들이 다섯이나 숲에서 나오는 것을 보고 있었는데, 그중 몸집이 유난히 크고 얼굴에는 수염이 덥수룩하게 난 사내가 갑자기 감격에 겨운 듯 고함을 질렀다.

"가지 씨! 가지 상등병님!"

뛰어오는 모습이 마치 거대한 고릴라 같다. 그가 가지 앞까지 왔을 때 그의 눈은 눈물로 벌게져 있었다.

"접니다……. 나루토입니다……."

나루토 이등병, 도편수 출신으로 히로나카 하사와 마찰을 일으켜서 사흘간 영창 신세를 진 사내, 칭윈타이靑雲臺의 국경 진지에서 죽은 줄 알았던 사내다.

가지의 눈이 바쁘게 깜빡거렸다. 헤어질 때 이 사내가 어머니를 멀리 보내는 아이처럼 서운해하던 모습이 떠올랐다.

"또 누가……."

"유탄발사기반에서 네 명이 와 있습니다."

"히로나카 반장."

가지가 돌아보았다.

"나루토야."

히로나카는 조금 떨어진 곳에서 우울한 표정으로 웃었다.

"살아 있었구나."

수염투성이인 나루토의 얼굴이 금세 험악해졌다.

"신주님이나 부처님이 아주 없는 것은 아닌가 보군. 이런 곳에서 네 놈을 만나고 상등병님을 만난 걸 보면……."

가지는 나루토의 어깨에 손을 얹고 걷기 시작했다.

"히로나카에 대해선 이제 신경 쓰지 마. 저 자식은 얼간이가 됐으니까. ……그건 그렇고 여기엔 전부 몇 명이나 있어?"

"스무 명이 넘게 있습니다. 여기저기에서 홀리들어온 사람들입니다. 여긴 먹을 것 걱정이 없어서 2, 3일은 더 있어보자고 얘기하던 참입니다."

"장교나 하사관은?"

"없습니다. 병장이 세 명 있습니다. 모두 두세 명씩 모여 다니던 사람들입니다."

"함께 행동할 거야?"

"그러자는 말은 나왔는데, 의견이 제각각이어서 큰일입니다."

그럴 것이라는 듯 가지는 고개를 끄덕였다. 사상도 희망도 제각각인 사내들이 스무 명 이상이나 한데 모여서 하나의 행동을 취한다는 것은 거의 불가능에 가깝다. 공통점은 한 가지밖에 없다. 아무도 죽고 싶지 않다는 것뿐이다.

"가지 상등병님이 지휘해주시겠습니까? 다들 중국어도 안 되고, 지리에도 어둡습니다."

"난 싫어. 우선 지휘라는 것이 하려고 해서 할 수 있는 게 아니야."

가지는 어두컴컴한 막사 안으로 들어가서 나루토와 같이 행동하는 자들만 앞 막사로 이동하라고 권했다.

"왜 그러는 거야?"

다른 무리에서 누군가가 말했다.

"우리랑 함께 있는 것이 마음에 들지 않나?"

"그게 아니야. 다만 왠지 그러는 게 나을 것 같아서 그래."

"그러니까 왜 그러냐고 묻잖아."

또 다른 자가 말했다.

"같은 건물이라도 안쪽으로 들어가면 보이지 않아서 더 나을 것 같은데?"

"저쪽에서 보이지 않는다는 것은 이쪽에서도 보이지 않는다는 것이니까. 우선 우리가 온 것도 당신들은 몰랐잖아?"

"……꽤나 시끄러운 놈이 굴러들어 왔군."

누군가가 구석에서 투덜거렸다. 말투가 아무래도 고참병인 것 같다.

"보초를 세워도 패하고 불침번이 있어도 패하고……. 무슨 짓을 해도 패했어, 대일본제국의 육군은. 더 이상 전투 훈련 같은 건 하지 말아줘, 제발 부탁이니까."

"보초도 불침번도 세우지 않아. 단지 나는 내 방식대로 할 뿐이야. 당신들에게도 그렇게 하라고는 안 해."

나루토와 행동을 같이하는 일곱 명이 가지 일행과 함께 맨 앞에 있는 막사로 옮겼다.

어두워지자 멀리서 천둥이 치는 듯한 소리가 들렸다. 저녁부터 구름이 점점 많아지고 있었으니까 천둥이 쳐도 이상할 것은 없었지만 그것이 일정한 간격으로 들리자 이제는 누구나 포성이라는 것을 의심하지 않았다.

"……15밀리 정도의 야포야. 멀어."

가지는 모두가 귀를 기울이고 있다는 낌새를 채고 중얼거렸다.

"어젯밤에도 들렸나?"

"아니요."

나루토가 문으로 가서 어둠 속을 들여다보았다.

"무슨 일이죠?"

"……글쎄. 별일이야 없겠지만 오래 머무를 수는 없겠어……."

지금 이런 상황에서 소련군이 훈련을 하고 있을 리도 없다. 어딘가에서 패잔병을 토벌하고 있는지도 모른다.

안쪽 막사에서 가지 일행 쪽으로 처음엔 세 명이, 그리고 또 다섯 명이 넘어왔다. 그때마다 "저게 뭐야?"라고 말하면서 오더니 돌아가지 않는다.

"어이, 뭐시기 상등병!"

방금 전 구석에서 중얼거린 병장의 목소리 같다.

"여행은 길동무가 중요한 법이야. 들어가도 될까?"

가지가 어둠 속에서 웃었다.

"어서 오시오."

나루토가 가지의 소매를 잡아당겼다.

"저자들이 상등병님에게 들러붙을 겁니다, 틀림없어요."

"내가 사양하겠어. 속을 모르는 자들과 같이 다니면 목숨이 몇 개가 있어도 모자라니까."

가지는 날이 새면 몰래 떠날 생각이었다. 하지만 자신을 포함해서 다들 지쳐 있었고, 여기엔 식량이 풍부하다는 것이 발을 묶는 사슬이 되어 있었다. 히로나카는 물론 데라다와 야마우라도 "가는 겁니까?"라고 원망스러운 듯 말하는 것이다.

결국 내일 하루만 더 이곳에서 휴양하기로 마음을 정했다. 그 하루가 끝나갈 무렵 한 가지 사건만 일어나지 않았다면 가지는 스무 명이 넘는 패잔병을, 가지 식으로 생각하면 비적의 무리를, 이끌게 되지는 않았을 것이다.

6

　다음 날 해질 무렵, 가지는 막사 마룻바닥에 누워 어젯밤 나루토에게서 들은 가게야마의 전사 광경을 떠올리고 있었다. 그 이야기를 들었을 때는 그저 짧은 감회가 스쳤을 뿐이다. 그 녀석도 죽었구나! 죽는 것이 당연하고, 살아 있는 것이 이상할 정도의 경험을 밤낮으로 쌓아온 자에게는 놀라움이나 슬픔이 솟아날 원천이 말라버렸는지도 모른다. 그런가? 그 녀석도 죽었단 말인가? 자신도 이미 죽었을 몸이다. 살아 있는 것은 운명이 제멋대로 장난치다 흘리고 갔기 때문이다. 그 포탄이 120센티미터 앞에 떨어졌다는 것은 자신의 의지와는 아무 상관이 없었던 것이다.

　하루가 지나고 오랜만에 포만감과 안식을 맛보면서 생각해보았다. 가게야마는 도대체 어떤 심정으로 싸웠을까? 수학적으로는 거의 백퍼센트에 가까운 죽음을 앞두고 가게야마는 가지처럼 삶을 맹신하지는 않았을 테고, 똑같이 용감하게 싸웠다 해도 가지처럼 절망적으로, 다시 말해서 그만큼 삶에 연연해하며 싸운 것이 아니라 징교라는 비인격이 싸운 것은 아닐까? 싸우는 직업이 싸웠다. 그런 의미에서는 가게야마가 완벽한 장교였는지도 모른다.

　"훌륭했습니다."

　나루토가 말한 것도 그런 의미에서였지 싶다.

　"중대장이란 사람은 어쩔 줄 모르고 당황해서는 아무것도 못하고 총에 맞아 죽었지만, 교관님은 경기관총도 쏘았고, 소총도 쏘았습니다. 난 그때 옆에 있었죠. 소총이란 게 잘 맞지 않는구나 하고 말했습니다. 가지 녀석이라면 맞혔을 텐데 하고 웃기도 했고요. 침착했습니다. 마지막에 적이 몰려와서 이젠 틀렸구나 싶었을 때는 너희들이 갖고 있는 수류탄을 모두 꺼내놓으라고 하더군요. 자기가 던지고 있는 동안 후퇴하라고. 그때까진 아직 열 명 정도는 남아 있었습니다……."

가지는 호 안에서 수류탄을 쥐고 밀려드는 적을 바라보고 있는 가게야마를 상상했다. 그때의 심정은 필시 무無의 상태였을 것이다. 그는 자기 자신에게만 이별을 고할 수밖에 없었다. 인간은 어떤 경우에 그리도 쉽게 자신을 버릴 수 있는 것일까? 그것은 오노데라 병장이 미치기 전까지 자기 자신에게 매달리던 꼴사나운 모습과 똑같은 정도로 간단한 것일지도 모른다.

가게야마에게는 미치코와 같은 존재가 없었다. 그것이 꼭 여자일 필요는 없다. 사랑이든, 증오든, 물욕이든, 인생의 착각이든 상관없었다. 여컨대 미치코와 같은 존재가 없었던 것이다. 일본을 믿지도 않고, 전쟁을 믿지도 않은 가게야마는 인생을 믿지도 않았기 때문에 싸웠다. 마치 그와는 정반대로 가지가 인생만은 믿으려고 싸웠던 것과 똑같은 정도로 용감하게. 그래서 가게야마는 나루토는 잡을 수 있었던 탈출의 기회를 주우려고도 하지 않았던 것이다.

"미치코, 가게야마가 죽었어."

가지는 소리는 내지 않고 입으로만 말했다.

"난 아직 살아 있어. 난 몰라. 당신이 살아 있는지 어떤지를. 그냥 이것만은 알아. 난 당신에게 가고 있다는 것만. 만약 당신이 죽었다는 걸 알게 되면 난 내일 하루를 걸을 수 있을지 어떨지도 모르겠어. 다시 말해서 난 살아 있지 않을 거야. 희망과 동경이 슬픔과 괴로움과 나란히 걷고 있어. 그뿐이야. 당신은 날 보겠지. 당신을 향해 끝까지 갈 수 있었던 의지만을. 놀라지는 마. 설령 내가 너무 많이 변했더라도 놀라지는 말아줘."

망상의 밑바닥에 가만히 누워 있는 가지의 귀에 굵은 목소리가 흘러 들어왔다.

"러시아와 미국은 왜 일본을 분할하려고 하는 걸까? 일본 본토는 미국이고 만주는 러시아인가? 그 정도 선에서 트루먼과 스탈린이 타결을 볼까?"

"그럼 우리는 본토의 일본군과는 같은 민족이자 적이 되겠군."

"멍청한 놈! 너 같은 놈을 만주에서 살게 해줄 것 같아?"

"……소련은 만주를 갖지 않을걸?"

단게가 말했다.

"중국에 돌려줄 거야."

"장제스에게?"

"글쎄, 그건 어떨지 모르겠군. 어쨌든 중국인에게야. 장제스가 미국에 꼬리를 흔들고 있는 동안에는 돌려주지 않겠지만……"

"그럼, 뭐야? 소련은 공짜로 일만 해주고 말겠다는 건가? 아니면 일본을 반으로 나눠달라고 할까?"

"……글쎄. 일본의 자본가는 미국에 나라를 팔고 싶어 하겠지. 만주국 같은 괴뢰정권이 생길지도 몰라. 소련은 땅을 차지하지 않아도 목적은 이룬 거야. 중국이 정말로 해방된다면 말이야."

가지는 단게가 '해방'이라는 말에 특히 힘을 넣자 그때까지 천장을 보고 누워 있던 머리를 들어 팔베개를 했다.

"단게, 그 해방 말인데, 그게 어떤 식으로 진행될까? 우리가 걸어온 곳들은 거의 소련이 점령하고 있던데. 장제스가 그래도 국민정부로서 주권을 주장하겠지? 소련은 거부할 이유가 없을 거야. 그러면, 아까 이야기는 아니지만, 공짜로 일만 해준 것처럼 될 테니까……."

"중국 공산당이 움직이겠지."

단게가 나지막한 목소리였지만 단정적으로 말했다.

"혁명의 조건이 갖춰져 있어."

"……내전이 일어나겠군."

가지는 혼자서 속단하고 깊은 한숨을 내쉬었다. 전쟁의 종식으로 역사가 안식기에 들어간 것이 아니라 더욱 큰 변동기에 돌입한 것이라면 이렇게 산야를 헤매고 있는 자신들은 이미 과거 속에 남겨진 찌꺼기 같은 존재가 아닌가.

"……우린 매일 20킬로미터에서 30킬로미터씩 이동해."

가지가 다시 천장을 보고 누워서 혼잣말하듯 말했다.

"겨우 이르렀을 때쯤이면 세상이 꽤나 바쁘게 돌아가고 있겠군.

……서두르지 않으면 버스를 놓쳐."

"야, 오늘 온 두 명……."

어둠 속에서 소리가 났다.

"너희들 빨갱이냐?"

가지도 단게도 대답하지 않았다.

"빨갱이라면 왜 로스케한테 꼬리를 흔들러 가지 않는 거지?"

"흔들 꼬리가 없네."

단게가 말하고 나서 웃었다.

"그럼 무늬만 빨갱이군."

상대도 웃었다.

"진짜 빨갱이라면 묻고 싶은 게 있어."

"……뭔데?"

이번엔 가지가 말했다.

"빨갱이 이야기 따윈 듣고 싶지 않다."

어둠 속에서 다른 누군가가 말했다.

"여자 얘기라면 또 몰라도……."

"가만 있어봐. 어차피 이야기는 틀림없이 거기까지 갈 거니까."

또 다른 목소리가 말했다.

어두워서 아무도 보이지 않는다.

"……내가 있던 부대에 빨갱이가 있었어."

처음에 말했던 자가 말했다.

"그자의 말에 따르면 미국이나 영국은 독일과 러시아를 서로 싸우게 해서 공멸하는 것을 노렸다는 거야. 그런데 러시아가 멀쩡하니까 이번엔 일본을 함께 때려 부수자고 했다는군. 우리처럼 4, 5년씩 군대 짬밥을 먹다 보면 무적 관동군이란 게 어떤 건지 알고 있으니까, 이제 나무아미타불이라고 생각하고 있었는데 그자는 이렇게 말하더군. 군인들은 어느 나라에서든 대중이니까 소련은 결코 군인들을 죽이지 않을 거라고. 너희들은 속아서 나왔다며 곧 용서를 받고 돌아갈 수 있다는 거야. 그러니까 전투를 하면 안 된다, 얌전하게 잡혀서 집에 돌아가는 게 낫다고……."

"재미있군. 얼굴이 보이지 않아서 아쉽네."

단게가 나지막한 목소리로 말했다.

"모닥불을 피우면 안 될까?"

가지는 만일의 경우에는 막사 뒤편의 창문이 탈출구가 될 수 있는지를 확인하고 나서 중얼거렸다.

"피우자."

야마우라는 이야기에 별로 흥미가 없었기 때문에 말이 떨어지자마자 봉당으로 뛰어내려 가더니 비어 있는 방의 마룻바닥을 뜯기 시작했다.

"……그래서?"

단게는 작은 불씨를 만들면서 이야기를 재촉했다.

"음…… 어쨌든 말발이 좋은 놈이었어. 우리가 진지구축을 하러 본대에서 나와 있을 때였는데, 그자가 간부후보생 출신의 지휘관을 어떻게 구워삶았는지 모르지만 중대는 싸우지 않기로 결정했지."

가지는 어느새 일어나 책상다리를 하고 앉아서 허벅지 위에 총을 놓고 귀를 기울이고 있었다.

"하긴 우리 중대는 본대와 연락이 닿지 않는 곳에 있었어. 소련군이 엄청나게 빠른 속도로 진격해오자 본대에선 우릴 내팽개친 채 도망쳤으니까, 중대장도 그렇다면 싸울 이유가 없다고 생각한 거겠지."

봉당에서 피어오른 모닥불에 비친 사내들의 그림자가 벽 위에서 다양한 형태로 흔들리고 있었다. 어느 누구나 수염투성이의 얼굴에 낯빛이 칙칙한, 어차피 올바른 일은 해오지 못했을 스무 명쯤 되는 사내들의 눈이 이따금 불빛을 받아 번뜩이는 모습은 아무리 봐도 산적의 산채 풍경 그대로다.

"……거기까지는 운이 참 좋았지."

아무리 봐도 고참병 같은 상판을 하고 있는 그가 말을 이었다.

"중대가 몽땅 투항하고 나서 어떻게 되었을 것 같나?"

"그런 걸 어떻게 알아?"

누군가가 비웃었다.

"우리야 포로만은 된 적이 없으니까."

"……전부 북쪽으로 가게 됐지. 어딘가에 집결해서 시베리아로 끌고 가 죽을 때까지 중노동을 시킨다더군."

"누가 그러던가?"

단게가 물었다.

"누가 그랬는지는 몰라. 어쨌든 부대가 온통 그런 얘기로 들끓었으니까. ……그래서 난 도망쳐 나온 거야. 총이고 뭐고 다 내버린 채."

"……그자는?"

가지가 물었다.

"……아침이 되어서 보니까 눈이고 코고 알아볼 수 없을 정도로 엉망이 되어서 죽어 있더군."

"당연하지!"

누군가가 말했다.

"저 혼자만 로스케에게 알랑거리며 잘 보이려고 했을걸?"

"설마 자네가 그러지는 않았겠지?"

가지가 목소리를 억누르며 물었다.

"난 안 그랬어. 별로 화가 나지도 않았는걸. 어쨌든 그자가 전투만은 막아주었으니까. 그런데 내가 화가 난 것은 그 후였지. 이리로 도망쳐오는 도중에 본 일인데 로스케 새끼들이 민간인에게 한 짓이란 게 말로는 차마 할 수 없을 정도였어."

이번엔 아무도 빈정거리지 않았다. 가지는 벽 위를 기어 다니고 있는 기괴한 그림자 그림을 보고 있었다. 강가에 있던 그 마을의 흙담 안에서 여자들에게 들었던 말이 그녀들만의 불운한 체험은 아니었던 모양이다.

"그래서 내가 이상하게 생각할 수밖에 없는 것은 어째서 저렇게 머리가 좋은 자가 쉽사리 그런 놈들을 믿게 되었느냐는 거야."

"……그자들을 믿은 게 아니야."

단게가 말했다.

"그저 그 군대를 움직이고 있던 힘을 믿었을 뿐이야."

"어떻게 말인가?"

"……전쟁을 종결시키기 위한 가장 큰 힘으로서 말이지."

"그럼 일본인이 어떤 봉변을 당해도 전쟁은 끝나는 게 낫다는 건가?"

단게는 사이를 두었다가 확실하게 말했다.

"……그래!"

"자네 마누라가 눈앞에서 능욕을 당해도?"

"그래."

"자네의 아버지나 어머니가 그들에게 맞아 죽어도?"

"그럴 만한 이유가 있다면야."

"이유가 없다면? 다시 말해서 놈들이 우르르 몰려 들어와서 이기면 충신이고 지면 역적이라는 낯짝을 하고서 말이지."

단게는 잠자코 있었다. 모두의 시선이 단게에게 쏠려 있었다. 어두컴컴한 침묵에는 긴장된, 일종의 살기와도 같은 것이 흘러넘치고 있었다. 잠시 후 벽에 기대고 있던 한 사내가 침묵을 깼다.

"너도 빨리 로스케가 싫다고 말해. 맞아죽지 않도록 조심하는 게 낫지 않을까?"

"……난 그런 말은 안 해."

단게는 일그러진 웃음을 가지에게 보냈다. 가지는 엄한 눈빛으로 단게를 마주 보았다. 단게가 그날 밤 이후 가지와 둘 사이에서조차 아직 해결을 보지 못한 일에 기꺼이 휩쓸려 들어간 것에 화를 내고 있었던 것이다. 어떤 말로 변명해도 아무도 납득해줄 일이 아니다. 이 시기에, 이 땅에 뿌려진 무수한 사실은 필시 역사만이 그 공과 죄를 엄밀하게 가려서 심판할 수 있을 것이다. 틀림없이 그렇겠지만, 이 경우에는 그런 변명만큼 설득력이 결여된 것도 없지 싶다.

단게는 가지에게 아무것도 기대할 수 없다는 것을 알고는 고개를 돌리고 말했다.

"너희들이 날 때려죽인다고 협박해도 난 그때 붉은 군대가 들어온 의미만은 인정하지 않을 수가 없어. 군인들이 나쁜 짓을 한 것도 물론 사실이지만."

"아직도 그따위 소리를 지껄이는 거냐?"

누군가의 목소리에 이어 다른 목소리가 말했다.

"너 이 새끼, 모스크바에서 떡고물이라도 받아 처먹은 거냐?"

와글와글, 이야기가 또다시 여러 갈래로 잘게 갈라졌다. 이것이 한데 뭉쳐 다시 되돌아온다면 단게의 입장이 난처해질지도 모른다.

그때 갑자기 문가에 있던 사내가 소리쳤다.

"누구냐?"

"……아군이다."

문 밖에서 그렇게 대답했다.

7

 모닥불의 어두운 불빛을 받으며 들어온 세 사내를 보고 가지는 엉겁결에 일어나려다가 다시 생각을 고쳐먹고 가만히 앉아 있었다. 들어온 것은 호수를 따라 북쪽 마을로 남매를 데려다 주러 갔던 기리하라와 후쿠모토, 히키타였다.

 기리하라는 모닥불 옆에 앉아 있는 야마우라를 알아보고 확실히 조금은 당황한 듯한 모습이었다. 그러나 어두컴컴한 막사 안을 황급히 둘러보다가 가지를 보고는 금방 특유의 심술궂은 얼굴로 돌아와서 씩 웃었다.

 "어이구, 추워라. 마치 겨울 같구먼."

 그렇게 말하며 모닥불 옆에 털썩 주저앉았을 때는 이미 가지 일행을 묵살한 태도였다.

 "숲속에서 여기에 불이 피워져 있는 걸 봤을 땐 얼마나 반갑던지."

 "하사님은 어디서 오셨습니까?"

 누운 채 한 병사가 물었다. 기리하라는 그 물음에는 대답하지 않고 불빛이 흔들리는 막사 안을 이번엔 천천히 둘러보았다.

 "……군량도 충분하니 여기서 농성하는 것도 나쁘진 않겠군. 오다가 산속에서 겨울을 나겠다는 놈들을 봤는데, 여기라면 충분히 해볼 만하겠어."

 "겨울을 난 다음엔 어쩔 생각인데?"

단게와 얘기를 나누던 병장이 물었다.

"당신도 장기 항전파인가? 아니면 어수선한 세상이 조용해질 때까지 기다리겠다는 건가?"

"상대에 따라 화전和戰 양면 전술이지."

기리하라는 자신 있다는 듯 웃었다.

"저 아래 숲에 있는 양곡을 이 안으로 옮겨 와서 따로따로 나눠서 저장해두면 쉰 명에서 백 명은 올겨울을 편안하게 날 수 있어. 놈들이 우릴 가만히 놔두기만 하면 봄까지 기다렸다가 나가는 거야. 그 무렵이면 상황도 호전되어 있지 않을까? 지금은 아직 괜찮지만 걸을 수 있는 건 앞으로 고작 한 달 정도야. 한 달 동안 걸어서 어디까지 갈 수 있을지도 모르니까."

"여기에 있다고 앞날이 어떻게 될지 알 수 있는 것도 아니야."

다른 쪽에서 목소리가 들렸다.

"패잔병 사냥을 하러 오면 어쩌고?"

"그렇게 되면 우린 우리 나름대로 하면 돼. 이 근방의 지형이라면 아무리 와도 몸을 숨기는 것쯤은 일도 아니야. 기회를 봐서 거꾸로 우리가 나가 마을의 물건을 징발해 와도 되고."

"여자를 납치해 와서 겨울을 나는 것도 나쁘지 않겠군."

그렇게 말한 것은 후쿠모토다.

"식량도 있고 여자도 있다면 아무도 구태여 위험한 곳에서 정처 없이 헤매고 다닐 필요가 없겠지."

막사 안이 조용해진 것은 대부분의 사내들이 찾아갈 이렇다 할 목적지도 없었고, 위험을 무릅쓰고 걷는 데도 지쳐 있었으므로 기리하라나 후쿠모토의 말에 끌리지 않은 것도 아니었기 때문이다.

"다들 어쩔 생각이야?"

막사 안을 둘러보는 기리하라의 시선 끝에서 가지가 조용히 봉당으로 내려와 모닥불 옆으로 왔다.

"히키타, 그 남매랑 어디에서 헤어졌어?"

가지는 딱히 무언가를 의심한 것은 아니었다. 시간을 계산해보니 기리하라 일행이 남매가 가려던 마을까지 갔다 온 것이 아니라는 것만은 확실했다. 그렇다면 도중에 마음이 바뀌어서 남매와 헤어졌거나, 혹은 놓쳤는지도 모른다. 그것도 아니라면 도중에 습격을 받고 남매를 잃어버렸던가. 가지가 확인하고 싶었던 것은 오히려 그것에 대한 불안이었다. 하지만 히키타가 대답 대신 꽤나 곤혹스러운 표정으로 기리하라의 표정을 살핀 순간 가지의 온몸에 시커먼 의혹이 퍼졌다.

"어디까지 갔다 왔어?"

가지가 거듭 묻자 후쿠모토가 히키타를 대신해 대답했다.

"목적지가 내려다보이는 산 위까지 갔는데, 그 아가씨가 약삭빠르게도 여기까지면 이제 됐어요……."

후쿠모토가 갑자기 입을 다물었다. 가지의 눈빛이 바뀌었던 것이다.

"뻔히 들여다보이는 거짓말은 하지 마라. 우리들보다 왕복 80킬로미터나 더 되는 길을 어떻게 하루 만에 갔다 올 수 있어?"

"거짓말이라면 어쩔 건데?"

기리하라가 귀틀에 올려놓은 총을 곁눈질하며 으르렁거렸다.

"야, 가지. 네가 이제 와서 새삼스럽게 참견할 일은 아니지. 그렇게 걱정됐으면 왜 직접 데려다 주지 않았어?"

가지는 기리하라에게서 역습을 당하자 심리적으로 후퇴했다. 기리하라가 만약 거기서 그만두었다면 아무 일도 일어나지 않았을지 모른다. 그러나 기리하라에게는 가지 일행과 합류한 뒤로 휘둘리며 지내야 했던 불만이 늘 작용하고 있었기 때문에 이참에 여세를 몰아서 마구 지껄였던 것이다.

"넌 내가 그 이가씨를 데려다 준나고 하니까 체면이 말이 아니었겠지. 그 여자한테는 항상 멋있는 모습만 보여주려고 행동했으니까. 군인 아저씨는 친절하게 대해주셨어요, 옜지. 흥! 웃기지 마. 여자란 말이다, 가지, 사내한테 그런 걸 바라는 게 아니야. 어차피 그 아가씨는 로스케가 먹고 버린 찌꺼기였다고. 규중처녀를 다루듯 하는 꼴을 보고 있자니 눈꼴이 시어서 원."

"……그래서 어떻게 다뤘다는 거야?"

"그래서 적당히 다뤄주었지, 적당히."

"적당히라는 말은?"

"알고 싶나? 로스케가 더럽혀놓은 걸 깨끗하게 씻어주었단 말……."

말이 끝나기도 전에 기리하라의 눈앞에 불티와 뜨거운 재가 흩날렸다. 모닥불을 박차고 일어선 가지는 기리하라가 총에 손을 뻗는 것보다 빨리 그 총을 빼앗아서 개머리판으로 기리하라의 광대뼈를 후려갈겼다. 후쿠모토에게는 엉거주춤한 자세로 총을 잡을 만큼의 시간밖에 없었다. 어떤 행동을 일으키기도 전에 가지가 뻗은 총구가 코앞에 와 있었다.

"나루토, 이놈과 히키타의 총에서 탄창을 빼라."

가지가 총을 겨눈 채 말했다. 데라다가 민첩하게 내려와서 나루토를 거들었다.

"후쿠모토, 네놈의 두목을 간호해줘라. 그냥 기절한 거니까."

가지는 겁을 먹었는지 전혀 일어날 생각을 않는 히키타에게 다가갔다.

"말해! 네놈들 셋이서 그 남매를 어떻게 했는지."

그 밀림을 돌파한 이후 가지와 행동을 같이해온 히키타는 가지를 속일 수 없다고 체념한 모양이다. 횡설수설 종잡을 수 없는 말로 우물거리면서 실토했다. 그의 말에 따르면 산길에서 당나귀를 끌고 온 만주인 젊은이를 만난 일행은 그 만주인을 때려눕히고 당나귀를 빼앗아서 숲속으로 끌고 들어가 당나귀 고기로 허기를 달랬다. 그 무렵까지는 남매를 어떻게 하겠다는 계획적인 의도가 있었던 것은 아닌 것 같다.

배가 부르자 갈 곳이 없어진 사내들은 말하자면 자포자기가 된 자유라고도 할 수 있는 감정에 지배되어 있었다. 뭘 생각해봤자 어떻게 될지 모르는 처지다. 그렇다면 하고 싶은 대로 해서 하다못해 욕망적인 후회만은 남기고 싶지 않았다. 가지처럼 욕망에 제약을 가하는 것이 이 상황에서의 미덕인지 어떤지는 의심스러울 뿐이다. 기리하라의 말처럼 하루하루가 곧 삶일지도 모른다.

기리하라는 아가씨를 데리고 남쪽으로 되돌아가는 '에로틱한 여행'을 생각하지 않은 것도 아닌 것 같다. 그런데 아무리 생각해도 거추장스럽기만 하고 쓸모도 없는 남동생은 걸림돌밖에 안 된다. 이런 낌새를 민감하게 알아챈 아가씨는 동생을 재촉하여 세 사람에게서 떠나려고 인사를 했다.

"여기까지 데려다 줬는데 이만 안녕이라니 너무한걸?"

기리하라가 눈을 부라리며 말했다.

"가고 싶다면 보내는 주겠지만 어차피 너희들은 만주인에게 죽임을 당하거나 놀림감이 될 뿐이야. 그래도 가고 싶다면 보내줄게. 하지만 우리에겐 아직도 너한테 볼일이 남아 있어."

이때 비로소 그녀는 가지나 단게를 따라가지 않은 것을 후회했는지도 모른다.

헛된 저항 속에서 아가씨는 밉살스럽게 말하는 사내의 목소리를 들었다.

"로스케에게 당하고도 죽을 생각을 안 한 년이 일본인 사내는 싫다는 거냐?"

가지는 타다 남은 불빛을 받아 무시무시하게 일그러진 얼굴로 후쿠모토를 보았다.

"……동생은 어떻게 했어?"

"……덤벼들기에 때려눕혔지."

후쿠모토는 대담하게 배짱을 부리며 도전하듯이 말했다.

"마음대로 해."

"총으로?"

"……그래."

"여자는?"

"……어차피 살 가망이 없는 시국이야."

막사 안 어둠 속에서 숨을 죽이고 있던 사내들은 가지가 난폭하게 노리쇠를 찰칵하고 여는 소리를 들었다. 탄창을 다시 끼웠을 것이다. 노리쇠가 잠겼다. 실탄은 약실에 들어갔을 것이다.

'총소리가 요란하게 울리겠군.'

적어도 단게는 그렇게 생각하고 자리에서 일어났다.

어둡고 답답한 침묵이 흘렀다. 뚝뚝 끊어지는 거친 숨소리만이 들렸다.

"나가라, 세 놈 다."

가지의 공허한 목소리가 간신히 말했다.

"오늘 밤 안으로 멀리 가 버려. 총은 압수한다. 대검도 내놓고 맨몸으로 가. 두 번 다시 내 눈에 띄지 않도록 해라. 난 분명히 그 빈 마을에서 너희들에게 말했다. 쏴 죽이지 않는 것은 그럴 필요가 없어서가 아니다. 네놈들은 죽는 게 낫다. 사실이 그래! 내가 쏘지 않는 것은 그 남매를 그냥 보내고 만 것이 내 잘못이었기 때문이다. ……네놈들은 오늘 밤부터 네 발로 기어 다녀라."

8

어둠 속으로 쫓겨난 세 사내의 발소리가 사라지자 그때까지 봉당에 서서 귀를 기울이고 있던 가지는 갑자기 다리가 차여 넘어지듯 털썩 주저앉았다. 나루토가 흩어진 불씨를 모아 다시 불을 피우기 시작했다.

"녀석들 간신히 목숨을 건졌군."

누군가가 중얼거렸다.

"……어이, 가지 상등병."

어둠 속에서 다른 사내가 불렀다.

"내일부터 조심하는 게 좋을 게야. 자넨 놈들을 용서해줬지만 놈들은 자넬 용서하지 않을 테니까."

"……그래, 조심하지."

가지는 때가 덕지덕지 끼고 수염이 덥수룩한 얼굴을 역시 더러워질 대로 더러워진 손으로 닦고, 누구에게도 보이지 않는 침통한 미소를 지었다.

"가지 상등병님, 괜찮습니다."

불을 입으로 불어서 피우고 있던 나루토가 수염투성이 얼굴을 땅에서 들고 말했다.

"우리가 옆에 있습니다. 다른 사람들도 틀림없이 같이 가고 싶어 할 겁니다."

가지는 고개를 끄덕이기는 했으나 생각은 다른 데 있었다. 그는 아가씨의 그 동그랗고 검은 눈동자와 창백하고 말이 없던 그녀의 남동생을 떠올리고 있었다. 설령 허탕 칠 것을 알고 있었다 해도 따라갔다면 이런 일은 벌어지지 않았을 것이다. 설령 비적처럼 행동하게 될지라도 이렇게 되는 것보다는 낫지 않은가.

군인 아저씨는 친절하게 대해주셨어요. 어제 아침이다. 그렇게 말한 것. 지금은 짐승 같은 세 사내의 육욕에 농락당하고 어느 숲속에 시체로 버려져 있을 것이다.

어두운 막사 안에는 기리하라 패거리의 행위를 성토하는 목소리가 몇 군데로 나뉘어 오가고 있었다. 이 사람에서 저 사람으로 이야기는 점점 퍼져가고 있었지만, 기리하라 일행이 이 살벌한 사내들의 동정을 받지 못하는 것은 행위 자체가 밉기 때문이 아니라 일본인이 일본인에게 가한 능욕 행위이기 때문인 것 같았다.

그것에 제재를 가한 가지의 행위는 정당화되고 있는 모양이다. 그런데 잠자코 듣고 있자니 그 정당화의 거의 유일한 근거는 가지가 기민하게 행동했다는 것에 지나지 않는 것 같았다. 즉 활극의 주역을 멋들어지게 연기했으니 상을 내리겠다, 단지 그뿐인 것이다.

가지는 단게가 누워 있는 쪽으로 올라갔다. 단게는 몸을 비켜서 가지에게 자리를 내줬을 뿐 아무 말도 하지 않았다. 가지는 단게가 그러는 이유를 알 것 같은 기분이었다. 단게는 가지가 말하자면 너무 철저하게 법률에 기반을 두고 행동한 것을 비판하고 있는 것이 틀림없다. 그렇다면 단게, 자네는 그 세 놈을 어떻게 처리할 텐가? 가지는 몇 번이나 그렇게 물어보려고 했지만 그 기회를 잡을 수가 없어서 단게 옆에 말없이 누웠다.

시커먼 뼈대처럼 드러난 천장의 들보를 두 사람은 가만히 응시한다. 이야기 소리는 차츰 끊어질 듯이 줄어들더니 이윽고 검은 밤바람의 속삭임만이 들린다. 어쨌든 이렇게 또 하루가 끝나려고 한다.

이튿날 아침, 가지 일행이 출발할 때는 같이 움직이게 된 인원이 거의 서른 명 가깝게 늘어나 있었다.

9

사람이 많아졌으니 눈에 띄기가 쉽다. 그래서 눈에 띄지 않도록 길이 없는 곳을 골라서 갔다. 그렇게 한 것이 아마도 진로를 남쪽으로 치우치게 한 모양이다. 며칠 후 산은 험해지고 숲은 깊어졌다.

선두에 선 가지는 시커먼 산들이 전방 멀리 여러 겹으로 포개져 있는 것을 보고 진로가 잘못된 것을 깨달았다. 이대로 가다가는 밀림 속에서의 참담한 고생을 되풀이할 것만 같았다.

"이대로 가다간 하얼빈링哈爾濱嶺 산맥을 만나겠어."

말하고 나서 나루토를 돌아보았다.

"너무 경계를 하다 길을 잘못 잡았다. 좀 더 서쪽으로 가자."

"곧장 돌파해서 가세. 돌아가는 건 사양이야."

연차만은 히로나카 하사보다 오래된 오구라라는 병장이 가지 옆으로 나와 말했다.

"곧장 가면 조선이겠지? 우린 조선이든 남만주든 상관없어. 요컨대 빨리 사람들이 사는 곳으로 돌아가기만 하면 돼."

"무사히 넘어갈 수 있을지 어떨지도 몰라."

적군의 총알 세례보다 자연의 장애가 훨씬 무섭다는 것을 가지는 뼈에 사무치게 느끼고 있었다.

"무사히 넘어간다 해도 지엔따오 성間島省이야. 전쟁 중일 때도 항일지역이었던 곳이라고. 그걸 각오하고 가겠다면 모르겠지만."

가지가 서쪽으로 진로를 바꾸자 L자처럼 돌아가게 되어 뒤쪽에서 투덜거리며 불평하는 소리가 들리긴 했지만 아무도 다른 행동은 취하지 않았다. 가지는 누구의 추천을 받아서 리더가 된 것도 아니고, 스스로 되려고 해서 된 것도 아니다. 그는 위험에 대처할 경우를 생각하면 자신 외에는 아무도 믿을 수 없었기 때문에 남의 뒤를 따라가는 위치에 자신을 놓지 않았을 뿐이다. 그러자 그것이 꽤나 자신감 있는 모습으로 비쳤는지 많은 사람이 따라왔다.

여기서는 군대의 서열이나 연차의 많고 적음은 거의 따지지 않게 되었다. 다시 말해서 그만큼 군인이 한 개인으로 돌아가 있기도 했고, 또 반대로 질서도 규율도 없는 오합지졸이 되기도 한 것이다. 제각기 흩어져 있던 수많은 소를 한 곳으로 몰면서 쫓아가면 자연스럽게 선두에서는 소가 나온다. 그렇다고 그 소가 반드시 다른 소보다 강한 것은 아니다. 필시 그 소도 가지처럼 다른 소를 별로 믿지 않는 것이 틀림없다.

다음 날 오후, 땅이 보이지 않을 정도로 숲으로 뒤덮인 평지가 내려다보이는 비탈면에 이르자 나무 사이에서 느닷없이 수하誰何를 하는 자가 있었다. 보초 수칙에 나오는 수하 요령이 틀림없는 것을 보니 일본군 병사다. 벌써 이파리 색이 달라진 나무 뒤에 숨어 모습을 드러내지 않는다.

"나와라."

가지는 주위를 둘러보았다.

"뭘 겁내고 있는 거야?"

"빨리 이쪽으로 들어와서 몸을 숨겨!"

목소리만이 들렸다.

"그렇게 많은 사람이 어슬렁거리고 다니면 밑에서 훤히 보이잖아."

그의 말대로 일행이 나무줄기와 풀숲에 몸을 숨기자 마른풀로 완전히 위장한 두 병사가 가지 앞에 나타났다.

"너희들, 밑으로는 가면 안 돼."

"왜?"

"토벌대가 있어."

가지는 아래쪽 숲을 내려다보고 나서 상대의 모습을 다시 살폈다.

"자네들은 대체 어떻게 된 건가?"

"여기서 농성 중이야. 저쪽에 중대장님이 계시니까 가서 상황 설명을 잘 들어봐."

그러고는 가지에게서 옆에 있는 동료에게 시선을 옮겼다.

"넌 이들을 다 데리고 가서 보고해. 돌아오는 길에 보초 교대자도 데리고 오고."

산의 습곡에 몇 개의 동굴을 파고 쉰 명 남짓의 군사들이 월동 준비를 하고 있었다. 지휘관은 축성술에 능한 사람 같았다. 동굴이 모두 교묘하게 위장되어 있어서 안내를 받고 따라간 가지 일행도 쉽게 알아볼 수 없었다.

수염투성이의 땅딸막한 사내가 나무 사이에서 나타나 보초의 보고를 받고는 가지에게 다가왔다.

"너희들은 남만주로 갈 생각인가?"

가지는 그 사내의 옷이 더럽긴 하지만 장교복이라는 것을 알고는 말투를 어떻게 해야 할지 고민했다. 새삼스럽게 상대를 장교로 예우해주고 싶은 생각은 없었지만 이 집단에는 아직도 계급 제도가 엄중하게 유지되고 있는 것 같았다.

"……그렇습니다."

"흠. 불가능하지는 않겠지만 쉽지도 않을 게야."

중대장이 말했다.

"요 아래 숲속에 벌채도로가 있네. 거기서 서쪽으로 조금만 가면 경편철도 輕便鐵道(기관차와 차량이 작고 궤도가 좁은, 규모가 작고 간단한 철도-옮긴이)가 나와.

이 두 길은 약 50킬로미터 앞의 개활지에서 하나가 돼. 그 너머에는 마을과 밭도 있네. 그리고 거기서 좀 더 가면 징투 선京圖線(신징新京~투먼圖們 철도-옮긴이)으로 나가. 즉, 이 일대가 패잔병 부대가 활동하는 경계라는 뜻이야. 벌채도로와 경편철도는 물론 일본이 개척한 것이지만 지금은 적의 수중에 들어가 있으니까."

"토벌대가 있다고 들었습니다만."

"있지. 정찰대의 보고에 따르면 벌채도로를 벗어나는 부근에서 토벌대에 포착되어 섬멸되는 형세네. 정찰대도 그들의 공격을 받고 돌아왔어."

"그래서 여기서 겨울을 나기로 결정한 겁니까?"

"처음엔 하얼빈링을 횡단해서 조선으로 갈 생각이었네. 조만 국경에는 아직 아군이 있을 것이라고 생각했지. 그런데 정세를 판단해보니 조선 북부는 공산화가 되었을 공산이 크더군. 게다가 무엇보다도 다량의 군량과 탄약을 갖고 하얼빈링을 횡단하다가는 겨울 동안 희생자가 속출할 거야."

"여기에 있으면 희생자가 나오지 않을 거라고 생각합니까?"

"부대가 이동하는 도중에 습격받는 건 아니니까. 이 지형을 잘 봐. 토벌대가 설령 열 배의 병력을 끌고 와도 우릴 잡을 수는 없어. 병사들은 정예병이고, 중기관총, 경기관총, 유탄발사기까지 전부 갖추고 있네. 식량도 내년 봄까지는 충분하고……."

가지는 피식 웃었다. 군국주의의 광신자는 소멸된 것이 아닌 모양이다.

"실례지만 소련군과 전투는 해봤습니까?"

"아니. 우린 후방에 있었네."

"운이 좋았군요."

가지는 이번엔 하얀 이를 보이며 웃었다.

"전 섬멸적인 포격을 당한 터라 중기관총 이하의 병기가 얼마나 제 역할을 못하는지에 대해서는 잘 알고 있다고 생각합니다만……."

"여길 어디서 포격하겠나?"

중대장은 가지를 동정하듯이 보았다.

"천혜의 요새네. 토벌대는 보병밖에 올 수 없어."

"……그렇다고 해두죠."

가지는 양쪽에서 모여든 수염이 덥수룩한 사내들을 둘러보았다.

"내년 봄까지 버티고 나면 다음에는 어떻게 할 생각입니까?"

"글쎄……. 내가 말하고 싶은 것이 그것이지."

중대장은 수염이 덥수룩한 얼굴에 회심의 미소를 지었다.

"너희들은 일본이 어떻게 됐을 거라 생각하나?"

"항복해서 연합군에게 점령되었겠죠."

"즉 꼼싹도 못하게 된 것이겠지?"

"……그렇겠죠."

"만주는 어떻게 되었을까?"

"소련군이 점령해서……."

가지는 말이 막혔다. 그 다음은 모른다. 자신도 알고 싶다. 당장은 알고 싶은 것이 그것뿐이라고 해도 과언이 아니다.

"로스케는 만주를 중국에 돌려줄까?"

"……돌려줍니다. 돌려줄 것입니다."

"누구에게? 장제스에게?"

가지는 뒤에 서 있는 사람들 중에서 단게의 얼굴을 찾았다. 단게는 가지의 시선에 미소로 답했다.

"……장제스한테는 돌려주지 않을 겁니다."

"장제스는 필요 없을 것이라는 말인가?"

가지는 웃으며 고개를 가로저었다.

"가지려고 하겠죠. 뒤에 미국이 있으니까."

"팔로군은 가만히 있을 거라고 생각하나?"

"……그렇게 생각하지는 않습니다."

"좋아. 의견이 일치됐군."

중대장은 매우 유쾌한 듯 웃었다.

"미국은 장제스를 후원하여 만주에서 소련과 중국 공산당 세력을 쫓아내려고 할 걸세. 두고 봐. 반드시 내전이 일어날 테니. 그것도 아주 가까운 장래에 말이야. 우린 그 기회를 잡아 행동으로 옮길 생각이네. 자발적으로 중앙군(국민당군)에 협력하는 거야. 일본은 전쟁에서 패했네. 하지만 망하진 않았어. 일본이 살 길은 하나밖에 없네. 일본에 패배를 안긴 미국의 의도를 파악해서 거기에 협력하여 하루라도 빨리 독립을 회복하는 거야. 그렇지 않나? 그러려면 미국과 소련의 반목을 이용하는 것이 가장 좋아."

"대단한 계략이군요."

가지는 비웃었다.

"쉰 명밖에 안 되는 소부대로 말이죠."

"부대의 대소는 문제가 안 돼. 의의(意義)의 대소가 문제지."

수염투성이의 땅딸막한 사내는 갑자기 눈빛이 날카로워졌다. 아마도 이런 정열이 50여 명의 사내들로 하여금 산속에서 겨울을 나는 데 동의하도록 만들었을 것이다.

"똑같이 미국 쪽에 붙는다 해도 일본에서 미군에 의해 무장해제되어 무력한 개인이 되는 것과 이 대륙에서 행동력을 갖춘 부대로서 자주적으로 활로를 여는 것은 크게 달라. 장제스는 일본 국민에게 은혜와 원수를 떠나서 상호 번영을 하자고 부르짖고 있네. 그것을 단순히 외교적인 말로 그치게 하느냐 그렇지 않으냐는 우리의 행동 여하에 따라 결정될 테니, 중앙군의 진출에 호응하여 우리가 이 일대에서 행동을 일으키면……."

"박살납니다."

가지가 한 마디로 딱 잘라 말했다.

"쓸데없는 참견일 수도 있지만, 당신은 병사들의 목숨을 갖고 모험을 하려는 것 같습니다."

"넌 어떻고?"

중대장 뒤에서 하사관으로 보이는 사내가 험악한 눈빛으로 말했다.

"이렇게 많은 사람들을 위험 구역에서 인솔하다가 개죽음을 시켜도 아무렇지 않다는 건가?"

"개죽음이 아니야."

가지는 반발했다.

"모두들 전쟁도 군대도 싫어졌다. 오직 사회로 돌아가고 싶은 일념으로 걷고 있는 거야. 모두 집에 돌아가서 해야 할 일이나 만나야 할 사람이 있을 것이다. 미군이나 장제스의 앞잡이 노릇에 목숨을 걸 이유는 없어. 자신의 본심에 따라 행동하는 거야. 도중에 쓰러진다 해도 어쩔 수 없어. 난 그렇게 생각해."

"말리진 않을 테니 어서 가라."

상대방 쪽에서 다른 사내가 말했다.

"어차피 양식도 변변치 않은 것 같은데 괜히 눌러앉았다간 우리만 피곤해지지."

"주제넘게 나서지 마라."

중대장이 꾸짖었다.

"월동 식량은 충분하다. 너희들 중에 우리와 합류하고 싶은 자가 있다면 나와라. 위험을 무릅쓰고 가는 것보다는 내년 봄까지 기다렸다가 부대로서 당당하게 행동하는 편이 낫지 않겠나, 응?"

"……각자의 자유지."

가지는 중얼거리며 동료들 쪽을 돌아보았다.

"오늘 밤은 이 부근에서 숙영하도록 한다. 우린 내일 아침 일찍 출발한다."

10

 나뭇가지와 잎에 가로막혀서 위로는 아무것도 보이지 않는 밤하늘이 어쩌다 나무줄기 사이로 추위에 떨고 있는 별을 슬쩍 내보인다. 깊은 가을 산의 벌레 울음소리가 살갗을 파고들어 뼈에 사무치는 것 같다.
 작년에는 이 벌레 울음소리를 듣지 못했다. 가지는 그렇게 생각했다. 바쁜 병영 생활에 쫓겨 벌레 울음소리를 몸에 사무칠 정도로 들을 여유가 없었던 것이다. 그런 까닭에 생각나는 것은 그 전년도, 그러니까 특수 광부의 숙소에 둘러친 철조망 옆에서 한밤중의 별을 올려다보며 차가운 물을 뒤집어쓰듯 듣던 벌레 울음소리다.
 그때는 특수 광부의 처지를 동정했었다. 결국엔 이렇게 될 줄 알면서도 누군가를 동정하는 입장에 자신을 세우고 훈훈한 기분을 만끽하고 있었다. 지금은 어떤가. 이 산속에 웅크리고 앉아 뼈에 사무치는 듯한 벌레 울음소리를 듣고 있다.
 "……금방 겨울이겠어."
 누구에게랄 것 없이 중얼거렸다.
 "서두르자, 갈 길이 멀어."
 "토벌대가 있어도 돌파할 수 있을까요?"
 데라다가 조용히 물었다.
 "인원이 많아져서 발각될 거예요."
 "넓은 숲속이야, 걱정 마."

가지를 대신해서 나루토가 말했다.

"나무 수만큼 인간이 있는 것도 아닌데 뭘 그렇게 걱정해?"

"총알도 얼마 안 남았고, 상등병님의 수류탄도 하나밖에 없는데……."

야마우라가 힘없는 목소리로 말했다.

"단게 씨는 빨리 포로가 되는 게 낫겠다고 하더군."

"포로가 되면 언제 돌려보내줄지 몰라."

나루토가 말하자 야마우라는 누구한테 들었는지 바로 이렇게 대꾸했다.

"국제법으로 정해져 있어. 전쟁이 끝나면 포로는 바로 돌려보내야 한다고."

"전투는 끝났어도 전쟁이 끝난 것은 아니야, 법률상으로는."

가지가 어쩐지 힘이 없는 목소리로 말했다.

"전쟁을 종결한다는 선언을 하고 강화조약이 맺어져야 해."

"금방 맺어지겠죠?"

"그러면 좋겠지만……."

검은 그림자가 나무 사이를 누비고 나와 가지에게 말했다. 히로나카다.

"가지, 아까 하사관한테 상황 설명을 자세히 들었는데 돌파하는 건 무리야. 삼림철도가 있는 쪽에는 로스케가 들어와서 뭔가 조사하고 있는 모양이야. 거기로 나갔던 정찰대가 그들과 맞닥뜨리고 왔다니까 이미 소재는 확인됐어."

"그래서 산에 틀어박히는 게 안전하다는 거야?"

"우리가 아무것도 하지 않으면 저들도 이런 데까지 들어오겠나? ……같이 온 자들 중에도 여기에 남겠다는 자가 있고."

"……당신은?"

"……나도 마찬가지야. 돌파하는 것은 무리라고 생각하니까."

"이 개새끼야!"

갑자기 나루토가 소리쳤다.

"여기까지 살아서 올 수 있었던 게 누구 덕분인데? 신세는 신세대로 지고 위험하니까 떠나겠다고?"

나루토는 히로나카와 우연히 만난 뒤로 가지 앞이라 참고 있었던 울분을, 병영에서 그날 밤 받았던 린치와 그에 이어진 영창의 원한을, 한꺼번에 폭발시키려는 듯했다.

가지는 "받은 것은 배로 돌려주마!"라며 흥분해서 날뛰는 억센 나루토를 진정시키느라 애를 먹었다.

"의리나 인정의 문제가 아니니까 가고 싶은 사람은 가는 게 나아. 데리고 가도 나중에 후회라도 하면 처치 곤란이야……."

등이 구부정하게 늘어진 히로나카의 뒷모습이 어둠 속으로 사라져도 나루토는 여전히 욕을 퍼부었다.

"잘난 척 으스대던 새끼가 위험하다 싶으니까 꽁무니를 빼? 비실비실 따라올 줄이나 아는 겁쟁이 같은 놈! 저런 새끼는 뒈질 때까지 두들겨 패야 한다구요, 가지 씨."

가지는 히로나카보다 단게를 걱정했다. 단게가 옆에 없는 것은 필시 혼자서 뭔가 생각하고 있기 때문이리라.

잠시 후 나지막한 소리로 가지를 찾으며 두 사내가 다가왔다. 산에서 농성하던 병사들이다.

"비밀 얘긴데……."

그러고는 목소리를 죽이며 말하기를 자기들도 여기서 데리고 나가 달라는 것이었다. 오래전부터 중대장의 의견에는 의문을 품고 있었지만, 지리도 모르고 단둘이 움직일 자신도 없어서 망설였다고 가지에게 호소하는 동안에도 끊임없이 주변을 살피는 모습이 심상치 않았다.

"같이 가는 건 상관없어. 당신들이 중대장에게 말하기 어렵다면 내가 말해줄까?"

가지가 그렇게 말하자 한 명이 당황해서 가지의 소매를 잡았다.

"그런 말을 했다간 큰일 나. 여긴 병영하고 똑같아. 탈영 죄로 처형된다고. 얼마 전에도 그런 경우가 있었어. 탈영하다 붙잡힌 자를 상사가 어딘가로 데리고 갔는데, 돌아온 건 상사 혼자였어."

"왜 아직도 그렇게……."

"규율과 사기가 문란해진다는 거지. 중대장은 낮에 말한 걸 절대적으로 신봉하는 사람이야. 장제스의 중앙군에서 영관이나 장관급 대우를 받고 금의환향할 수 있다고 철석같이 믿고 있다고."

"웃기고 있군!"

가지는 누가 듣거나 말거나 씹어뱉듯이 말했다.

"겨울이 되기 전에 섬멸당하거나 전부 포로가 될 거야."

"나도 그렇게 생각해. 하지만 사회로 돌아가 봐야 갈 곳이 없는 놈들이 이 부대를 장악하고 있으니 어쩔 수 없지."

"그럼 어떻게 빠져나가지?"

"……날이 새기 시작하면 우리가 먼저 내려가서 아래 숲에서 기다리고 있을게. 보초가 어디어디에 배치되어 있는지 알고 있으니까 발밑만 좀 보일 정도면 괜찮을 거야. 여기서 나가 사회로 돌아갈 수만 있다면 어떻게든 착실하게 살 수 있겠지. 그렇지?"

가지는 고개를 끄덕이고 가만히 웃었다. 떠나는 자도 있고, 오는 자도 있다. 모두들 꿈이란 건 꿀 수조차 없는 냉혹한 현실 속에서 저마다 멋대로 꿈을 그리고 있다. 가지 또한 예외는 아니다.

동틀 무렵 가지는 오구라가 부르는 소리에 잠에서 깼다.

"자네 친구, 단게라고 했던가? 그자가 위험하네. 여기 놈들에게 당할 것 같아."

가지는 벌떡 일어나서 총을 잡자마자 뛰어나갔다. 숲속 동굴 앞에서 10여 명의 사내들에게 포위된 단게가 중대장과 하사관인 듯한 자와 격렬하게 말다툼을 벌이고 있었다.

"다른 부대 사람의 참견은 용납하지 않겠다!"

중대장이 싸늘하게 말하자 단게는 평소에는 볼 수 없었던 흥분된 어조로 대꾸했다.

"처벌할 권리는 그 누구에게도 없다! 군대는 이미 해체되었어. 군율을 적용할 권한은 누구한테도 없단 말이다. 다 같은 인간이잖아! 이 두 사람이 도대체 무슨 죄를 지었단 말이냐?"

소동의 원인은 단게가 아니라 전날 밤 가지에게 데려가 달라고 청하러 온 두 사내였다. 두 사람은 포박되어 사람들 뒤에 있는 나무에 묶여 있었다. 도망쳐 나오다가 발각된 것이다. 붙잡혀서 끌려올 때 자고 있는 단게 옆으로 지나가는 바람에 단게가 이 소동에 말려들었지 싶다.

"우린 어떤 일이 있어도 생사를 같이한다, 진퇴를 같이한다고 굳게 맹세했다."

중대장은 침착하게 말했다.

"이 두 녀석이 맹약을 배신한 것 자체는 사소한 일일 수 있다. 하지만 다른 자들에게 주는 심리적인 영향은 간과할 수 없다. 우리는 일본인의 긍지를 잃지 않고 때를 기다렸다가 행동하는 것이 최선의 길이라는 결론에 도달했다. 군율을 적용할 권한은 누구에게도 없다고 해도 말이다. 집단에 속해 있으면 집단의 규율은 엄수해야 된다."

"집단의 규율이라는 것은 당신의 의지를 말하는 것이겠지? 난 이미 상관이고 뭐고 인정하지 않으니까 말이 거칠어도 참아주기 바란다. 어떤 합의에 의해 결론이 나왔는지는 모르지만, 이 두 사람은 바보 같은 농성을 최선의 길이라고 생각하지 않았단 말이다."

"여러 말 할 것 없습니다, 중대장님!"

군도를 왼손에 든 사내가 당장이라도 칼을 뽑아서 휘두를 것처럼 살기등등한 눈으로 말했다.

"쓸데없는 참견 말고 너희들은 당장 하산해! 그렇지 않으면 우리 쪽에도 손이 근질근질한 녀석들이 얼마든지 있으니까, 어떤 일이 벌어질지 몰라."

"어디 한번 해보시던가."

단게는 맨손이었지만 그 자리에 뿌리가 박힌 듯 꼼짝도 하지 않았다.

"집단의 규율이라니 어처구니가 없군. 빨치산 흉내를 내는 것도 정도껏 해. 너희들은 그래 봐야 산적일 뿐이야."

"산적이라, 좋지! 그렇다면 산적처럼 네놈도 함께 이 혼고 상사님께서 단칼에 베어주마."

혼고라는 자는 정말로 그럴 생각이었을 것이다. 절대로 사정을 두지 않겠다는 표정은 이미 상식 따위는 통할 여지가 전혀 없다는 듯 딱딱하게 굳어 있었다.

"너희들의 지휘자를 불러와라."

중대장이 여전히 싸늘한 목소리로 말했다.

"이놈들과 사전에 작당한 정황이 있다."

"그는 부르지 않는 게 좋을걸?"

단게가 혼고 쪽으로 턱짓을 했다.

"이자처럼 성질이 급하면서 손은 더 빠를지도 모르니까."

"나를 찾는 거면 여기 있다."

가지는 떨어져 있는 나무줄기 옆에서 말했다.

"단게, 산적은 민주화가 될 수 없어. 좀 더 떨어져 있게. 중대장님, 나와 거래를 할까요? 우리 쪽에서 그쪽에 합류하고 싶어 하는 자가 서너 명 있는 것 같으니 그쪽 두 명과 교환합시다."

"……오는 자는 막지 않겠다."

중대장은 딱 한 호흡 동안 생각하고 나서 대답했다.

"하지만 탈영이나 배신은 절대로 용납하지 않는다. 혼고, 집행해라!"

혼고는 살짝 웃은 것 같았다. 안면 근육이 미세하게 움직이는 것을 본 듯한 느낌이었다. 가지는 그를 보며 참수형을 집행하던 와타라이 중사를 떠올렸다. 그러나 혼고는 살벌함에 있어서는 와타라이보다도 훨씬 더 철저하다는 것을 가지는 물론 단게도 몰랐던 것은 아닐까? 산속 깊숙이 둥지를 틀고 산적으로까지 전락한 패잔병 사이에서 인간의 목숨 따위는 한줌의 곡식보다도 가치가 없었다.

웃음이 사라지고 나무에 묶여 있는 두 사람에게 성큼성큼 다가선 혼고는 갑자기 찢어질 듯한 기합소리를 내더니 칼을 뽑으면서 한 사람을 어깨에서 반대쪽 허리께로 비스듬하게 베고, 이어서 옆으로 또 한 사람을 때려눕히듯이 거의 한 순간에 참살해버렸다.

"배신자는 이 꼴이 날 줄 알아라!"

혼고는 피 묻은 칼을 내리고 부하들에게 말했다.

"생사를 같이하겠다고 맹세한 사이이니 합심해서 가는 한 난 너희들을 나보다 먼저 죽게 놔두지는 않을 것이다. 알겠나?"

단게는 가지에게 뛰어가서 말했다.

"총 줘!"

단게는 총을 허리에 대고 잠깐 망설이고 있는 가지의 손에서 총을 빼앗았다.

"혼고!"

단게가 불렀다. 뒤돌아보는 혼고의 오만한 얼굴이 창백해지는 순간 단게는 서서쏴의 기본자세로 혼고의 가슴을 쐈다.

즉사였다. 사방이 침묵에 잠겼다. 단게의 팔은 허탈한 듯 늘어졌고, 그 손에서 총이 떨어졌다.

"……총을 집어."

가지는 단게에게 중얼거리면서 수류탄의 안전핀을 뽑았다.

"중대장님, 우리가 조용히 하산할 수 있게 해주시죠. 당신들은 겨울이 되기 전에 섬멸당하거나 포로가 될 거요. 아니면 간부가 부하에게 살해당하던가. 고립된 군국주의의 열병이 언제까지 계속될 것 같소? 우린 상황을 잘 모르지만 어쨌든 하산할 거요. 우리도 앞으로 어떻게 될지는 모르오. 단, 중대장님이 말한 대로 되지는 않을 것이라고 믿고 있을 뿐이오. ……히로나카 하사, 당신과 당신 동료는 여기에 남겠다고 했지? 이제 와서 마음이 바뀌었다고 해도 내가 거절하겠다. ……우리는 떠난다."

히로나카와 다른 두 명이 가지의 싸늘한 시선을 받으며 무리에서 뽑혀 나와 남게 되었다.

산채를 뒤로 하고 비탈면을 따라 숲을 한참 내려왔을 때 단게가 가지와 나란히 걸으며 가지에게만 들리게 말했다.

"난 토벌대가 뭔지 모르지만, 이번에 만나면 단독으로 투항하겠네……. 자네의 양해를 구하고 싶어."

가지는 단게의 옆얼굴을 한 번 흘끗 보았을 뿐 아무 말이 없었다.

"난 자네만큼 자아에 충실하지 못할지도 몰라. 자네가 자주적으로 살아가는 자유를 존중하는 기분은 알지만 난 자네만큼 집착할 수 없네. 역시 포로가 되어서 치를 것은 치르는 게 편할 것 같아. ……자네는 생각을 바꾸지 않겠지?"

"……어젯밤에 생각한 건가? 무슨 말이든 할 줄 알았어."

가지는 무겁게 굳어버린 입을 움직여서 거의 들리지 않을 정도로 중얼거렸다.

"미안해하지 말고 투항하고자 하는 자들을 데리고 같이 가게……."

11

벌채도로에는 풀이 무성하게 자라 있었다. 적갈색으로 시든 풀이 사람의 키를 훌쩍 넘을 정도다. 여기에 낫질이 된 지도 꽤 오랜 세월이 흘렀음이 틀림없다. 이따금씩 풀숲에서 마주치는 한아름은 되어 보이는 쓰러진 고목이 속까지 썩어서 밟으면 힘없이 부서진다. 양쪽에서 압박해 들어오는 밀림은 앞을 전혀 내다볼 수 없을 정도로 깊었기 때문에 몇 년에 걸쳐 겨우 5, 6미터 폭의 도로를 개척한 것으로 보인다.

개발 능력이 그 정도밖에 되지 않았다고도 할 수 있고, 그 정도의 벌목으로도 충분했다고 할 수 있을지도 모른다. 나무를 베어낸 자리에 난 풀이 사람의 키를 넘을 정도로 자라서 조용하게 흔들거리고 있다. 나무꾼이 다녀간 지도 오래된 것이다.

"잣나무네요. 대단한 숲입니다."

나루토가 중얼거렸다.

"이렇게 많은 자원이 잠자고 있었군요. 일본도 쓸데없이 욕심을 부려서 중국 대륙을 다 집어삼키려고 하지 말고 만주만 공동으로 개발해도 가난을 없앨 수 있었을 텐데."

"……나카노 세이고中野正剛(제2차 세계대전 당시 도조 내각을 비판한 정치인-옮긴이)의 제자가 된 것 같군."

가지는 빙그레 웃고 감회에 젖어 있는 듯한 나루토의 얼굴을 보았다.

"일본에는 만주를 급속하게 개발할 만한 능력이 없었어. 하긴 개발해서 너무 강해지면 곤란하니까 우물쭈물하는 동안 끝장을 내자고 덤빈 미국과 영국 등에 완전히 당하고 말았지만……. 애초에 남의 땅인데 태평하게 이나 쑤시고 있었던 게 잘못이었지."

가지는 멈춰 서서 뒤에서 따라오는 사람들을 돌아보았다. 대략 1개 분대씩의 간격을 두고 가늘고 긴 세로 모양으로 풀이 흔들리고 있다. 토벌대와 맞닥뜨렸을 때를 대비한 것이다.

"잘못이었는지는 모르지만……."

나루토는 가지가 다시 걸음을 옮기기 시작하는 것을 보고 말했다.

"좁은 일본에서 8,000만 명이나 되는 인간들이 먹고살 수는 없을 테니까요."

"그럴까?"

가지는 묵묵히 걷고 있는 단게 쪽을 한 번 쳐다보고 나서 말을 이었다.

"쌀만 해도 대략 6,000만 섬에서 7,000만 섬 사이야. 보리는 1,500만 섬쯤 될까? 지금까지 자본가 본위의 정치를 펼친 나라에서도 말이야. 인간은 1인당 평균 1년에 한 섬이면 살 수 있으니까 먹고살지 못할 것도 없었어. 정부가 바뀌어서…… 즉 너와 우리의 정부가 수립되어서 그런 정치를 해주기만 하면 8,000만 명이 아니라 1억이라도 충분히 먹고살 수 있어. 그런데 이렇게 말하는 나조차 만주에 와서 도대체 뭘 했지? ……정말 개떡 같은 기분이군! 그래서 이렇게 나나 너는 들개인지 산적인지 분간이 안 되는 꼴로 이 오지를 헤매고 다니는 거……."

가지는 말과 걸음을 동시에 멈췄다. 멀리서 경기관총을 연사하는 듯한 소리가 들렸던 것이다. 귀를 기울이고 있던 나루토가 수염 아래에서 웃었다.

"딱따구리입니다."

"……깜짝 놀랐어."

가지는 총을 고쳐 잡고 걷기 시작했다. 딱따구리 소리는 정말로 가지의 육체 속에 투쟁의 생리적 기능을 반사적으로 동원시키기에 충분할 정도로 빠르고 날카로운 기계음과 흡사했다.

그로부터 잠시 후에 또다시 멈춰 선 가지의 얼굴이 깎아 세운 듯 긴장한 것은 이번에야말로 진짜 위기를 감지했기 때문이다. 가지는 손을 흔들어서 뒤에 따라오는 사람들을 왼쪽 숲에 잠복하게 했다.

숨을 죽이고 기다리는 동안은 비록 몇 초에 불과할 정도로 짧았겠지만, 모두가 말소리나 풀잎이 스치는 소리, 발소리를 듣기 전까지는 지독히도 길고 얼어붙은 듯 정지된 시간이 있었다.

그들은 반대쪽 숲을 헤치고 벌채도로로 나온 것 같았다. 모두 합해서 서른 명 안팎의 소부대로 소련군과 토착 민병이 거의 절반씩 섞여 있다. 가지 일행이 온 방향으로 들어간다.

두세 명의 민병이 군데군데 멈춰 서서 사방을 둘러보는 것이 아무래도 이 근방이 수상한 모양이다. 주의력이 깊은 자라면 풀이 쓰러져 있는 것을 보고 수상하게 생각했을지도 모른다. 기침 소리 한 번에도 상황은 종료된다. 이 풀숲은 총소리로 뒤덮이고 피로 물들 것이다. 가지는 상대편보다도 같이 온 일행이 더 신경 쓰였다. 저마다 나무뿌리 밑에 웅크리고 있는 사내들을 손짓 한 번으로 통제하면서 말 그대로 심장이 다 오그라드는 듯한 심성이었다.

토벌대로 보이는 그 부대는 풀이 무성한 벌채도로를 따라 안으로 깊이 들어가며 멀어졌다.

"……저 산으로 가는 거겠죠?"

데라다가 속삭였다.

"저 정도 병력으로 될까요?"

"……별동대겠지."

가지는 주뼛주뼛 고개를 내밀어 확인하고 나서 대답했다.

"저 숲 너머에 삼림철도가 있을 거야. 그곳으로 주력이 가는 거겠지."

"로스케 두세 명이 등에 뭘 지고 있던데."

나루토가 중얼거렸다.

"화염방사기야. ……산에 있는 자들이 저항하면 그걸로 태워 죽이겠지."

"뒤에서 공격하면 저들을 구해줄 수 있지 않을까?"

가지가 있는 곳으로 기어온 고참병이 말했다.

"자식들, 태평하군. 첨병도 후방 엄호병도 없이 가고 있어. 저런 놈들이 전투에 이겼다는 게 이상할 정도야."

"……자네 혼자서 해봐. 말리진 않을 테니까."

가지는 나무에 총을 세우고 대검을 빼고 있는 단게를 보면서 고참병에게 심술궂게 말했다.

"언젠가 당신 솜씨를 보게 될 때가 있겠지. 그때까지는 적을 피하는 것만 생각했으면 좋겠어. 만약 날 따라올 생각이라면……."

할 말만 하고 가지는 단게 옆으로 갔다.

"……갈 건가?"

단게의 머리가 위아래로 움직였다.

"자네들이 떠나고 나면 지금 그자들한테 가겠네."

"……멀리서 소릴 내며 가. ……손을 높이 치켜들고 말이야. ……난 500미터쯤 가서 기다리고 있을게. 총소리가 들리면 돌아와보겠네…….

만약 그렇게 되면 돌아와봐도 자네는 더 이상 자네가 아니겠지만……."

가지는 바쁘게 눈을 깜빡였다.

"……자넬 또 만날 수 있을까?"

지난날 육군병원에서 헤어질 때보다 더 가슴이 아픈 것 같았다. 실제로 마음 한구석은 몹시 우울했다. 그런데도 또 다른 부분은 몹시 메말라 있었다. 아마도 두 사람 다 그 후로 피 냄새를 너무 많이 맡은 모양이다. 그리고 또 죽음을 짊어지는 데 너무 익숙해진 것 같다. 삶이 죽음으로 뒤바뀌는 것은, 그것이 남의 것이든, 자신의 것이든 더없이 간단하다는 것을 두 사람은 너무 잘 알고 있었다.

"못 만날 것도 없지. 서로 살아만 있다면……."

가지는 고개를 끄덕였다.

"숲속으로 들어가게, 우린 갈 테니까."

이번엔 단게가 고개를 끄덕였다. 가지는 그 뒷모습에 대고 말했다.

"자네가 가는 길이 옳고, 내가 가는 길은 잘못된 것일까?"

"몰라. 그건 아무도 모를 거야."

단게는 나뭇가지와 잎으로 그늘진 얼굴에 엷은 미소를 띠었다.

"……가지라는 살인 기술의 명수 덕에 난 오늘까지 살 수 있었네. 그건 사실이야."

가지는 애매하게 손을 흔들었다. 이별을 고하는, 그렇게밖에는 표현할 수 없는, 애매한 감정의 기복을 느꼈다.

12

"단게 씨는 어떻게 된 거죠?"

단게가 사라진 쪽을 자꾸 돌아보면서 야마우라가 가지에게 물었다.

"아무려면 어때서."

나루토는 가지가 말없이 걷고 있자 대신 말했다.

"우린 하루하루를 무사히 넘기는 것만 생각하면 돼."

"단게 씨는 전부터 반대였으니까."

데라다가 혼잣말하듯 말했다.

"우리가 위험을 무릅쓰고 가는 것에 자신이 없어진 거야. 더구나 자기가 그 상사를 쏴 죽였으니까. ……그런데 정말 놀랐어. 그가 그렇게 갑자기 쏠 줄은 생각지도 못했거든."

가지는 여전히 잠자코 걷고 있었지만 전방과 후방으로 번갈아가며 신경을 집중시키고 있었다. 단게는 이미 토벌대의 후미를 따라잡았을 것이다. 만약 무사히 포로가 될 수 있다면 산채 토벌의 안내인 노릇을 하게 될 것이다. 단게는 그것도 각오하고 있었을까?

오구라가 쫓아와서 가지와 나란히 걸으며 말했다.

"……총소리가 들리지 않는군."

"무슨 말이야?"

오구라가 씩 웃었다.

"자네가 보내준 그 사내가 무사히 투항했다면 또 다른 지원자가 나올지도 모르네. 남쪽으로 내려가도 갈 곳이 없는 자는 포로가 되어도 안전하다는 것을 알면 별로 불명예라고는 생각하지 않을 테니까."

"명예나 불명예 때문에 걷고 있는 건가?"

가지가 우울한 목소리로 말했다.

"그렇다면 여기서 무기를 버리고 저들 뒤를 쫓아가. 난 남의 의지로 걷게 하고 싶지는 않으니까. 난 내 생활로 돌아가는 거야. 물론 그 생활이 이미 없어졌을 수도 있지. 만약 그렇다면 난 기력이고 뭐고 다 없어져서 부스러기가 되어버릴지도 몰라. 그래도 어쩔 수 없어. 전쟁은 내 의지와는 상관없이 일어났으니까. 난 그 속에서 어느 정도 책임을 져야 하는 일을 하긴 했지만 포로가 되는 것이 속죄의 방법이라고는 생각하지 않아. 또 전쟁은 내 의지와는 상관없이 끝났어. 이제 진력이 난다고. 자신의 의지와는 상관없이 이리 끌려가고 저리 움직이며 자기 생활을 엉망으로 만드는 것이 말이야. 갈 곳이 없는 자라고 당신이 말했는데, 나도 갈 곳을 보장받은 건 아니야. 그냥 가 볼 뿐이지. 내가 종이 쪼가리 한 장에 쫓겨난 곳으로……."

그렇게 가 볼 뿐이다. 만약 거기에 미치코가 없다면 전쟁은 가지에게서 모든 것을 빼앗아간 것이 된다. 희망적으로 생각하면 아득히 먼 저편에 희망의 등불이 깜빡이고 있는 것도 같다. 절망적으로 생각하면 목적지에 도달한 자신이 힘이 다해서 싸늘한 주검이 되어 있는 모습이 보이는 것도 같다.

"전쟁이니까……."

가지는 오구라에게 멍한 웃음을 던졌다.

"희망적인 대답이 나올 리가 없어. 그런데도 내가 무리를 해가며 가는 것은 나 자신과는 상관없는 의지나 힘에 강요받아서 내 본의와는 무관한 삶을 이제는 끊어내고 싶어서야. 그렇게 살지는 않겠다고 결심한 거야……."

가지는 지난 수십 일 동안 본의 아닌 행동만을 되풀이해온 것을 잊고 있었던 것은 아니다. 오히려 본의 아닌 행동이 거듭되면 거듭될수록 멀어져가는 자신의 진의를 쫓아가려고 애쓰고 있었다. 전쟁은 개인의 의지 따위는 철저하게 무시되게 마련이다. 그것은 너무나 잘 알고 있다. 그것과 자기만은 예외일 것이라고 바라는 것은 완전히 다른 것 같았다. 가지는 그 속에서만 인간의 표식을 찾아낼 수 있었는지도 모른다.

이제 단게와 헤어진 지점에서 꽤 멀리 왔다. 설령 총소리가 나더라도 콩 볶는 소리 정도로만 들릴 것이다.

풀이 무성하게 자란 벌채도로 위에는 엷게 쪽빛 물감을 풀어놓은 듯 황혼 빛이 떠다니기 시작했다. 그 무렵 선두에서 가던 가지는 전방에 오두막이 한 채 있는 것을 발견했다. 나무꾼의 숙소 같았다.

"아무도 없는 것 같죠?"

풀 위로 고개를 내밀고 동정을 살피던 나루토가 말했다.

"연기도 나지 않고, 죽은 듯이 조용합니다."

"……오늘 밤은 지붕 아래에서 잤으면 좋겠군."

가지는 토벌대가 이미 벌채도로를 따라 안으로 깊숙이 들어가서 산기슭에 도달했을 것으로 추측했다. 되돌아올 일은 없을 것이다.

"만약에 대비해 둘로 나눠서 움직인다. 나루토, 데라다, 야마우라 외에 두 명은 나와 같이 가고, 오구라 병장, 당신은 나머지 인원을 지휘하여 우리들과 평행하게 움직여주게. 걷기 힘들어도 나뭇가지를 부러뜨리지 않도록 조심하고. 우리는 허리를 굽히고 간다."

여섯 사람은 허리를 굽히고 풀숲을 서행했다. 가지 스스로가 너무나 조심스러운 자신들의 행동을 비웃고 싶을 정도이니 다른 사람들은 마치 훈련 같은 우스꽝스러운 꼴을 씁쓸하게 생각했을지도 모른다.

오두막에 가까워지자 풀은 한층 더 무성해졌다. 장신의 가지나 나루토조차 머리까지 완전히 잠길 정도다. 가지는 멜빵으로 옆구리 쪽에 메고 있던 총을 앞으로 겨누고 등을 펴고 걷기 시작했다. 풀을 헤치고 걸음을 옮긴다. 또 풀을 헤치고 앞으로 나아간다. 마치 은밀하게 무언가를 노리고 접근하는 듯한 모습이었지만, 오두막에 다가갈수록 위기감은 사라졌고, 그 토벌대를 용케 피할 수 있었던 것이 아직 운이 다하지 않은 증거처럼 생각되기 시작했다.

그 순간이다. 가지는 갑자기 나타난 소련군 병사와 눈이 딱 마주쳤다. 앞뒤로 두 명밖에 안 된다는 것을 안 것은 반사적인 일련의 동작이 끝난 뒤였다. 어쨌든 가장 먼저 머리를 스친 것은 패배감이 뼈에 사무친 인간의, 말하자면 나약한 동물의 본능과도 비슷한 것이었음이 틀림없다.

가지는 눈앞에 있는 얼굴의 눈빛, 머리카락 색깔, 수북한 솜털까지

시야에 들어왔는데도 그때는 이미 양손을 어깨 위까지 올리고 있었던 것이다. 그러나 놀란 것은 가지뿐만이 아니었다. 상대도 여기서 수염이 덥수룩한 얼굴에서 눈만 반짝이고 있는 듯한 생물이 나타나리라고는 상상조차 할 수 없었을 것이다.

갑자기 나타난 그 무시무시한 형상이 정상적인 사고력을 순간적으로 중단시켰는지 상대도 가지와 거의 동시에 손을 올렸다. 손을 올리고 나서 그의 입이 말을 하려고 움직일 때까지를 인간의 시간 감각으로 재는 것은 불가능했다. 이때 가지는 완전히 의지가 없어져버린, 반사 장치만을 갖춘 기계에 지나지 않았다. 상대가 손을 올렸다. 그 반사 작용으로 가지의 손이 내려가서 허리께에 있는 총의 방아쇠를 당겼던 것이다.

굉음과 함께 날아간 한 발의 총알은 붉은 머리카락의 두 사내를 한꺼번에 뚫고 날아갔다.

모든 일이 시간 밖에서 행해진 것만 같다. 하나하나의 행위가 의식을 통과할 만한 시간이 없었다. 가지는 너무나 간단하게 쓰러진 두 외국인을 보고 나서 뒤따라온 나루토 쪽으로 당혹한 듯한 얼굴을 돌렸다. 지금의 총소리가 파국을 알리는 신호탄이 될지도 모른다는 우려가 스친 것도 나루토 쪽으로 얼굴을 돌리고 있으면서도 아직 그 얼굴에서 아무런 표정도 감지할 수 없는 동안이었다.

다시 고개를 돌렸을 때는 이미 파국이 시작되고 있었다. 오두막에서 뛰어나온 사내들을 본 것과 동시에 총알이 소낙비처럼 쏟아지기 시작했다. 가지의 뒤를 따르던 나루토와 데라다, 야마우라는 가지의 짧은 외침에 풀숲 속으로 납작 엎드렸지만, 나머지 두 명은 너무나 가까운 적군이 두려워서 숲속에 있는 동료들 쪽으로 도망가려고 했다. 그러나 총알의 속도 앞에서 인간의 다리 힘 따위는 무용지물이나 다름없다. 두 사람은 돌풍에 날려가듯 단 한 번 풀 위로 뛰어오르더니 더 이상 보이지 않았다.

일고여덟 명이었지? 가지는 풀숲에 숨어서 자신에게 물었다. 시간적인 여유가 있었다면 그렇게 생각하는 동안뿐이었다. 가지는 한 발 남은 마지막 수류탄을 던졌다. 그것은 천천히 풀 사이를 뚫고 공중으로 올라갔다가 마치 장난치듯이 완만한 곡선을 그리며 가지의 시야에서 사라졌다. 그리고 폭발음과 동시에 숲속에서 사격이 시작되었다. 자동소총의 응사는 짧았다. 숲속에서 수류탄이 터졌다. 그것에 보복이라도 하듯 풀숲에서 연달아 두 발이 폭발했다. 스무 명 남짓한 사내들이 한꺼번에 뛰어나와서 저마다 소리를 질렀다.

풀숲에서 일어선 가지가 최초로 본 것은 여기저기에서 높이 치켜든 개머리판을 힘껏 내려치는 광경이었다.

참극은 갑작스럽게 막을 올렸다가 순식간에 막을 내렸다.

"이런 개새끼들! 고작 이 정도 인원으로 우릴 잡으려고 했단 말이야?"

한 사람이 죽은 자에게서 자동소총을 집어 들며 말했다.

"이걸로 드르륵 갈기면 간이 콩알만 해진다니까. 다음엔 내가 갈겨 주마. 그런데 이건 어떻게 조작하는 거지?"

그가 집어 든 것은 속칭 '만돌린'이라는 자동소총이었다. 만돌린 두 자루와 톰슨 총 세 자루, 그리고 단발식 보병총 세 자루를 패잔병들은 저마다 전리품으로 손에 들고 있었다.

오구라가 가지에게 미소를 지어 보이며 말했다.

"정말 놀랐어! 자네가 두 패로 나누지 않았다면 큰일 날 뻔했어."

"간 떨어질 뻔했네."

나루토가 고개를 흔들며 투덜거렸다.

"가지 씨가 쐈을 때 난 뭐가 뭔지도 까맣게 몰랐어요."

한 사내가 싱글벙글 웃으며 가지에게 다가와서 수류탄 두 발을 내밀었다.

"내가 갖고 있는 것보다 당신이 갖고 있는 게 더 도움이 될 것 같군. 당신이 처음에 한 발을 던지지 않았다면 지금쯤 우리는 어떻게 됐을지 몰라."

가지는 내밀던 손을 움츠렸다가 다시 내밀었다.

"……난 다 써버렸으니까 받아두지. 다음엔 이걸 물고기를 잡을 때나 쓰고 싶군."

그 수류탄을 군복 바지 주머니에 넣었을 때 가지는 또다시 살육에 대비하고 있는 자신의 마음을 저주했다. 난 타고난 살인마란 말인가?

살인의 지휘자는 동료들에게 말했다.

"소련군 총은 전부 버려."

"하지만 이건……."

만돌린을 만지작거리던 사내가 무척 아쉬운 듯한 표정을 지으며 말했다.

"총알도 아직 들어 있는데."

"……어디 줘봐."

가지는 총을 받아서 한 번 쭉 훑어보더니 방아쇠에 손가락을 걸고 숲을 향해 미친 사람처럼 난사했다. 다 쏜 총은 하늘 높이 던져버렸다.

"우리한테 도움이 된다고만은 할 수 없어. 언제가 될지 모르지만 오늘처럼 되지 않을 때도 있을 거야. 그때 저들의 총을 가지고 있어봐. 그것만으로도 사살될 이유는 충분해. ……해가 될 말은 안 해. 남아 있는 총알을 다 쏴버리고 총도 버려. 만약 놈들이 들었다면 일본군 패잔병이 어디선가 사살된 것쯤으로 생각할지도 몰라."

깊어지는 황혼 속에서 총을 연사하는 소리가 한동안 이어졌다. 그러고는 전보다 조용한 초저녁 어둠이 갑자기 어둠을 더한 듯 무겁게 내려앉았다.

"밤을 새워 도망가자."

가시가 총을 고쳐 쥐며 밀했다.

"다들 풀로 긴 새끼를 꼬아줘. 서로 연결해서 갈 거야. 바보 같은 짓이라고 생각하겠지만 낙오자가 반드시 나올 테니까 시키는 대로 해. 오늘 밤은 입도 뻥긋하지 말고 걷기만 하고."

13

　일행 중에서 희생자는 두 사람밖에 나오지 않았다. 이 두 사람이 당황해서 숲속으로 도망치려고 하지 않았다면 희생자는 오히려 더 늘었을지도 모른다. 적어도 풀숲에 엎드린 가지 일행은 지근거리에서 맹사(盲射)하는 총알에 맞아 몇 초 사이에 거의 틀림없이 죽었을 것이다. 그렇게 생각하면 자신들은 살 운명이었던 것이다.

　이 작은 전투는 의지나 생각과는 상관없이 갑작스럽게 시작되었다. 하지만 실은 계획적인 투쟁보다도 그 편이 더 가지에게는 신경 쓰이는 일이었다.

　살아남자. 목숨을 부지해서 반드시 돌아가자. 결코 죽지 않으리라. 살해되지 않으리라. 절대로 포로가 되지도 않으리라. 반드시 내 의지로 내 욕망과 바람을 관철시키자.

　밤이고 낮이고 그렇게 생각하며 자기 자신을 채찍질해온 것이 가지를 동물처럼 바꿔놓고 있었다는 것은 부정할 수 없다. 아니, 동물보다도 나빴다. 지혜나 기술도 그 하나에만 집중되어서 단련되었다는 의미에서는 단게가 말한 것처럼 확실히 '살인 기술의 명수'로 자기 자신을 개조해버린 것이다.

　소련군의 소규모 분대와 조우하여 그들을 모두 죽게 한 것은 가지의 의지와는 상관없는 일이었고, 그들을 어떻게 처리할지 생각하는 것보다 먼저 몸이 움직여서 무슨 일인지 분별하기도 전에 끝나 버렸지만

이 또한 그 누구한테도 강요당한 것은 아니었다. 의지와 상관없이 벌어진 일이라 해도 역시 의지의 책임으로 돌릴 수밖에 없는 일이었다. 무의식적이었다고는 해도 항복의 표시로 올렸던 손을 어느 순간 내려서 방아쇠를 당긴 것에서부터 시작된 것이다. 만약 그렇지 않았다 하더라도 다른 형태로 투쟁이 시작되어 피를 흘렸을지도 모른다. 그렇다고 해서 가지의 손을 무죄라고 주장할 수 있는 것도 아니다.

가지는 더 이상 권력에 의해 전쟁범죄를 강요당하는 인간은 아니었다. 그 언덕에서 보초를 찔러 죽였을 때부터 선택 가능한 자유의지를 가진 개인으로서의 책임을 추궁당하게 된 것이다. 지금 또 그 죄의 증거를 하나 더 쌓아올렸다. 그뿐인가, 지난 수십 일 동안 무고한 주민에게 가한 수차례의 위해도 필요의 유무와는 상관없이 그의 이름을 무형의 범죄기록부에 몇 군데나, 몇 십 군데나 써 넣게 했을 것이다.

난 도망 다니는 지명수배자다. 그런 주제에, 아니 그렇기 때문에 책임을 추궁당하면 또다시 범죄를 되풀이하는 것이다. 이렇게 된 이상 무슨 일이 있더라도 반드시 살아서 돌아가겠지! 걸림돌은 치워버린다. 저항은 부숴버린다.

미치코, 내게는 그 길밖에 살 방법이 없어.

다음 날 오후, 일행은 벌채도로를 벗어나 붉은 흙바닥이 드러나 있는 평지로 나왔다. 전방으로 멀리 평탄한 지평선을 배경으로 하여 장난감 집을 늘어놓은 듯한 마을이 띄엄띄엄 보인다. 그중 한 마을을 향해 숲에서 나온 경편철도가 평지를 가로지르고 있고, 그 철도변에 잘린 나무가 여기저기 쌓여 있다. 그러고는 그저 까마득히 넓은 평원이다. 지금까지는 나무가 너무 많았고, 지금은 나무가 너무 없다. 군데군데 명목상 서 있는 나무는 살풍경한 구도를 더욱 쓸쓸하게 만들 뿐이다. 시야가 닿는 모든 곳에 인적은 없었다.

"……그 중대장 새끼가 허풍을 떤 거였어."

한 사람이 지치기도 했지만 맥이 빠졌다는 듯한 표정으로 말했다.

"아무것도 없잖아?"

"토벌대는 어디서 온 걸까요?"

나루토 역시 수염이 덥수룩한 얼굴의 긴장을 풀며 말했다.

"어디에도 로스케의 숙영지 같은 건 없네요."

"어떻게 할 건가?"

오구라가 다가오며 물었다.

"어쨌든 마을로 가야 할 텐데, 어느 쪽으로 갈까?"

가지는 시야 안에 있는 몇몇 마을까지의 거리를 눈으로 가늠해보았다. 노출된 개활지에서 소련군이나 민병 부대와 맞닥뜨리게 되면 대처할 방법이 없다. 흩어져서 도망가든, 다시 이 삼림까지 도망쳐 들어오든 희생자가 나오리라는 것은 말할 필요도 없다. 그렇다고 해서 밤까지 기다렸다가 마을로 가는 것도 불안을 내일로 미루는 데 불과하다. 마을 너머가 어떤 상황인지, 여기서는 짐작할 수가 없는 것이다. 게다가 가지고 있는 식량도 이미 바닥을 드러내고 있다. 어떻게든 밭을 찾아야 한다.

"……해보는 거야."

가지는 태양의 높이와 가을 들판의 넓이를 비교해보며 중얼거렸다.

"저 마을로 가자."

가지는 삼림철도가 향하고 있는 마을을 가리키며 말했다. 그 마을 근처에는 늪이나 연못이 있는지 햇빛에 물이 반짝이고 있었다.

"저긴 위험 루트야."

오구라가 말했다.

"나야 멍청한 엉터리 병장이라 잘 놀라지도 않지만, 자네의 이번 결정은 좀 무모한 것 같군."

"10리 앞에서 가고 있는 여자가 미인인지 박색인지는 아무도 몰라."

가지가 평소와 달리 농담을 한 것은 물론 자신이 있어서가 아니라 달리 판단을 내릴 근거가 아무것도 없을 때 그저 첫 번째로 눈에 비친 것에 운명을 맡기려고 했을 뿐이다.

"다른 마을을 봐. 딱 보기에도 만주인 마을이야. 그런데 저 마을만은 아무래도 다른 것 같아. 개척단의 마을쯤 되겠지. ……야마우라는 어떻게 생각하나?"

"흙담이 있네요, 무너졌지만."

가지는 고개를 끄덕였다. 흙담은 자연스럽게 무너졌다기보다도 파괴된 것으로 보는 것이 옳을 것이다. 그렇다면 빈 마을일지도 모른다.

"삼림철도가 다른 곳으로 가지 않고 저 부근을 지나고 있다는 것은 역시 일본인과 관계가 있다는 것이겠죠, 저 마을이⋯⋯."

그렇게 말하는 나루토의 의견도 가지의 생각과 일치하고 있었다.

"어쨌든 가 보자. 4조로 나눈다. 조와 조의 거리는 300에서 400미터. 조별 지휘자는 각 조에서 뽑도록. 우리 조가 먼저 갈 것인데 만약 마을 근처에서 먼저 간 조에 사고가 일어나면 뒤에 오는 조는 투항하든 도망가든 그 조의 판단에 맡긴다. 교전은 안 돼. 이런 개활지에서 99식 소총만으로는 승산이 없다."

"이제 와서 새삼스럽게 투항은 무슨 투항이야?"

한 사람이 강력하게 말하자 그 주위에 있던 자들도 동의의 표시로 고개를 아래위로 움직였다.

"그럼, 도망가. 어디로든."

가지는 탄약합의 뚜껑을 열어보고 쓸쓸하게 웃었다. 만약 사고가 일어나도 아직 몇 분 동안은 버틸 수 있다. 그리고 또 몇 명쯤 죽일 것이다. 그러고 나면 자기도 틀림없이 살해될 것이다. 그런 위험이 닥쳤을 때 난 손을 들까? 그야말로 '이제 와서 새삼스럽게 투항은 무슨 투항이냐?'다. 항복합니다. 살려주세요. 전 아무 짓도 하지 않았습니다. 그렇게 말할 수 있을까?

"다들 저기까지 무사히 도착하게 되면 하다못해 냉수로라도 건배하자."

가지는 어깨에 메고 있던 총을 손에 들고 말했다.

"그 중대장의 말대로 이 근방부터는 우리 패잔병의 행동권 밖이다. 바꿔 말하면 우리가 인간 세계로 돌아갈 수 있느냐 없느냐의 경계야.

오늘내일 사이에 무조건 결정된다. 우리가 다다미 위에 앉을 수 있느냐 없느냐……."

"이쑤 대신 여자를 안을 수 있느냐 없느냐도."

누군가가 말했다.

"그래, 여자를……."

가지는 나루토를 보며 씩 웃었다.

"난 늘 여자 생각만 하는데도 여자가 어떤 것이었는지 잊어버렸어."

2년이다. 여느 때라면 그리 길지 않은 세월이다. 그것이 어찌 이리도 길게 느껴진단 말인가. 요 며칠만 해도 마치 수십 년이나 흐른 것 같다. 곧 다가올 겨울에는 화롯가에서 사랑하는 여인의 체취와 목소리에 빠져 있을 수 있을까?

미치코, 나 여기까지 왔어. 남은 수백 킬로미터도 지켜줘. 기도해줘.

"……출발."

14

비장한 감회가 앞섰던 것이 우스울 정도로 평야를 횡단하는 동안은 아무 일도 일어나지 않았다. 일몰 전에 네 개 조 모두 목표로 했던 마을 옆 늪지대에 도착했다.

도중에 가지는 멀리 좌우로 보이는 마을 부근에서 사람 그림자가 몇 개 움직이는 것을 확인했지만 가지 일행의 행동에는 특별한 관심을 보이는 것 같지 않았다.

가지는 일행을 늪가에 대기시켜놓고 데라다와 나루토를 데리고 흙담이 무너진 마을을 정찰하러 갔다. 그 마을은 예상대로 만주인 마을이 아니라 원래는 어느 개척단 마을이었던 것 같은데, 지금은 일본인 여자와 노인, 아이들만 모여 있었다. 말하는 것을 들어보니 둥안東安 부근에 있던 군속들의 유가족이 많은 것 같다. 성년 남자들은 군을 따라 어딘가로 이동했다고 한다. 여자들은 남쪽으로 피난 가다가 소련군의 지시에 의해 빈 마을이 된 이곳에 집결한 듯했다.

둥안 부근이면 동북 방면이다. 가지 일행의 도피행각이 시작된 곳보다 북쪽이다. 아마 가지가 절망적인 교전을 벌이고 있을 무렵에는 아직 얼마간의 희망을 갖고 괴로운 피난길을 서두르고 있었을 것이다.

가지 일행 쪽으로 다가온 것은 네댓 명의 여자들뿐이고, 다른 사람들은 멀찌감치 둘러선 채 아무것도 하지 않고, 그렇다고 해서 노골적으로 가지 일행을 보고 있지도 않았다. 그런 모습에서 느껴지는 것은 의지가지없는 여자와 아이, 노인들로 구성된 집단이라 젊은 사내들의 힘에 기대고도 싶고, 또 군인이 온 것을 달가워하지 않는 것 같기도 했다.

"……군인들은 지나가지 않았나요?"

가지가 묻자 글래머러스한 30대 여자가 대답했다.

"가끔 왔어요. 모두들 누더기 옷을 입고 수염이 덥수룩해서……."

가지는 자기 얼굴을 쓰다듬으며 웃었다.

"그래서 어떻던가요? 그들은."

"그게 말이죠, 힘들었어요. 먹을 게 없느냐고 빈대를 붙으러 온 거예요. 우리도 가져온 것이 딱히 없었고, 이 마을의 밭도 이미 거의 황폐해져서 앞으로 어떻게 먹고살아야 할지 난감하던 참이었거든요. 근처에 있는 만주인 부락으로 식량을 구하러 갔다가 험한 꼴만 당하고……."

"험한 꼴을 당했다고요?"

"일전에 두 사내가 갔다가 흠씬 두들겨 맞고 결국 그중 한 명이 죽었어요."

"소련군은 당신들을 여기에 집결시켜놓고 아무것도 해주지 않는 겁니까?"

"뭘 해주겠어요?"

다른 여자가 말했다.

"일본 패잔병들만 해도 힘에 부칠 텐데요. 우릴 보호해준다며 여기에 모아놓긴 했지만요."

"남자들이 몇 번인가 탄원하러 갔었죠."

또 다른 여자가 말했다.

"그랬더니 조만간 조치를 취해줄 테니까 기다리라는 거예요."

"……그쪽 군인들이 와서 장난질은 하지 않던가요?"

여자들은 얼굴을 마주 보았다.

"그야……."

한 사람이 말끝을 흐렸다.

"처음엔 무섭기도 했어요. 하지만 흑빵 같은 걸 갖다 주곤 하니까……."
"……밉기도 했지만 생각하기에 따라서는 일본 군인보다 낫죠."
처음에 말했던 글래머러스한 여자가 말했다.
"그 사람들은 덩치는 곰같이 큰데 어린애처럼 악의가 없어요. 우리가 얌전하게만 굴면 기꺼이 돌아가 주죠. 일전에 온 일본 군인들처럼 음식만 먹고 달아나거나 무임승차하지도 않으니까……."
가지는 얼굴을 돌렸다. 할 말이 없었다. 삶이란 것이 가지의 감각이나 사상과는 무관하게 저마다의 자리로 가서 저마다의 형태로 변화를 이루고 있었던 것이다.
가지가 얼굴을 돌린 방향에 있는 집에서 예순에 가까운 한 남자가 나왔다. 깡마른 모습이 마을 촌장이나 학교 교사 같은 풍모다. 그가 이 집단의 장로쯤 되는 것 같았다.
"당신들은 어디로 가시오?"
"징투 선을 횡단하여 남만주로 갑니다. 물론 그 근방에서 북쪽이나 남쪽으로 갈라질 사람이 많을 것 같긴 하지만……."
"몇 명이나 오셨소?"
"약 서른 명. 늪가에 있습니다."
"당신들은 모르시오? 여기서 2, 30리만 더 가면 철도가 나오는데 그곳이 포로수용소가 되었다는구려."
가지는 숨이 멎었다. 데라다의 목구멍에서 신음 소리가 났다. 가지는 노인과 여자들을 번갈아 보며 자포자기한 웃음으로 입술을 일그러뜨렸다. 가지는 온갖 어려움을 이겨내며 오직 서남쪽 방향만 견지했다. 정확히 그 연장선상에 그의 인생의 장이, 적어도 그 희망과 가능성이 있다고 믿었기 때문이다. 그런데 어떻게 알았으랴, 그는 수용소로 뛰어들기 위해 온갖 어려움을 헤치고 온 셈이었다.

"……여길 지나간 다른 부대는 어떻게 했습니까?"

"대부분 방향을 바꿔서 간 모양인데 그때마다 멀리서 한바탕 총소리가 납디다. 그게 처음엔 그 총, 99식인가 뭔가 하는 총소리였는데 곧장 저 자동소총의 힘찬 소리로 바뀐 걸 보면 아마 무사하진 못했을 게요."

"……소련군이나 민병들이 여기로 순찰하러 오나요?"

"요즘엔 안 오는 것 같던데……"

노인은 여자들을 돌아보았다.

"그게 엊그제였나? 요 앞밭을 저 멀리 건너편에서 많은 부대가 숲 쪽으로 갑디다. 또 어디에서 토벌이라도 있었던 모양이지."

가지는 고개를 끄덕였지만 주위를 둘러볼 뿐 아직 결단을 내리지 못했다.

늪 쪽에서 갑자기 종소리가 들렸다. 가지 일행이 흙담으로 달려가서 살펴보니 이상 사태가 발생한 것이 아니라 넓은 늪 가운데에 내려앉은 물오리 떼를 누군가가 쏜 것이었다. 총소리는 이어서 서너 발 더 울렸다.

가지는 나루토를 보내 사격을 막으려다가 바로 생각을 바꿨다.

"아니, 됐다. 어차피 우리가 여기에 온 것은 이미 알고 있을 거야. 도망가 숨어봤자 소용없어. 무작정 돌파하든가, 흩어져서 침투하는 수밖에……. 나중에 생각하자."

가지는 수류탄 하나를 데라다에게 건네주었다.

"나루토와 가서 이걸로 물고기를 잡아와. 바닥이 암반인 데를 골라야 돼. 다른 사람들도 열 명 정도 물에 총구를 대고 일제히 쏘게 하고."

데라다와 나루토는 담을 넘어 뛰어갔다.

가지가 여자들이 있는 곳으로 돌아오자 노인이 가지의 얼굴을 찬찬히 들여다보며 말했다.

"당신네들은 여기서 묵을 작정이오?"

"허락해주신다면."

가지는 글래머러스한 여자를 보며 짓궂게 웃었다.

"일본 패잔병은 러시아인보다 평판이 나쁜 모양이니 무리하게 부탁드리진 않겠습니다. 노숙해도 상관없습니다. 이미 익숙해졌으니까요."

여자는 화난 듯하면서도 끈적끈적한 웃음을 당장이라도 흘릴 것 같은 눈빛으로 가지를 돌아보고 있었다.

"실은 말이오, 당신 인품을 보고 부탁드리는 것이오만……."

노인이 말하기 어려운 듯 말을 꺼냈다.

"우린 이미 이 마을의 밭작물은 거의 다 먹어버렸소이다. 소련군이 도와주겠다곤 하지만 오늘내일 사이에는 그럴 일도 없을 것 같고. 그래서 말인데, 너무 염치없는 소리인지는 모르지만 우릴 좀 도와주시면 안 되겠소……?"

"어떻게 말이죠?"

"나쁜 일이라 부탁드리기도 좀 뭣 하고……."

"약탈이군요?"

"군인 아저씨."

가지를 보고 있던 여자가 끼어들었다.

"우린 이삼 일 전부터 만주인의 밭작물을 가지러 가려고 얘기하던 중이었어요. 교섭을 벌여봤자 줄 리도 없고 가만히 있자니 우리가 굶어죽게 생겨서요. 하지만 여자나 노인만으로는 위험해서 좀처럼 결단을 내리지 못하고 있었지요."

"그 와중에 마침 서른 명이나 되는 패잔병이 왔으니 잘됐다 싶었겠군요?"

가지는 분노와 공감과 우스꽝스러움이 뒤섞여서 거무칙칙해진 웃음을 흘렸다.

"……군인 아저씨들을 시켜서 죄송하지만 도와주시면 좋겠어요."

늪 쪽에서 폭발음이 들렸다. 운이 좋으면 송사리나마 잔뜩 떠올랐으리라.

"10리쯤 저편에 옥수수와 감자 밭이 있소."

노인이 사이를 두고 말했다.

"캐서 나르는 건 여자들이 할 테니 그동안 불상사가 일어나지 않도록 경계를 맡아주시면 고맙겠소."

"……알겠습니다."

가지는 중얼거렸다. 어차피 그들 자신도 어디든지 밭이 있으면 털어야 할 판이다. 이왕 시작한 나쁜 짓이니 끝까지 해보는 것이다.

"당신들이 훔치다가 발각되면 이 마을은 습격당하겠지만, 우린 떠돌이이니까 악당이 되어보죠. 여자들은 중간까지 가서 기다리고 있으세요. 우리가 가져온 것들을 넘겨줄 테니까 가지고 돌아와요. 우린 한 번 더 가서 가지고 올 수 있는 만큼 가지고 오죠. 단, 감자 한 알이라도 흘리지 않도록 조심해요. 도중에 흘리고 간 걸 들키면 당신들은 무사하지 못할 테니까요. 밭이 파헤쳐진 것은 우리가 지나가는 길에 한 짓으로 알 수도 있겠지만……"

나쁜 짓에 대한 협의는 그 자리에서 마무리되었다.

15

시퍼렇게 날이 선 낫 모양의 달이 지상에서 꿈틀거리는 수십 명의 목을 잘라낼 것처럼 차갑고 선명하게 보였다.

가지는 낮에 이미 자신들의 움직임이 다른 마을에서도 파악된 것으로 보고, 밭을 털면서 야습 훈련에 못지않게 주도면밀한 주의를 기울였다. 생각했던 대로 배치되어 있던 네 명의 야경꾼을 습격하여 단단히 묶어놓고, 벌채도로 쪽으로 물러가는 것처럼 보이게 가장했다.

약탈은 한밤중에야 끝났다.

난민과 패잔병은 배불리 먹고 몇 개의 모닥불 주위에 둘러앉아서 잠시 이야기꽃을 피웠다. 남자와 여자가 이야기를 나누는 것도 참으로 오랜만이다. 남자들로서는 인간 세상에 내려와 있는 듯한 기분을 느꼈을 것이다. 여자들은 남자들이 해준 일에 감격하며 불안한 처지로부터의 탈출을 막연하게나마 그리고 있는 것 같았다.

차츰 모닥불이 꺼지고 사람들이 하나둘 자취를 감추기 시작한 것은 패잔병들이 집마다 나눠들어가서 자기로 이야기가 된 뒤였다.

"당신들은 우리 있는 데서 쉬어요."

저녁때 일본 군인을 헐뜯던 30대 여자가 가지 옆으로 와서 나루토와 데라다, 야마우라에게 말했다.

"저 집 맨 안쪽에서 다 같이 새우잠을 자야 하지만 자리를 내줄게요."

"……불침번은 필요 없습니까?"

데라다가 물었다.

"내가 먼저 설 테니까 나중에 누가 교대해줘."

가지가 불빛을 넋 놓고 바라보면서 대답하자 세 사람은 안으로 들어갔다.

"……깜짝 놀릴 거예요, 저 젊은이."

여자가 소리 없이 웃으며 말했다.

"무슨 말이죠?"

"무슨 말이냐고요? 알면서……. 캄캄한 집 안에서 남자와 여자가 뒤엉켜 잔다고요. 여자 수도 많고요."

가지는 뜨거운 잿속에서 감자를 꺼냈다.

"군인 아저씨 화났어요? 제가 러시아 사람 애길 해서?"

"……아니요."

"그럼 더럽다고 생각하고 있군요. 그렇죠?"

가지는 감자에 묻은 재를 불어서 털었다.

"당신들…… 당신은 남편이 있나요?"

"……네."

가지는 손에 들고 있던 감자를 다시 잿속에 넣었다. 하고 싶은 말이 많은 것 같았다. 그러면서도 아무 말도 하고 싶지 않았다. 그러나 여자는 옆에 있어주기를 바랐다.

"남편이 있으면 굶어죽어야 한다는 건가요?"

여자가 느닷없이 말했다.

"……누가 그렇답니까?"

가지는 힘없이 중얼거렸다.

"만약 다시 만날 수 있다 해도……."

여자도 모닥불을 바라보며 혼잣말하듯 말했다.

"서로 떨어져 있었을 때의 일들을 숨김없이 다 말한다면 아마 끝장일 거예요. 이혼이죠."

가지는 작은 나뭇가지로 감자를 꺼내 재 위에서 굴리고 있었다.

"돌아갈 곳도 없어요. ……만날 가망도 전혀 없고요. ……아니, 무엇보다도 먼저 살아남을 수 있을지조차 몰라요. ……다들 그래요. 엉망진창이에요. 먹어서 몸이 약해지지 않도록 조심할 뿐이에요. ……쓰러지면 아무도 도와주지 않을 테니까요. 머리로 생각하지 않아도 몸이 알고 있어요. 땅바닥에 떨어져 있는 감자 껍질도 주워서 먹는 게 낫다는 것을요. ……일전에 왔던 군인 아저씨의 말이 옳아요. 당신들은 여자니까 그렇게 맞아 죽지도 않고 살 수 있다, 우린 내일 일도 전혀 짐작할 수가 없다, 서로 아내나 남편에게 절개를 지켜봤자 예전처럼 될 수는 없는 것 아니냐고요. ……군인 아저씨, 듣고 있어요?"

"듣고 있소."

가지는 아직도 감자를 재 위에서 굴리고 있었다.

"살아 돌아가서 예전처럼 살 수 있는 사람이 얼마나 되겠어요?"

여자가 한숨을 쉬었다.

"하룻밤을 함께 보낸 군인 아저씨와 여잔 말이죠, 함께 본국으로 돌아가자고 꼭 얘기해요. 살과 살을 맞대고 있을 때는 그것이 진심이에요. 정말처럼 생각하는 거죠. 그러고는 여자는 문득 걱정이 돼서 어쩌면 내일 소련군이 패잔병을 사냥하러 올지도 모른다고 해요. 꼭 그래요. 그럴 것 같은 기분이 드니까요. ……날이 새기 시작하면 군인은 이미 생판 모르는 남이 되죠. 안정을 잃고 겁먹은 눈빛으로 두리번거리다가 총을 집어 들고는 달아나 버려요. ……여자는 멍하니 앉아서 울지도 못하고 누군가가 어딘가로 데리고 가 줄 날만을 기다리고 있는 거예요."

가지는 풀과 나뭇가지를 한데 모아서 불 속에 던졌다. 연기가 불 위에서 갈 곳을 잃고 눈에 스며들고 코를 찔렀다. 그러더니 갑자기 환하게 불꽃이 올랐다. 여자가 그것을 기다렸다는 듯이 말했다.

"저는 군인 아저씨한테 수수께끼를 내고 있는 게 아니에요……."

앞집에서 여자가 나와 벽을 향해 서더니 느닷없이 일 바지를 내리고 오줌을 누었다. 여자의 둥근 엉덩이가 어둠 속에서 모닥불 빛을 받아 하얗게 드러났다. 가지는 그것을 보면서도 눈길을 돌리지 않았다. 이미 옆에 있는 여자에게 자신이 봤다는 것을 들켰기 때문이다. 웅대하다고 말하고 싶을 정도로 큼지막하고 하얀 엉덩이는 곧 천에 덮여서 다시 집 안으로 사라졌다.

"……군인 아저씨들 덕분에 한동안 굶을 걱정은 사라졌어요."

여자가 말했다. 여자는 계속해서 이야깃거리를 찾아내느라 애쓰고 있었다. 가지는 재 위에 꺼내놓은 감자를 둘로 나누어 하나를 여자에게 건넸다.

"오늘 밤엔 감자를 물리도록 먹었지만 물리도록 먹는다는 게 어쨌든 호사를 누리는 거죠. ……그렇게 생각하게 되었군. 완력으로 훔쳐와놓고 뭔가 대단한 일을 한 것처럼 말이오……."

여자는 가지가 자기를 보지 않고 감자만 천천히 먹고 있는 것을 가만히 보고 있었다.

"내일 떠나시나요?"

"그래요. 오래 머물 수도 없잖아요. 여기 사람들에게 폐만 될 텐데……."

가지는 검은 밤하늘에서 북극성을 찾아 그 반대쪽으로 눈길을 돌렸다. 사실은 내일이 아니라 오늘 밤, 지금 당장 출발하는 게 나을지도 모른다. 내일이면 너무 늦을 수도 있다. 그렇게 생각하면서도 결단을 내리지 못하는 것은 역시 지친 몸이 오랜만에 접한 세상맛에 끌린 것과 웬만한 장애는 제거해버리고 돌파를 강행한 전투력이 의식의 밑바닥을 단단하게 다져놓아서 쓸데없는 배짱만 키워놓았기 때문이다.

"아무도 폐가 된다고는 생각하지 않을 거예요, 당신들이라면."

말하면서 여자는 일어섰다.

"……불 옆에 있어도 뼛속까지 춥네요. 들어가요. 밤에는 괜찮아요. 러시아인도 만주인도 오지 않아요."

여자의 목소리는 따뜻하고 끈적끈적했다. 가지는 가슴속에 달콤하게 엉겨 붙는 답답함이 기분 좋게 느껴졌다. 절망적인 상태에 놓인, 그래서 오히려 자유로운 자기 자신에게조차 책임을 지우지 않으려고 한다면 충분히 그럴 수 있는 남자와 여자가 여기에 있다. 내일은 내일이고, 오늘 밤은 오늘 밤이다. 기리하라가 입버릇처럼 하던 말을 따라하는 건 아니지만 하루하루가 곧 삶이라고 생각해도 되는 건 아닐까?

가지의 머릿속은 모닥불 가에서 일어나 여자와 함께 서로 끌어안고 집 안의 어둠 속으로 들어가는 망상으로 이미 거의 꽉 차 있었다.

입만 저절로 움직인 것 같다.

"먼저 들어가요. ……나중에 아무 데나 들어가서 잘게요."

여자가 움직이지 않아서 가지는 고개를 들었다.

"행실 바른 군인 아저씨!"

여자가 웃었다. 모닥불 그림자를 받은 눈이 고개를 돌리고 싶을 정도로 색정적이면서도 가지를 경멸하듯 반짝이고 있었다.

"군인치고는 보기 드문 샌님이시네요. ……더러운 계집이 차린 음식에는 젓가락도 대지 않겠다는 건가요? 너무 훌륭하신 분이라 나 같은 건 상대가 되지 않겠네요."

가지의 몸이 갑자기 긴장한 것을 여자는 눈치채지 못했을 것이다.

"……도둑놈이 도둑질한 것으로 여자를 사는 꼴이군!"

가지의 목소리는 낮았지만 말투는 거칠었다.

"우리가 밭을 털어다 주지 않았다면 당신들이 우리한테 말이라도 걸었겠소?"

여자가 모욕을 당한 듯 얼굴을 일그러뜨리며 물러가는 것을 가지는 그냥 달려들어서 넘어뜨리고 싶었다. 나도 남자니까 여자를 갖고 싶어. 꼭 네가 아니라도 상관없어. 누구든 좋아. 구실도 감사도 필요 없어. 여자의 아랫도리면 돼. 나한테 주겠어?

가지가 그렇게 하지 않은 것은 그것이 미치코에게 부정을 저지르는 짓이어서가 아니다. 가지는 그가 기리하라의 안면을 개머리판으로 후려갈긴 일격을 자신의 얼굴과 가슴에서도 느꼈던 것이다. 네놈의 화간과 나의 강간이 얼마나 다른데? 하고 그 자리에서 기절한 기리하라가 벌떡 일어나서 말할 것만 같았다. 성인군자인 척하지 마, 이 살인마 새끼야!

미치코의 희끄무레한 모습이 보인 것 같은 기분이 든 것은 여자의 모습이 집 안으로 사라진 뒤였다. 미치코는 꼭 저 여자가 그랬듯 끈적하게 들러붙는 듯한 눈으로 가만히 보고 있다. 누군가 다른 사내의 손이 미치코의 옷을 강제로 벗기더니 드러난 아랫도리를 어루만진다.

"……돌아올 것 같지도 않고."

미치코가 혼잣말하듯 말한다.

"……만날 가망도 전혀 없네요. ……게다가 무엇보다도 언제까지 살아 있을 수 있을지도 모르잖아요. ……다들 그래요. 엉망진창이에요. 먹어서 몸이 약해지지 않도록 조심할 뿐……."

다른 모닥불들은 이미 다 꺼졌다. 가지는 어중간하게 끓어오르는 욕정이 명령하는 대로 일어섰다. 여자는 집 안 한구석에서 기다리고 있을지도 모른다. 미치코는 그와 헤어졌을 때의 미치코와는 다른 사람이 되어 있을지도 모른다. 내일은 그가 죽을지도 모른다. 미치코는 오늘 밤 체념하고 울면서 다른 사내를 선택할지도 모른다.

집 안은 어두웠다. 안쪽의 작은 창문으로 흘러들어오는 달빛만으로는 거의 아무것도 보이지 않았다. 그래도 모두가 끔찍할 정도로 밝은 곳에 놓여 있는 것이나 마찬가지였다. 가득 들어찬 사람들의 퀴퀴한 비린내는 가지와 같은 생각을 한 사내들과 여자들에게서 나는 것이다.

가지는 손으로 더듬으며 안으로 들어갔다. 잠깐 망설이고 나서 황린 성냥을 그었다. 벽 쪽 자리가 가지를 위해 비어 있었다. 아까 그 여자는 그 옆에서 데라다의 가슴에 팔을 얹은 채 자고 있었다. 불이 꺼지려고 할 때 여자는 고개를 들었다가 바로 떨어뜨렸다. 데라다의 가슴에서 팔을 치우려고도 하지 않는 것은 분명히 가지에 대한 복수다.

가지는 성냥을 하나 더 그어서 데라다가 자는 척하고 있는 것을 까발리고 싶은 불같은 욕망에 입 안이 타들어갔다. 뜨거운 피가 묵직한 소리를 내며 온몸을 뛰어다니는 것 같았다. 그것을 떨쳐버리려면 밖으로 뛰어나가는 수밖에 없었다.

누구의 여자도 아닌 여자다. 데라다와 자든 누구와 자든 자기들 마음이다. 가지는 '음식에 젓가락을 대지' 않았다. 흙담 밖으로 나올 때까지 그는 세상에서 자기만큼 우스운 놈도 없다는 생각에 사로잡혀 있었다. 생사의 고비를 몇 번이나 넘기고, 사람을 몇 명이나 죽인 사내가 여자 하나를 마음대로 안지도 못한다는 것이 도대체 어떻게 된 일이란 말인가.

여자는 가지를 비웃었을 것이다. 당신은 자신이 깨끗하다고 생각하겠죠? 웃기지 마요! 당신의 머릿속에선 뭔가가 뒤죽박죽 엉켜버려서 당신은 이제 사람 구실도 제대로 못하게 되었다구요!

흙담 밖으로 나오고 나서야 가지는 색정의 망상에서 빠져나올 수 있었다. 어둠에 잠긴 광야에 희뿌연 달빛이 좁은 경편철도를 희미하게 비춰내고 있었다. 그것은 마치 깊숙한 어둠 저편으로 사람을 끌어들이기 위해 기다랗게 뻗어 있는 것 같다. 그 길을 따라가면 틀림없이 인간이 생활하고 있는 곳으로 갈 수 있을 것이다. 그리고 또 지금 이대로는 가지에게 결코 허락되지 않는 길이었다.

어쩌겠나, 가지?

가지는 멈춰 서서 하늘을 온통 수놓고 있는 별을 올려다보았다. 여기를 무사히 지나가게 해달라고 기도하고 싶었다. 잃어버린 삶을 찾아서 돌아가고 있을 뿐이다. 가게 해줘. 죽이려고도, 훔치려고도 하지 않을게. 날 잡지도 죽이지도 말아줘. 갈 수 있게 해줘. 굶주리면 이삭이라도 주우며 갈게. 줍는 것만은 허락해줘. 왜 우리가 이 땅 위를 걸어서는 안 되는 거지? 누가 무슨 권리로 우리들에게 그것을 막은 거지?

16

다음 날 아침, 마구간에서 자고 있던 가지를 오구라가 흔들어 깨웠다.
"결론 없는 논의가 시작되었네. 오늘은 어쩔 텐가?"
"……배나 채우고 떠나도록 하지."
가지는 그것이 슬픈 습관이 되어버린 것도 모른 채 총을 들고 일어섰다.
"몇 명이나 남았지?"
"뭐가?"
"결론 없는 논의라고 했잖아? 여자랑 벼락부부가 되어 남고 싶다든가, 쌍쌍이 길을 나서고 싶다든가, 뭐 그런 거 아니었나?"
"어젯밤엔 그럴 마음이 든 것도 사실이었지."
오구라가 더러운 이를 드러내며 웃었다.
"오랜만에 꽃을대를 꽂고 목숨을 세탁했어. 그런데 자넨 어떻게 된 건가? 이런 데서 수도승처럼 말이야. 자네한테 꼬리를 친 계집이 없었던 것도 아닐 텐데."

"그런 건 아무래도 상관없어."

가지는 어젯밤에 끓어오르려다가 만 욕정의 쓰디쓴 뒷맛이 오늘 아침에도 여전히 몸 속 어딘가에 불쾌한 찌꺼기로 남아 있었기 때문에 기분이 영 개운치 않았다.

"비적 부대는 여기서 해산할 생각이야. 무리를 지어서 돌파하는 것도 못할 것은 없겠지만, 철도 횡단에 성공했다 해도 이렇게 떼를 지어서 몰려다니다간 언젠가는 수용소행이야. 다른 사람들은 뭐라고 하던가?"

"여자들이 갑자기 적극적이 되었네."

오구라는 말하면서 군데군데 모여 있는 사람들을 턱짓으로 가리켰다.

"우리랑 같이 철도까지 가서 북쪽 파와 남쪽 파로 갈라지자는 거야. 조선으로 가자는 쪽과 지린吉林이나 신징 방면으로 가서 아직도 남아 있는 일본인들 틈에 어떻게든 끼어들자는 쪽으로……."

사람들이 모여 있는 쪽에서는 장로급 노인을 에워싸고 여자들이 제각기 말하고 있었다.

"……꼭 오늘이라는 건 아니지만 이삼 일 동태를 살피고 나서 결정하면 어떨까요? 그나마도 하지 않고 여기서 이렇게 겨울까지 기다리고 있다간 굶어 죽거나 얼어 죽고 말 거예요."

"이삼 일이라는데 그동안 군인 아저씨들은 어쩌죠? 만약 로스케라도 오면 큰일이에요."

"오지 않을 게야."

노인이 말했다.

"어젯밤 일이 걱정돼서 아침 일찍 밭 쪽으로 나가 봤더니 소련군이 만주인들을 잔뜩 데리고 벌채도로 쪽으로 부리나케 가더군. 아마도 어젯밤 군인 양반의 작전이 들어맞아서 산에서 농성하는 부대의 소행이라고 생각한 모양이야."

"여기엔 빈 집이 몇 채나 되죠? 서른 명 가까이 되는 군인 아저씨들을 숨겨둘 만한 곳이 있어야 할 텐데. 로스케가 오면 지붕 밑에라도 숨겨줘야죠."

"이삼 일이니 뭐니 하는 한가한 소리는 집어치우고, 오늘 밤에 나가죠. 지금 같으면 어젯밤에 훔쳐온 식량도 아직 남아 있고."

"그러다 도중에 로스케나 만주인이 갑자기 나타나면 어쩌고? 군인 아저씨들이야 총이 있으니까 싸우면서 도망칠 수 있겠지만, 우린 발가벗겨져서 무슨 짓을 당할지 몰라요!"

가지는 병사들이 모여 있는 곳으로 갔다. 데라다는 가지를 보자 당황하며 고개를 숙였다.

나루토가 두 발로 선 곰 같은 모습으로 말하고 있었다.

"다리 힘이 약한 여자들을 데리고 갈 수는 없어. 무엇보다도 여자가 불쌍해. 도중에 버려질 게 뻔하니까."

"그렇지도 않아."

군대 밥을 꽤 먹은 것으로 보이는 사내가 반대했다.

"사내들끼리 가다간 죽거나 죽이거나야. 여자를 데리고 가면 적당히 넘어갈 수도 있어."

"그래도 무장하고 있으면 이상하잖아?"

다른 고참병으로 보이는 사내가 말했다.

"그렇다고 총을 버리고 가면 불안하지."

"난 어젯밤에 오랜만에, 그, 뭐랄까, 여자의 정이란 걸 몸속 깊숙이 느꼈네."

하나밖에 남지 않은 별(구 일본군의 계급을 나타내는 표시 – 옮긴이)을 아직도 달고 있는 한 노병이 싱글벙글하면서 말을 꺼냈다.

"해서 말인데 곰곰이 인간 세상을 생각해보니 무슨 짓을 해서라도 돌아가야겠더군. 그래서 이렇게 하는 건 어떨까 싶은데, 모두 총과 검을 버리고 피난민이 되어서 가는 거네."

"멍청한 놈! 모자를 벗어봐. 위는 하얗고, 아래는 솥바닥처럼 새까맣잖아. 대번에 군인이란 게 들통 난단 말이야!"

"너희 대장은 어떻게 생각하고 있나?"

한 사람이 나루토에게 물었다.

"그는 적중 돌파일걸?"

"난 해산하는 게 좋다고 생각한다."

가지가 끼어들었다.

"확실한 목적지가 있는 자는 돌파를 강행해도 좋아. 그렇지 않은 자는 여기서 무기를 버리고 철도 쪽으로 똑바로 가라. 붙잡혀서 수용소에 들어가도 도중에 싸우다 죽는 것보단 나을 거다. 한 가지 말할 수 있는 것은 지금까지와 같은 상태로는 안 된다는 거야."

"넌 어쩔 건데?"

"난 철도를 횡단해서 곧장 앞으로 갈 거다."

"총은?"

"버리지 않아."

"목적지까지 갈 자신은 있나?"

"없어. 그냥 해볼 뿐이야. 이제 와서 포로는 되지 않을 거야. 포로가 될 것 같았으면 지금까지도 기회는 얼마든지 있었어. 난 너희들보다는 나쁜 짓을 많이 한 것 같으니까. 게다가 정말로 나쁜 짓을 했다고는 생각하고 싶지 않으니까. 이제 와서 순종하겠다는 쪽으로 뜻을 굽힐 수는 없어."

"남만주로 가면 민간인은 우릴 감싸줄까?"

다른 자가 기대의 빛을 나타내며 물었다.

"……글쎄."

가지는 쓴웃음을 지었다. 관동군은 대체로 민간인을 감싸주지 않았다. 그러니까 민간인은 냉담할지도 모른다.

"그래도 설마 우릴 팔지는 않겠지."

"그럼 역시 남만주까지 가는 게 좋겠네. 일본인이 많은 곳에 가면 서른 명도 안 되는 우리쯤이야 쉽게 숨어들 수 있지 않을까?"

"어쨌든 나도 포로가 되는 건 싫어."

다른 사내가 한숨 섞인 소리로 말했다.

"언제 고향으로 돌아갈 수 있을지도 몰라. 어차피 여태 목숨을 걸고 해왔잖아? 다 함께 가세! 어쨌든 제대로 된 일본인이 도대체 어떻게 하고 있는지 확실히 알 수 있는 데까지는 말이야."

가지는 무리에서 나왔다. 멋대로들 의견을 나누고 갈 곳으로 가면 된다. 가지는 이미 마음을 정하고 있었다. 그때, 전장에서 살아남았을 때, 허공에다 단숨에 그은 굵은 직선이 이제 겨우 절반으로 줄어들었을 뿐이다. 나머지 절반을 이제 와서 어떻게 단념할 수 있단 말인가.

불을 피워서 여자들과 함께 옥수수 죽을 쑤고 있던 야마우라가 여자들의 시선에 쫓겨 어물어물 가지에게 물었다.

"오늘은 어떻게 합니까? ……가나요?"

"가지 않으면 다른 방법이 있어?"

그러자 한 여자가 가지에게 매몰차게 거절당할까 봐 두려운지 최대한 애교를 떨며 말했다.

"아직 모두의 의견이 제각각이긴 하지만, 군인 아저씨, 오늘 하루만 더 기다려주시면 갈 사람과 남을 사람이 확실히 나뉠 것 같은데요."

"당신들은 너무 쉽게 간다고 말하는데, 더 이상 걸을 수 없게 돼서 여기에 모여 있는 거 아닌가요?"

"그야 그렇지만."

다른 여자가 저희들끼리 눈짓하며 말했다.

"이렇게 많은 남자들이 왔을 때 결단을 내리지 않으면 우리의 앞날이 걱정되니까요."

"……군인 아저씨들 중에서도 우리랑 함께 가는 게 좋다는 사람도 있어요."

또 다른 여자가 말하며 '그렇지?' 하고 주위에 동의를 구하듯 과장된 몸짓을 해 보였다.

"그러면 그런 사람들끼리 얘기해보시오. ……난 당신들은 여기서 참고 때를 기다리는 게 좋다고 생각합니다. 소련군도 민간인을 언제까지나 방치해두진 않을 테니까."

가지는 차츰 결심을 굳혔다. 패잔병 집단의 해산을 선언하는 게 낫다. 여자와 함께 가고 싶은 사람은 갈 것이다. 남고 싶은 자는 남으면 된다. 가지와 함께 행동할 사람은 얼마나 될까?

어젯밤 그 여자가 혼자 떨어져서 벽에 기대 있는 것이 보였다. 가지의 움직임에서 눈을 떼지 않고 있는 것이 무언가 할 말이 있는 것 같았다. 가지는 일부러 피하고 있는 것처럼 보이는 것이 싫어서 여자 쪽으로 갔다.

"……저 아이가 당신을 두려워하고 있어요."

여자가 뜬금없이 말했다.

"데라다가?"

가지는 때가 묻어서 더럽긴 하지만 아직 주름 하나 없이 팽팽한 여자의 얼굴을 보았다.

"왜?"

"당신은 그런 식으로 다른 사람에게 두려움을 주는 사람이에요."

여자는 가지의 표정이 불쾌하게 변하는 것을 보고 말했다.

"저 아이는 제가 먼저 유혹했어요."

"그야 당신 마음이지. ……그게 나와 무슨 상관이 있지?"

"있어요. 당신은 저 아이의 은인이라면서요? 당신을 끝까지 따라간다고 했어요. 그래서 제가 말해주었죠. 도련님은 내 동생이든 뭐든 되어서 총을 버리고 같이 가는 게 안전하다고요."

"그랬더니?"

"가지 씨 덕분에 여기까지 올 수 있었는데, 죄송해서 그럴 수 없다네요."

"당신은 데라다와 같이 가서 어떻게 할 생각인데?"

"몰라요. 여자 혼자서도 위험하고, 남자 혼자서도 위험해요. 서로 도와가며 갈 수 있는 곳까지 가는 거죠. 저 아이는 군인의 아들이라죠? 어디까지든 가면 어떻게 연락이 되지 않을까요? 나는 나대로 어떻게든 할 수 있고요."

"그럼, 그렇게 해. 그렇게 하라고 내가 데라다에게 말해줄까?"

"데라다 씨는 당신과 함께 갈 거예요, 틀림없이. ……그래서 제가 당신들을 따라가려고 하는데 상관없겠죠?"

"소꿉장난하는 게 아니야."

가지는 싸늘하게 웃었다.

"데라다도 지난 수십 일 동안 제법 어른스러워졌을 거야. 불순하게 관계를 맺었어도 그것이 진짜가 되면 되잖아? 데라다는 남겨놓고 갈 테니까 둘이서 어떻게 할지 생각해봐. 데라다는 아마 당신이 첫 여자일 거야. 당신은 외로움을 달래기 위해서는 누구든 상관없었을지 모르지만 저 녀석은 숫총각이었으니까. 단 하룻밤 사이에 반해버렸다면 당신한테도 책임이 있어. 날 따라오는 것은 그만둬. 나도 부처님 가운데 토막은 아니니까."

가지는 남자들을 흙담 옆으로 모았다.

"다른 이들의 의견도 대강 들었고, 여자들의 이런저런 생각도 들었다. 뭐가 가장 좋은 방법인지는 나도 모르겠다. 한 가지 방법으로 제한하는 것도 무리이지 싶고. 그래서 이 기회에 생각이 같은 사람들끼리 행동하려고 하는데 어떻겠나? 난 배를 좀 채우고 나서 떠날 거다. 나와 같이 갈 사람은 그리 알고 준비하고 있어."

남자들이 해산할 때 데라다가 할 말이 있는 듯 가지를 보았다가 바로 시선을 돌렸다.

"데라다, 넌 여기에 남는 게 좋겠어."

가지는 자칫 딱딱해질 수 있는 얼굴에 부드러운 미소를 지으며 말했다.

"넌 아직 어리니까 군인이 아니라고 해도 통할 거야. 총과 대검은 땅속에 묻어놓고 들키지 않도록 하고."

"……전 남지 않겠습니다. ……같이 가겠습니다."

"저 여잔 어쩌고? 널 믿고 있어. 너도 믿어주길 바라잖아?"

"저런 여자는 아무것도 아닙니다."

데라다는 화난 것처럼 입을 삐죽였으나 뺨이 바르르 떨리는 것은 숨길 수 없었다.

"저 여자는 상등병님한테 차여서……."

"알지도 못하는 걸 아는 것처럼 말해선 안 돼."

가지는 첫 경험을 한 여자에 대한 관능적인 연모가 데라다의 눈동자 속에 뒤섞여 있는 것을 보았다.

"저 여자가 원했던 것은 나도 너도 아니야. 끌어주거나 지켜줄 남자의 힘이지. 바꿔 말하면 우리도 마찬가지야. 어떤 여자든 상관없어. 난 아내밖에 모르고, 알고 싶지도 않아. 이런 경우에는 어떤 여자든 상관없이 끌어주거나 지켜줌으로써 내가 살아 있다는 걸 느낄 수만 있으면 돼. 넌 남아서 저 여자에게 그렇게 해줘. 내 뒤를 따라다니는 한 넌 영원히 어린애로밖에 살 수 없어."

데라다는 입술을 깨물고 고개를 끄덕였지만 아직도 눈빛이 흔들리고 있는 것을 보니 좀처럼 결심이 서지 않는 모양이다.

그때 나루토가 노인과 함께 왔다.

"이거 참 난감하네요."

노인의 주름진 얼굴에는 피로의 기색이 역력했다.

"여자들이 막무가내로 댁들을 따라가지 않으면 이 겨울을 나기가 힘들다는구려. 그것도 일리가 없는 말은 아니지만……."

"오늘 밤까지 여기서 기다렸다가 하다못해 철도까지만이라도 데려다 주면 어떨까요?"

방금 전까지는 여자들의 동행을 반대했던 나루토가 야수와도 대적

할 만한 몸집에는 어울리지 않게 눈을 다정하게 깜박였다.

"밤에 철도 인근에서 북쪽으로 가든 남쪽으로 가든 갈라지면 어떻게 되지 않을까요?"

"그래 봤자 날이 샐 때까지야."

가지는 고개를 가로저었다.

"여자들은 여기로 다시 끌려오든가, 도중에 어떻게 되든가 할 거야. 우린 힘으로 돌파하지 못하면 무장해제를 당하고 포로가 될 수밖에 없을 테고. 두 사람이나 세 사람씩 소수로 움직이면 잘될 수 있을지도 몰라."

"안 되겠소?"

노인이 한숨을 쉬었다.

"군인 양반들도 난민이 되어서 우리랑 같이 남쪽으로 가는 건 말이오."

옥수수 죽으로 배를 채웠다. 해는 이미 중천에 떠 있었다. 군인들은 한곳에 모였다. 포로가 되든 싸우다 도망치든 적은 인원으로는 불안하나, 그런 군중 심리가 작용하여 최종 결론을 내린 모양이다. 희망적인 꿈에 행동을 맡기는 로맨티시즘은 오랫동안 산야를 헤매고 다닌 사내들에게는 분명 매력적인 것이었지만 결국 몸이 용인하지 않았던 것이다.

"잔류 희망자는?"

가지가 묻자 오구라가 능청맞게 대답했다.

"자네 제자 한 명뿐인 것 같군."

데라다는 잔류를 결심한 것이 아니라 어딘가에서 따라가겠다고 고집을 피우는 여자를 달래느라 진땀을 빼고 있었던 것인데, 가지는 오구라의 대답을 듣자 사랑하는 자식을 떼어놓는 아비와도 같은 쓸쓸한 웃음이 입가를 스치는 듯했다.

"그럼 다들 가는 건가? 적군과 마주쳤을 때 싸우는 자나 투항하는 자가 있으면 쓸데없는 희생자가 생길 수도 있어. 어떡할 거지? 그 얘길 한 번 들어보고 싶군."

"······상황 판단은 선두에 선 자네한테 맡길게."

오구라가 마치 혼잣말하듯 말했다.

"되도록 마주치지 않도록 부탁하네."

"만약에 마주친다면 자네 성격으로 보건데 다짜고짜 꽝 하고 부딪칠걸?"

다른 자가 말하면서 웃었다.

"그렇게 되면 우리도 맞짱 한번 떠봐야지. 포로라는 건 그리 좋지 못한 거니까."

"알았다. 준비해라. 5분 후에 출발한다."

가지는 빈 수통에 물을 채우러 우물 쪽으로 가려다가 뒤에서 누군가가 이렇게 말하는 소리를 들었다.

"하룻밤 쌓은 정이 원수가 되지 않도록 아주머니들께 인사나 해둬야겠군. 주도면밀하게."

아무도 하룻밤의 정분을 원수라고는 생각하지 않을 것이다. 가지는 어젯밤 그녀의 끈적하게 들러붙는 듯한 눈을 떠올렸다. 어젯밤만은 자신이 가장 바보 같은 자였다. 이것은 거의 틀림없는 사실이다.

가지는 두레박에 물을 채워서 끌어올렸다. 그것이 거의 다 올라왔을 때 흙담 너머로 대여섯 명의 소련군이 앞에 서고 열 명 남짓한 민병들이 그 뒤를 따라 밭둑길을 오고 있는 것이 갑자기 시야에 들어왔다. 그 순간 가지에게는 놀라움조차 없었다. 무질서한 장난감 병정들이 단조로운 풍경 속을 가로질러 오는 것으로밖에 보이지 않았다.

그러나 그것도 잠깐이었다. 다음 순간 두레박은 물을 가득 담은 채 우물 바닥으로 떨어지고, 가지는 총을 들고 있었다.

"비상!"

편안히 쉬고 있던 사내들을 갑자기 긴장으로 몰아넣은 것은 위험을 알리는 날카로운 경보보다도 가지가 재빨리 노리쇠를 개폐하는 소리와 그의 움직임이었다.

"엄폐하라! 여자들은 나오지 마!"

그렇게 말하자 드디어 올 것이 왔구나 하는 느낌이 새삼스럽게 온몸을 훑고 지나갔다. 오지 않는 것이 이상했다. 어젯밤에 이 마을에서 떠났어야 했다.

"병력은?"

담 아래에서 쉰 목소리가 들렸다. 보이지 않는 적에 대한 공포의 목소리다.

"열대여섯 명. 별 거 아니야."

가지는 공포를 마주 보며 씩 웃었다. 자포자기한 것은 아니었다. 전투를 치러온 경험을 통해 직감적으로 느끼고 별 거 아니라고 말할 수 있었다. 자동소총은 기껏해야 다섯 자루다. 그들은, 일본군은 으레 항복할 것이라 생각하고 있는지, 빈틈이 많았다. 죽음을 무릅쓴 사내가 서른 명이나 있는 것조차 모르지 않는가. 산개하지도 않고 흙담 문을 들어올 생각인 것 같다.

이쪽에선 병력을 좌우 그늘에 숨겨놓고 그들이 들어오는 순간 교차 사격을 한다. 응사하기 전에 수류탄을 던지고 한꺼번에 돌진한다. 살아남은 자의 무기를 빼앗고 묶는다. 그들을 데리고 만주인 마을 쪽으로 물러간다. 인질이다. 위험구역을 벗어났을 때 풀어준다.

가지는 순식간에 만들어진 전투 구도에 따라 낮고 날카롭게 호령하여 인원을 배치했다. 이제 몇 십 초 후면 그것이 시작된다. 숨 막히는 긴장 속에서 멋진 희망의 길이 열린 듯한 생각이 들었다. 소수의 병력이 왔다는 것은 가지 일행에게는 한 명의 병사도 모습을 보이지 않는 것보다 훨씬 처리하기 쉬웠던 것이다.

상황은 바야흐로 가지의 설계대로 되어가려고 하고 있었다. 그 설계가 어느 한순간에 와르르 무너지리라는 것을 가지는 전혀 예상하지 못했다.

백주의 태양 아래에서 모든 것이 격동으로 돌변하기 직전의 완벽한 정적을 이뤘을 때 별안간 여자 몇 명이 우물 쪽으로 뛰어나와서 가지에게 매달렸다.

"그만둬요!"

그중 한 명이 울먹이는 소리를 쥐어짜냈다.

"여기서 전투가 벌어지면 나중에 우리가……!"

"제발 부탁드립니다. 군인 아저씨들 그만둬주세요!"

다른 한 명이 거의 반은 미쳐서 주변에 숨은 사내들에게 울부짖었다.

여자들에게는 남자들의 힘에 의한 탈출을 바랐던 것도 자연스러웠던 것처럼 지금 위기가 임박했다는 것을 알고 파국으로부터 달아나려고 한 것도 자연스러웠는지 모른다.

어쨌든 이 몇 초 사이에 위기와 호기는 완전히 역전되었다. 흙담 문으로 들어온 소련군과 민병의 무리는 걸음을 멈추고 우물가에서 울부짖는 여자들과 그 곁에 있는 한 사내에게 총구를 들이댔다.

가지의 가슴은 순식간에 절망과 격노와 포기로 갈기갈기 찢겨 나가는 것 같았다. 모든 것이 이 한순간에 끝난 것이다. 가지는 눈앞이 아찔해지는 생각에서 겨우 정신을 차리고 양손에 든 총을 높이 치켜들었다가 그대로 우물 속에 던져 넣었다.

"모두 총을 버리고 나와. 항복한다."

사내들은 여기저기에서 어슬렁어슬렁 나왔다. 모두가 사색이 되어 있었다.

가지는 집 안에서 대검만 찬 데라다가 나오려는 것을 보고 소리쳤다.

"나오지 마, 데라다. 대검을 감춰. 여자랑 같이 있어!"

데라다는 문 앞에서 한 번 멈춰 섰지만 그대로 손을 들고 나왔다.

우물가에 집합된 패잔병들은 떨어져서 한데 모여 있는 여자들이 보는 앞에서 무장이 해제되었다. 한 명이 군복 바지 주머니에 넣어둔 수류탄을 꺼내지 않아서 젊은 소련군 병사에게 따귀를 얻어맞았을 뿐 무장해제는 싱겁게 끝났다.

"제기랄! 저 망할 년이 나서지만 않았어도!"

나루토가 으르렁대자 소련군 병사가 소리 질렀다.

"치또(뭐냐)?"

"아무것도 아니다."

가지가 대신 쓴웃음을 지으며 고개를 가로저었다.

"아무 말도 하지 마. 여기까지다. 반항도 하지 말고, 비굴해지지도 말고, 그냥 되는 대로 맡겨둬."

몸집이 작은 코쟁이 병사가 포로들을 종대로 세웠다. 여자가 뛰어와서 가지와 데라다에게 구운 감자를 하나씩 내밀었다.

"안녕, 군인 아저씨."

데라다는 고개를 숙였다. 가지는 여자의 젖은 눈을 보며 말했다.

"어젯밤엔 미안했어. ……어젯밤에 이걸 먹었을 때는 나도 아직 자유였는데."

몸집이 작은 코쟁이 병사가 감자를 보고 사람 좋아 보이는 미소를 짓더니 진지한 얼굴로 열심히 손짓하며 뭐라고 말하기 시작했다. 상상으로 보충해서 그의 말을 해석하면 너희들이 이제 가게 될 곳에서는 더 좋은 음식을 배불리 먹을 수 있고, 안심하고 푹 잘 수 있게 된다, 아무것도 걱정할 건 없다, 는 것 같았다. 줄 후미에서는 두세 명의 소련군 병사가 포로의 주머니를 한창 뒤지고 있었다. 가지가 돌아본 잠깐 사이에 양은으로 만든 담배 케이스와 싸구려 샤프펜슬이 그들의 주머니로 들어갔다. 승냥이처럼 살아온 사내들에게서는 변변한 전리품조차 나올 리가 없었다.

정말 아무것도 걱정할 게 없다. 가지는 시니컬하게 웃었다. 이제는 안심하고 푹 잘 수 있겠구나.

"안녕, 군인 아저씨."

여자가 또 말했다.

"안녕, 여러분."

가지가 대답했다. 포로들의 행렬은 총구가 가리키는 방향으로 움직이기 시작했다.

문을 나와 흙담을 돌자 어젯밤 가지가 어둠 속에서 본 좁은 경편철도 위에 궤도차가 석 대 있었다. 우물가에서 가지가 그들을 봤을 때는 걸어오고 있었으니까 이 궤도차는 멀리 있던 것을 무장해제를 당하고 있는 동안 민병들이 여기까지 밀고 왔을 것이다.

승자들은 기세 좋게 궤도차에 올라탔다.

"밀어라!"

민병 중 하나가 포로들에게 소리쳤다.

"뛰어!"

가지는 흙담 쪽을 돌아보았다. 여자 몇 명이 고개를 내밀고 손을 흔들고 있었다.

"뛰라니까!"

민병이 가지의 머리 위에서 소리 질렀다.

역사가 그 방향을 완전히 틀어버렸다는 것을 가지 일행은 이때 비로소 몸으로 느낄 수 있었다. 가지는 몇몇 동료들과 함께 궤도차를 밀었다. 데라다가 고개를 숙인 채 코를 훌쩍였다. 자유와 여자로부터의 이별과 굴욕이 젊은 영혼에서 눈물을 짜내고 있는 것이 틀림없었다.

"……울지 마."

가지는 데라다와 자신에게 말했다.

"우린 아직 살 수 있어. 끝난 게 아니야. 이제부터 시작이야……."

17

가로수가 마른 나뭇잎을 떨어뜨리고 알몸이 되는 것과 그 거리의 일본인의 생활이 도탄에 빠지는 것은 거의 동시였다. 떨어진 나뭇잎은 차고 메마른 바람에 날리면 마치 자기가 갈 곳을 미리 알고 있기라도 한 듯 길가 배수구에 가득 들어차 있는 숱한 동료들의 시체 쪽으로 가냘프게 중얼거리며 굴러간다. 생활의 뿌리가 잘린 인간도 그대로 내버려두면 결국은 나뭇잎과 똑같은 운명에 처할지도 모른다. 우수수 떨어져서 차가운 바람이 부는 대로 굴러가기 전에 조금이라도 스스로의 힘으로 방향을 바꿔보려고 시도하는 정도의 차이야 있을지 모르지만…….

일본인들은 우선 필요 없는 가재도구를 팔아서 식량과 바꾸었다. 빈 마차에 탄 만주인이 일본인 주택가를 천천히 돌아다니면서 가끔 "아주머니, 물건, 안 팔아?"라고 말하기만 하면 돌아가는 길에는 꼭 옷장이나 책상 따위를 가득 싣고 싸게 샀다는 데 이루 표현할 수 없는 만족감을 맛볼 수 있었다. 얼마 전까지만 해도 자기와는 동떨어진 삶을 살던 일본인이 지금은 자기가 사주지 않으면 살아갈 수조차 없는 것이다. "비싸, 아주머니, 안 깎아줘? 안 산다." 그렇게 말하기만 하면 일본인 여자는 어쩔 수 없이 얼굴에 체념하는 빛을 보이며 이렇게 말한다.

"어쩔 수 없죠. 그거면 됐으니까 가져가요."

미치코나 야스코도 예외는 아니었다. 경대와 책상을 내놓을 때 처음엔 강경하게 반대하던 야스코도 결국엔 미치코를 보면서 중얼거렸다.

"할 수 없지. 형편이 뻔히 보이는데."

매수자는 더러운 무명 주머니에서 두툼한 군표 다발을 꺼내 지불할 금액을 몇 번이나 세어보고는 영수증을 써달라고 했다. 마차에 싣고 돌아가는 길에 훔친 물건으로 오해받으면 곤란하다는 것이었다. 미치코가 편지지에 써주자 상대는 꽤 감탄한 듯 말했다. "여자가 글을 척척 쓸 수 있다니 굉장한데?"라고. 일본인은 여자까지 교육을 받나? 코쟁이 중에는 글도 변변히 읽지 못하는 놈이 있다는데 일본은 왜 전쟁에 졌을까? 그렇게 한바탕 듣기 좋은 말을 늘어놓고는 싱글벙글 웃는 얼굴로 말했다.

"남편 의상 없나? 일본인, 남자 양복, 코쟁이 팔아, 많이 준다."

남자 양복을 소련군 병사가 즐겨 산다는 것이다. 군표가 풍부하게 지급되기 시작하자 소련군 병사들은 아낌없이 썼다.

"싫어요!"

미치코는 힘껏 고개를 가로저었다.

"내가 알몸이 되는 한이 있어도 그이의 물건은 팔지 않을 거예요."

가지의 체취가 배어 있는 것, 가지가 밤낮으로 사용하며 손때로 길들여놓은 것들은 하나도 잃지 않을 것이라고 마음먹었지만 의지대로 되지가 않았다. 책상도 팔았고, 책장도 팔았다. 앞으로도 또 뭐든지 내놓게 될 것이다. 하지만 그의 옷만은 남의 손에 넘기고 싶지 않았다. 그의 육체가 그녀의 것이었던 것과 마찬가지로 그 육체를 감싸고 있던 옷이 미치코에게는 그에 대한 실재감을 주고 있었기 때문이다.

미치코가 노상에서 봉변을 당한 날로부터 꽤 여러 날이 지나자 거리의 상황도 많이 바뀌었다. 어떤 의미에서는 호전되었고, 또 다른 면에서는 악화되었다고도 할 수 있다.

부녀자들을 공포로 몰아넣었던 점령군 병사들의 폭행사태는 나쁜 인상을 너무나 깊이 새겨놓았기 때문에 주민들이 언제든 그런 위험한 일이 일어날 수 있다는 불안에 빠지는 것도 무리는 아니지만, 실제로는 한차례 휩쓸고 가 버린 열병의 발작 같은 것이었다. 단지 그 치료가 군율의 엄정함에 의한 것인지, 아니면 이 거리가 중공업 도시이기 때문에 처음에 진주한 부대가 기술부대로 교체된 탓인지는 시민들로서도 알 수 없었다.

어느 쪽이든 시민들의 삶에 가해진 수많은 더러운 사실들에 대해서는 어떠한 사죄와 변명, 보상도 이루어지지 않았기 때문에 그런 의미에서는 이기면 충신이라는 인상을 씻어버릴 수가 없었다.

어쨌든 일본인 여자도 거리를 마음 놓고 다닐 수 있을 정도로는 평온해졌다. 그 대신 겉으로 보이는 평온함의 이면에서는 무너지기 시작한 것이 있었다. 거리로 흘러들어온 의지가지없는 복귀자와 가정이라는 생활의 근거가 없는 젊은 독신자 중 일부가 부랑자로 변해 툭하면 무슨 짓이든 서슴지 않고 저지르게 되었다.

일할 기회가 없고, 일 자체가 주어지지 않고, 따라서 먹고살 수 없게 되면 빼앗아서 먹는다. 이 코스는 산야를 헤매고 다니는 가지 일행과 같은 패잔병이나 거리를 떠도는 낙오자와 다를 바가 없었다.

그들은 밤마다 동포들의 집에 침입하여 저항하는 사람이 있으면 간단히 죽여버렸다. 그래도 이것은 나쁜 짓을 정면에 드러내놓고 하는 것인 만큼 차라리 나은 편인지도 모른다. 못된 꾀를 부리는 방법을 터득한 자는 중국인 관헌이 숨겨놓은 무기를 적발하기 위해 가끔 일본인 집을 수색한다는 사실을 이용해서 관헌으로 위장하여 집 안으로 침입해서 약탈하고, 어쩌다 만만치 않은 상대를 만나 혼이라도 나면 가지고 있던 무기를 일부러 그 근처에 놔두고 그것을 트집 잡아 진짜 관헌에게 넘기는 악랄한 짓도 태연하게 저질렀다.

그러니까 거리를 걷는 것이 위험하다고만도 할 수 없었고, 집 안에 있는 것이 안전하다고만도 할 수 없는 상황이었다.

아마 그런 패들 중 하나였을 것이다. 어느 날 벌건 대낮에 여자들만 있는 백란장에 침입한 그들은 이 거리에 잠입한 구 일본군이 총기와 탄약을 이 기숙사에 은닉했다는 확실한 정보를 가지고 있으니까 각 방을 수색하겠다고 근엄하게 선언했다. 인원수는 여섯 명인데 한 명만 보안대원 복장에 총을 들고 있었고, 그 외에는 옷차림이 다 제각각이었다. 총을 든 사내는 벙어리처럼 입구의 봉당에 서 있고 나머지 다섯 명이 기고만장해서 설치고 다녔다.

미치코의 동료였던 다마요는 실내 수색을 거부했다.

"당신들, 가짜 보안대죠? 들어와서 무슨 짓을 하려고요? 절대로 들어올 수 없어요."

한 사내가 다마요를 떠밀려고 했지만 다마요는 문손잡이에 매달려서 꼼짝도 하지 않았다.

"시市 정부의 영장을 갖고 와요. 그때까지는 내 방으로 한 발자국도 못 들어와요!"

다마요의 저항이 여자들에게 용기를 준 것만은 확실하다. 다만 그 결과가 다마요의 불행으로 이어지리라고는 아무도 생각하지 못했다.

여자들은 소란을 피우기 시작했다. 야스코가 기지를 부려 세면기를 두드리기 시작하자 기숙사 안은 순식간에 그릇 깨지는 소리로 가득 찼다. 사내들은 당황했다. 그 주춤한 틈을 타서 단숨에 반격할 수 있는

지혜와 힘이 여자들에게는 없었다. 봉당에 있던 총을 든 사내가 소동에 놀라서 뛰어올라오자마자 천장을 향해 발포했다. 이번엔 여자들이 주춤했다. 사내들은 그 순간을 이용할 줄 알고 있었다. 주동자로 보이는 자가 갑자기 팔을 뻗어 다마요의 머리채를 움켜쥐고는 그대로 복도로 질질 끌고 갔다.

"내일 보안대로 이 여자를 데리러 와."

그는 확인하듯 한마디를 남기고 밖에 세워두었던 마차에 다마요를 태웠다. 세 사내가 올라탄 그 마차와 다른 세 사내가 도보로 각자의 방향으로 달려가고 나서 여자들은 또다시 소란스러워졌다.

정규 보안대는 물론 이 '수색'에 대해서는 아는 바가 없었다. 일본인 불량분자들의 짓이다. 다마요는 다음 날 해질 무렵에야 초췌한 몰골로 돌아왔다. 죽지 않은 것은 다마요가 사내들의 마음에 들려고 무척 애를 썼기 때문이리라. 여자들은 흉측한 상처라도 보는 듯 두려운 눈빛으로 다마요를 보았다.

"뭐야?"

나마요는 짙게 그늘진 눈을 치켜뜨고 동료들에게 대들었다.

"내 덕분에 다들 아무것도 빼앗기지 않았으면서 그런 이상한 표정은 짓지 마!"

야스코는 나중에 다마요의 방으로 갔다.

"얘, 그래도 역시 그놈들의 거처를 보안대에 말하는 게 좋지 않을까?"

"속 편한 소리 하지 마."

다마요는 가장 친했던 친구에게조차 짜증을 냈다.

"돌이킬 수 있는 일이면 나도 생각해봤겠지. 보안대는 무슨! 너희들 나 때문에 보안대에 갔을 때 상대나 해주던? 누가 우리 안전을 보장해주느냐고! 난 너희들 때문에 죽고 싶진 않아."

그 후로 악당들의 행패는 두 번 다시 되풀이되지 않았지만 다마요는 달라졌다. 달라지는 것이 당연하다고는 결코 말할 수 없지만 달라져야 쉽게 살 수 있는 시국이었다. 몸을 파는 것이다. 이 장사를 일찌감치 시작한 여자들은 절대로 굶지 않았다. 다마요처럼 불행한 우연을 짊어진 여자가 아니라도 살기 쉬운 이 길로 들어서려고 하는 여자들은 속속 나타나기 시작했다.

자진해서 거리의 창녀가 된 여자를 사람들은 '후리후리 마담(흔들흔들 마담)'이라고 불렀다. 어원도 그 호칭의 명명자도 분명하지는 않다. 일설에는 그런 여자들이 보란 듯이 엉덩이를 흔들고 다니며 이방인의 일시적인 '마담'이 되기 때문이라고 한다.

아무튼 백란장에서 생활이 안정된 사람은 다마요뿐이었다. 다마요는 눈에 띄게 예뻐지고 도도해졌다. 동료들의 '도움도 되지 않는 동정 따위는 필요 없다.'는 기세였다. 동료들도 한 여자의 너무나 갑작스러운 변모에 처음엔 놀라움과 두려움을 느꼈으나 머지않아 반감으로 바뀌었다. 그것이 또 다마요에게 영향을 미쳐서 그녀를 더욱 고집불통으로 만들었다.

천성이 외향적인 야스코는 몇 번인가 다마요와 흉금을 털어놓고 이야기해보려고 애썼지만 그것이 허망한 결과로 끝나자 깨끗이 단념했다.

"하긴 다마요가 불쌍하긴 해."

야스코가 미치코에게 말했다.

"하지만 뭐니? 그 앤 도대체! 자기를 너무 비하하며 웅크리고 있을 필요는 없겠지만 그렇다고 잘난 척하며 퉁명스럽게 굴 것도 없잖아. 어처구니가 없어서. 저렇게 바보인 줄은 몰랐어."

다마요는 다마요대로 친했던 친구가 두 팔을 벌리고 자기를 끌어안으려고 노력하는 것이 참을 수 없었던 것이 틀림없다. 어리광을 부리며 기댈 수 없는 무언가가 마음속에 걸려 있었던 것이다. 그것은 마치 오랫동안 병을 앓고 있는 사람이 건강한 사람에게 느끼는 불편함 같은 것인지도 모른다. 병균은 우연히 옮았다. 하지만 그것 때문에 병에 걸렸다. 더군다나 불치병이다. 이제 삶의 터전이 달라진 것이다. 공유할 수 있는 말이 있을 리가 없다. 다마요가 불치병에 걸렸다면 그렇게 생각할 때부터였겠지만, 그것을 식별할 만한 냉정함을 갖추고 있었다면 그렇게는 되지 않았을 것이다.

미치코는 그날 오후 '식당 아주머니'에 여성용 손목시계를 들고 갔다. 아주머니의 남편을 통해 수수 몇 되와 바꾸기 위해서였다. 아주머니는 기숙사의 젊은 여자들이 이렇게 소지품을 내다 파는 것을 알선하면서부터 주머니가 꽤 두둑해진 것 같다는 소문도 돌았지만, 겉보기에는 아주 상냥한 여자다.

마침 그녀가 아무도 없는 한적한 식당에서 다마요와 큰 소리로 떠들며 웃고 있을 때 미치코가 들어갔다. 아주머니의 눈인사에 다마요가 돌아보았다. 서로 마주 보고 이야기를 나누지 않은 지가 얼마 되지 않은 것 같은데, 미치코에게는 그것이 꽤 오래된 것처럼 느껴지는 것은 그만큼 마음속에 틈이 생겼다는 의미다.

미치코는 미소를 지었다. 매섭게 쏘아보는 다마요의 시선에 당황하며 아주머니에게 손목시계를 건네려는데 다마요가 매서운 눈빛과는 어울리지 않는 상냥한 목소리로 말했다.

"그거 팔 거니?"

미치코가 부끄러워하며 고개를 끄덕이자 바로 쫓아오듯 말했다.

"팔지 마. 조금이라면 나한테 돈이 있으니까 빌려줄게. 갚지 않아도 되지만 그렇게 말하면 안 받겠지? 그러니까 빌려줄게."

미치코가 웃는 얼굴로 살짝 고개를 가로저은 것은 상대의 생각지도 못한 호의에 대한 놀라움과 더불어 충분한 감사를 표하려는 뜻에서였다.

"……괜찮아, 어떻게 되겠지."

"쳇, 그럴 줄 알았어."

다마요의 눈에서 불이 번쩍이는 것 같았다.

"내 돈은 더러워서 못 쓰겠다는 거지?"

그러고는 미치코가 놀라움을 떨쳐버릴 틈도 주지 않고 쏴붙였다.

"너도 그때 운이 나빴더라면 지금쯤 어떻게 됐을지 몰라."

그럴지도 모른다. 그럴지도 모르지만 다마요처럼 되지는 않았을 것이다. 미치코는 마음속에서 긍정과 반발을 동시에 느꼈다. 다마요가 말을 이었다.

"넌 가지 씨가 돌아올 거라고 생각하니? 그래서 그렇게 고상하게 구는 거야? 돌아오지 못할걸? 로스케가 자랑스럽게 말하더구나. 동부 국경의 관동군은 전멸시켜버렸다고."

미치코는 숨을 삼키고 흥분을 참느라 떨리는 목소리로 말했다.

"내가 너한테 뭐라고 했니? ……뭘 잘못했니?"

"아무 말도 안 했지."

다마요는 상대가 외향적인 야스코와는 달라서 김이 빠진다는 듯 목소리를 낮췄지만 곧 다시 거칠게 쏘아댔다.

"다들 고상한 척하며 꼼짝도 하지 않으면서 타락한 날 부러워하더라. 그 증걸 보여줄까? 오늘 밤에 이리로 와봐. 내가 혼자 쌀밥을 먹고 있을 때 다들 어떤 얼굴을 하고 보는지. 난 그래도 지금껏 조심해왔어. 이젠 조심이고 뭐고 없어. 난 이제부터 로스케 손님이든 누구든 이리로 데리고 올 테야. 알겠니? 날 아무도 쫓아내지는 못할걸? 여긴 회사 기숙사였어. 지금은 회사가 없어졌으니까 여긴 누구의 집도 아니야……. 아주머니! 오늘 밤부터는 쌀밥을 해줘요!"

아주머니는 당황하여 두 젊은 여인을 번갈아 보았다. 미치코가 차분히, 그러나 똑똑하게 말했다.

"난 네가 뭘 먹든 그걸로 부러워하지도 경멸하지도 않아. 하지만 넌 잘못했어. 운명과 너무 쉽게 타협했어……."

"그래그래, 난 잘못했어."

다마요가 싸늘하게 웃었다.

"돌아오지도 않는 사람을 기다리다가 나중에 눈물이나 질질 짜는 사람이 잘못하는 게 아니라면 말이지. 넌 밖에 나가 보지 않아서 모르겠지만 거리에서 요즘 소이치 만두라는 걸 팔기 시작한 할머니가 있어. 소이치라는 아들이 전쟁에 나가서 아직 돌아오지 않는다고 만두에 그런 이름을 붙인 거지. 전쟁에서 돌아온 사람들이 그 아들은 죽은 것 같다고 해도 믿지 않는 거야. 너라면 감격할 일이겠지? 너도 가지 젠빙煎餅(좁쌀가루나 녹두가루 등을 멀겋게 반죽하여 번철燔鐵에 골고루 펴서 익힌 얇은 부꾸미 같은 것 – 옮긴이) 같은 걸 만들어서 그 할머니와 같이 팔지그래? 장사가 아주 잘될 것 같은데."

미치코는 몸을 홱 돌려서 종종걸음으로 나갔다. 다마요의 도를 넘은 악담이 실은 그날 이후 갑자기 방향을 틀어버린 다마요의 운명과 그것에 진 다마요 자신에 대한 저주의 변형에 지나지 않는 것이라고 마음 한편에서는 이해하면서도, 그것만은 지키고 싶었던 상처받기 쉬운 마음의 보루를 흙발로 짓밟는 듯한 상대의 무례함에는 숨이 멎을 것 같은 분노와 증오를 느끼지 않을 수 없었다.

그이가 죽을 리 없어! 두고 봐, 반드시 돌아올 테니까!

"……좀 심했어."

아주머니가 주의를 주려고 다마요의 얼굴을 보자 다마요는 미치코가 잔달음질로 나간 쪽을 보며 빨갛게 칠한 입술을 떨고 있었다.

18

"누구 아시는 분 안 계세요? 동부 국경 부대는 어떻게 됐죠?"

미치코는 다시 복귀자들을 찾아다니기 시작했다. 다마요에게 불길한 소리를 듣고 나서 도저히 마음이 진정되지 않았던 것이다.

"모르겠네요."

"글쎄요."

"어쨌든 가장 치열하게 전투가 벌어졌던 곳이니까요."

"생존자가 있다는 말은 전혀 듣지 못했습니다."

복귀자들은 대개 그렇게 말했다. 그것도 귀찮다는 듯이 말하는 경우가 많았다. 그중에서도 비교적 친절하게 말해준 사람의 대답은 이랬다.

"글쎄요, 만약 생존자가 있다면 말이죠, 어딘가에서 무장해제를 당하고 포로가 되었을 거예요. 그러고 나서 시베리아로 끌려가죠. 추운 겨울을 무사히 보낸다면 혹……."

가끔은 못된 사람도 만났다. 여자의 한결같은 마음을 이용하려는지 들이다. 어디어디까지 가면 복귀자 업무를 보고 있는 사무기관이 있으니까 같이 가 주겠소. 마차를 빌려서 가면 이틀이면 갈 수 있는데 어떡할 거요?

미치코는 이런 늑대 같은 자의 감언에 속을 만큼 어수룩하지는 않았지만 진상을 알고 싶은 마음은 날이 갈수록 더해갈 뿐이었다.

"오늘도 나가니?"

그날 야스코가 미치코에게 물었다.

"오늘은 나랑 같이 나가지 않을래? 거리에 나가 뭐든 일자리를 찾아보자. 문어처럼 자기 다리를 뜯어 먹고 살 수는 없잖아? 이렇게 하면 여자 혼자서도 멋지게 살아갈 수 있다는 걸 보여주지 않으면 다마요 따위에게 웃음거리만 돼."

"그러자. 하지만 오늘 하루만은 나 혼자 나가게 해줘."

미치코는 한 가지 기대하는 것이 있었다. 사람들에게 전해들은 이야 긴데, 통킹 성東京城 방면에서 심한 고초를 겪으며 걸어서 돌아온 남자가 중태에 빠져 누워 있다는 것이다. 통킹 성이면 가지가 있던 부대보다는 후방인 것 같지만 아마 군관구軍管區(군사 전략적 목적으로 일정한 지역 내의 부대·군사 학교·지원 시설 따위를 한 지휘관에게 관할하게 한 구역 = 옮긴이)는 같지 싶다.

"오늘 물어보고 모른다면 단념할 거야. 아니, 단념하지 않을래. 그냥 얌전히 기다리고 있을 수밖에 없겠지?"

반나절쯤 외출했던 야스코가 돌아와 보니 미치코는 벽장을 향해 앉아 있었다. 무릎 앞에 양복이 놓여 있다. 그리고 그 위에 펼쳐진 포장지와 깨진 사기 조각이 보였다.

야스코를 보는 창백한 얼굴이 파르르 떨리는 것은 억지웃음을 짓고 있기 때문이다.

"그게 뭐니?"

"그이가 깨뜨리고 간 거야."

결혼 기념으로 산 벽걸이 접시의 잔해다. 그날 저녁 이것을 살 때는 얼마나 가슴이 벅찼던가!

"돌아오면 말할 생각이었어. 깨뜨리고 갔지만 내가 소중하게 간직하고 있어서 돌아올 수 있었다고."

"무슨 말을 들은 거니?"

미치코가 고개를 끄덕였다.

"……잘은 모르지만 틀린 것 같아."

미치코가 찾아간 사내는 심한 영양실조로 뼈만 앙상하게 남아서 누워 있었다. 이야기를 해줄 마음은 있는 것 같았지만, 힘이 다 빠진 목소리는 마치 문틈으로 새어 들어오는 바람소리처럼 들렸다. 그의 말에 따르면 패잔병 몇 명이 모여서 행동을 같이하게 되었는데, 도중에 마을 사람들의 습격을 받고 죽은 사람 중에 '가지'인지 '가지이'인지 하는 이름의 사내가 있었다는 것이다. 만난 지 하룬가 이틀 만에 일어난 일이어서 그 남자의 출신은 물어보지 못했지만 행동이 엄격한 사내였다. 인텔리풍의 용모와 말투, 서른 안팎의 나이와 키, 체격까지 비슷하다. 사격을 잘했다는 말을 들었을 때 미치코는 이미 거의 절망 상태에 빠져 있었다.

"가지라고 들으셨어요?"

미치코가 형을 선고받는 듯한 기분으로 거듭 그렇게 확인하자 그는 희미하게 고개를 아래위로 움직이며 웅얼웅얼 말했다.

"가지…… 가지이…… 그런 것 같아…… 총 맞고 쓰러졌어…… 난 도망쳤으니까."

미치코는 인사를 어떻게 하고 나왔는지조차 기억이 없었다. 수만 명 중에는 가지라는 이름도 몇 개는 있을 것이다. 나이와 용모, 체격까지 우연히 닮은 사람도 있을 수 있다. 환자의 기억은 정확하지 않았다. 몇 번을 그렇게 다시 생각해보았지만 땅속으로 빨려 들어갈 것처럼 우울해져만 가는 기분은 피할 수가 없었다.

"뭐니?"

야스코는 일부러 명랑하게 말했다.

"네 서방님이라면 죽을 때 미치코! 라고 한마디쯤은 했을걸? 다른 사람이야, 그는. 이런 건 말이지 남이 더 정확하게 판단할 수 있다고."

하지만 미치코는 그 자리에 붙박인 것처럼 움직이지 않았다. 울음을 터뜨리지 않으려고 그러고 있는지도 모른다. 야스코는 한동안 그 옆얼굴을 내려다보고 있다가 별안간 남자처럼 강하게 말했다.

"네가 그렇게 훌쩍거리고 있으면 가지 씨도 좋아하지 않을 거야. 헌병대의 고문도 견뎌낸 사람이잖아. 돌아올 거야. 내일부터 나랑 같이 거리에 나가서 장사하자. 거리엔 아직 여자들이 별로 나와 있지 않지만 남자들이 여자 옷을 팔러 다니기 시작했어. 만주인이 몰려들어 잘 사간다고 하더라. 그래서 내가 묘안을 생각해냈어. 우리 옷만으론 수가 적으니까 산 쪽에 있는 부인네들의 옷가지를 받아다 팔아주고 수수료를 챙기는 거야. 어때? 묘안이지? 그 사람들도 갑자기 수입이 끊기는 바람에 생활이 어려워졌는데도 장사를 하러 나가는 건 부끄러운 모양이야. 그걸 이용하는 거지. 사모님, 이건 1할을 받겠습니다. 이건 물건이 고급이니까 1할 5부는 주셔야겠네요. 왜냐고요? 한번 생각해보세요. 만약 물건을 빼앗기면 우리가 변상해야 되잖아요? 비싼 물건을 맡는다는 건 그만큼 위험부담도 크니까요. 그렇게 말해주는 거야. 물건을 받을 때……. 너 듣고 있니?"

미치코의 얼굴이 살짝 움직였다.

"……응."

"아유, 참. 너한테 뭘 바라겠니. 난 이미 그녀들과 예약하고 왔어. 추억은 추억, 생활은 생활이야. 할 거지?"

"그래."

미치코가 이번엔 확실하게 고개를 끄덕였다.

"내일부터 할게. 기분을 전환하고 싶어."

말은 그렇게 했지만 접시 조각을 다시 싸는 미치코의 손은 떨리고 있었다. 희망 없는 미래를 살아가려면 용기나 단념 중에서 어느 하나는 꼭 필요하다.

19

야스코는 딱 좋은 시기에 결단을 내렸다고 할 수 있었다. 거리의 행상으로 나온 젊은 여자는 아직 거의 없었다. 살풍경한 모습의 남자들에 섞여 중년이 지난 여자들의 지친 모습이 슬슬 보이기 시작할 무렵이다. 젊고 생기가 넘치는 여자는 두 말할 것 없이 사람들의 눈에 잘 띈다.

야스코와 미치코가 '사모님들'에게서 받아온 옷가지들은 물건이 좋기도 해서 잘 팔렸다. 주변의 다른 행상인들이 시기할 정도다. 사는 사람은 주로 중국인이다. 장사꾼들만 있는 것도 아니다. 근교에서 온 농사꾼 같은 사람이 값을 깎을 대로 깎고 사간다. 수선해서 집안 여자들의 옷으로 만드는 모양이다. 가끔 소련군 장교가 와서 무늬가 화려한 것을 골라서 산다. 그들은 처음 얼마 동안은 돈 쓸 데가 별로 없었는지 거의 깎지도 않고 시원하게 값을 치렀다. 야스코와 미치코에게는 그런 손님도 잘 꼬여서 다른 행상인들의 부러움을 사는 것도 당연했다.

날이 갈수록 행상인이 늘어나서 과거의 번화가에는 일본 옷이랑 양복 따위를 어깨와 팔에 걸친 각양각색의 사람들이 울타리를 이루게 되었다.

부끄러워서 소리도 못 내는 사람, 체면도 부끄러움도 모두 버리고 지나가는 사람에게 매달리며 쫓아가는 사람, 다른 사람이 얼마나 팔았느냐는 데에만 신경 쓰는 사람, 자꾸 자리를 바꿔서 그때마다 오히려 더 못 파는 사람 등등 별의별 사람들이 다 있었다.

옷을 사는 사람들은 살아간다는 것에 있어서는 오랜 세월 수련을 쌓아온 민족이라 갑작스럽게 생겨난 행상인 따위가 당해낼 수는 없었다. 시장에 나온 물건들은 시세가 있는 것 같으면서도 없었다. 우선 사주지 않으면 굶을 수밖에 없는 막다른 곳에 몰려 있었기 때문에 대부분의 경우에는 사는 쪽이 제시한 선까지 양보하게 된다. 그래도 좋았다. 생각하기에 달린 것이다. 아무래도 식민지 생활의 사치가 분에 넘치게 축적된 물건을, 값을 깎는다는 형태로 보복하고 있는 것인지도 모른다. 어쨌든 대부분의 일본인은 이런 식으로 겨울을 나는 목표만은 세운 듯하다.

하지만 좋은 일만 있는 것은 아니었다. 지금까지 짓밟혀온 민족의 보복 심리가 가끔 비도덕적인 형태로 나타나는 경우도 있었다.

혼잡한 사람들 속에서 남자 몇 명이 패를 지어 오더니 그중 한 명이 옷을 들고 본다. 모양이 어떻다, 가격이 어떻다 하고 마치 살 것처럼 말하면서 이것저것 들었다 놨다 한다. 그러는 동안 한두 벌은 옆에 있던 다른 손님으로 보이는 사내의 손에 넘어가고 장사꾼이 한눈을 팔고 있는 사이에 물건은 어디로 갔는지 모르게 된다. 물건이 없어진 걸 알고 눈앞에 있는 손님에게 그 책임을 물으려고 했다가는 괜히 일만 커진다. 그 사내는 그러기를 기다리고 있었다는 듯 손을 펴 보이고, 가슴을 두드리고, 침을 튀기면서 결백을 주장한다.

"자, 봐라. 내가 뭘 훔쳤는데? 여보시오, 다들 좀 들어보시오. 이 일본인이 내가 도둑질을 했다고 합니다. 좋다! 내가 훔쳤다면 감옥이든 어디든 가겠다. 하지만 만약 내가 훔치지 않았다면 어떡할 테냐?"

증거품은 이미 사라졌으니 장사꾼은 일이 확대되는 것이 두려워서 애써 미소를 지어가며 말한다.

"이제 됐어요. 쟝꿰이(나리), 알았어요. 아마도 내가 착각한 것 같으니 사과하죠."

대개의 장사꾼은 언젠가 한 번씩은 이런 쓴 경험을 한다. 때로는 좀 더 뻔뻔한 상대를 만나는 경우도 있다. 예를 들면 비교적 장사가 잘되는 미치코와 야스코가 당한 경우가 그렇다.

상대는 젊고 꽤 날렵해 보이는 사내였다. 생김새도 나쁘지 않았다. 아무리 보아도 불량배로는 보이지 않았다. 불량배들에게서 흔히 볼 수 있는 음침하고 흉포한 기색은 느낄 수 없었던 것이다. 그가 옷을 한참 동안 뒤적이다가 한 벌은 샀다. 그런데 어깨에 걸치고 있던 다른 한 벌도 옷값을 치렀다고 우기는 것이었다. 야스코와 미치코는 처음엔 서툰 중국어로 한 벌 값밖에 받지 못했으니 그쪽 것은 판 게 아니라고 해도 도통 들으려고 하지 않아서 나중에는 화가 나서 일본어로 말하기 시작했다.

"당신은 거짓말을 하고 있어요! 그것도 샀다는데 그건 얼마죠? 얼마를 냈다는 거예요? 거짓말쟁이!"

그는 여자들이 빽빽 소리를 질러도 꿈쩍도 하지 않았다. 주위에 모여든 자기 나라 사람들에게 중국어로 지껄여댔다.

"이건 내가 다른 데서 산 거야. 이 여자 것이라는 증거가 어디에 있지? 이 여자가 괜히 시비를 거는 거라고."

말이 달라서 언쟁의 초점이 완전히 빗나가 버려도 누구 하나 중재할 수 없고 하려고도 하지 않는다. 가령 야스코나 미치코가 상대방의 억지를 완전히 이해하고 반박하려고 해도 아마 성공하지 못할 것이다. 옷에는 종이끈으로 표시를 해두었지만 상대는 그것을 교묘히 뽑아버렸고, 설령 그 표지가 붙어 있어도 그것을 자기 것이라고 주장할 수는 있어도 증명은 할 수 없다. 거기엔 판결을 내릴 힘도 권위도 없기에 도덕과 비도덕이 완전히 대등한 입장에 놓여서 끈기가 약한 쪽에서 지게 된다.

야스코와 미치코는 좀처럼 지지 않았다. 남의 물건을 대신 팔아주는 거라 져서는 안 되는 곤란한 처지에 있었다. 야스코는 선천적으로 강단이 있는 성격으로, 미치코는 수동적이면서도 의외일 정도로 뚝심 있게 그 다툼에서 물러나지 않았다. 그때 상대의 어깨에서 문제의 옷이 획 들리더니 두 여자 쪽으로 던져졌다. 그 자리엔 주위에 있는 다른 사람들보다 머리 하나만큼 위로 나온 소련군 장교가 서 있었다.

"억지를 쓰면 안 돼. 못된 장난질로 남을 괴롭히는 게 아냐. 내가 아까부터 지켜보고 있었다. 이렇게 해서라도 먹고살겠다는 사람의 입장이 되어보란 말이야. 억지 부리지 말고 빨리 꺼져."

이 말이 또 통하지 않는다. 날렵해 보이는 젊은이는 가슴을 펴고 대든다.

"공연히 나서지 마시죠, 까삐딴. 당신네가 상관할 바가 아니오. 우릴 밟아 뭉개던 일본인을 편들다니 도대체 무슨 생각입니까?"

이 또한 전혀 통하지 않는다. 장교는 미소를 띤 얼굴로 귀찮은 듯 두 여자에게 말했다.

"이제 당신들은 돌아가시오. 오늘은 어차피 장사하기는 틀린 것 같으니 돌아가는 게 나을 것 같소."

야스코와 미치코는 장교가 호의적으로 말하고 있는 것과 큰 손의 움직임으로부터 돌아가라는 의미만은 알아차리고 그 말에 따랐다.

"화가 나서 미치겠어! 내일부터 전부 끈으로 연결해놓을까? 일본인끼리 같이 모여서 할 수 있으면 좋겠지만 안 되겠지? 다들 뿔뿔이 흩어져서 제각각이니. 누가 곤경에 빠져도 다들 잠자코 있잖아."

야스코가 돌아가는 길에 그렇게 말하자 미치코는 뭔가 골똘히 생각하는 표정으로 중얼거렸다.

"난 오키시마 씨에게 같이하자고 부탁할까 하는데."

오키시마는 그 무렵 다른 길목에서 '사설 전매국'이라는 걸 차려놓고 궐련초를 팔고 있었다. 담뱃잎을 사다 자기만의 방식으로 처리한 것을 궐련초로 파는 것이다.

오키시마가 있는 곳엔 담배와 땅콩, 엿 같은 것을 가공한 과자류를 파는 사람들이 모여 있었다. 여기는 또 여기대로 재미있는 광경이 가끔 벌어지곤 한다.

이 길목에서 장사하는 사람들의 두통거리는 한 중국인 거지였다. 키는 그리 크지 않지만, 가슴이 떡 벌어진 장년의 사내로 눈빛이나 생김새로 보면 의지력이 꽤 강인해 보인다. 사회에서 낙오한 것이 불가사의할 정도도. 하지만 이 사내는 강인한 의지력을 전혀 엉뚱한 방향으로 쓰는 데 흥미를 갖고 있었는지도 모른다.

거의 매일이다시피 오후만 되면 나타나서 일본인 노점상 앞의 큰길에 털썩 주저앉는다. 그러고는 자꾸 절을 한다. 돈을 내놓을 때까지 몇 번이고 절을 한다. 노점상들이 고집을 부리며 돈을 내놓지 않으면 거지는 길에 깔린 돌에 쿵 소리가 나도록 머리를 박는다. 그것을 몇 번이나 반복할지 스스로는 한도를 정해놓은 것 같다. 상대가 이 정중하기 그지없는 절에 대해 이렇다 할 답례가 없으면 천천히 일어나서 노점의 물건을 매대째 뒤집어엎어버린다. 일체 말이 없다. 지저분하기 그지없는, 늠름한 골격에서 뿜어져 나오는 야성적인 박력은 대부분의 영락한 노점상들을 움츠러들게 하기에 충분하다.

이쪽은 패전국의 국민이다. 상대는 거지라 해도 전승국의 국민이다. 그런 의식이 걸림돌이 되어 제재를 가하기는커녕 힐난조차 하지 못한다. 그래서 그렇게 되기 전에, 즉 상대가 머리를 박기 시작하면 얼마의 돈을 준다. 그런데 그것이 또 잔돈일 때는 상대를 아주 경멸하는 듯한 표정으로 말없이 다시 머리를 박는다. 결국 거지는 목적을 달성한다. 이 사내가 현명한 것은 생각대로 됐다고 우쭐해서는 더 달라고 하지 않는다는 점이다. 필요한 액수에 도달하면 아무 미련 없이 유유히 사라진다. 그것이 내일 또 오셌나는 예고이기도 하고, 오늘 답례한 자는 내일은 봐준다는 보장과 같은 것이기도 하다.

그는 일본인 외에는 절대로 건드리지 않기 때문에 큰길 양쪽에 있는 중국인 가게에서는 암묵적인 지지를 뜻하는 엷은 미소를 보낸다. 그런 이유로 일본인 노점상들은 이 거지의 행동을 '배상금 징수'라고 부르며 체념하는 수밖에 없었다.

오키시마처럼 중국어가 능숙하고 배짱이 좋은 사내도 이 거지의 말 없는 행위에는 두 손을 든다. 미치코가 상의하러 온 것은 그가 마침 '배상금'을 뜯겼을 때였다.

"당할 수가 없어요, 저 자식한테는."

오키시마는 더러운 이를 보이며 웃었다.

"묘하게 친밀감이 드는 자예요. 아니, 내가 지니까 자기변명을 하고 있는 것인지도 모르겠네요. 거지에게조차 당하질 못한다면 우리 일본인들은 민족을 떠난 개인의 독립 같은 건 없었던 걸까요? 참 꼴사납게 됐네요, 우리도."

미치코는 오키시마의 쓴웃음에 이끌려 자기도 모르게 웃었다.

"그건 그렇고, 아주머니. 저기 있는 저 사내, 기억하시죠?"

20

오키시마가 가리킨 곳에서 담배와 땅콩을 팔고 있는 건장한 체격의 사내가 중국인 손님에게 굽실거리면서 열심히 간살스러운 웃음을 짓고 있었다. 그런데 그 모습이 예사롭지가 않다. 뭔가 잘못을 저질러서 손님에게 핀잔이라도 듣고 있는지 전전긍긍하고 있는 것처럼 보였다.

약자의 입장에서 장사하는 괴로움이 몸에 배어 있는 미치코가 동정적으로 바라보던 표정이 갑자기 굳어진 것은 비스듬하게 이쪽을 향하고 있는 그 사내가 오카자키였기 때문이다.

"……저 사람이 언제 라오후링에서 이리로 왔죠?"

"소련군이 들어오자마자 바로였던 것 같아요. 한동안 누군가의 집에서 숨어 있었겠지요. 이 거리에서 라오후링 현장에 있던 중국인을 맞닥뜨리지 말란 법도 없으니까요. 하지만 숨어만 있어서는 굶어죽게 생겨서 밖으로 나온 모양인데 저렇게 벌벌 떨고 있는 거죠. 저자가 라오후링을 호령하던 사내로 보이십니까?"

미치코는 오카자키 쪽을 똑바로 보고 있었다.

2년 전의 일이 시간을 벗어버리고 생생하게 되살아나는 듯했다. 저 사내가 특수 광부의 탈출 사건을 날조하지만 않았다면 가지는 헌병대에 끌려가지도 않았고, 따라서 '소집 면제'의 '특전'을 빼앗기는 일도 없었을 것이다. 미치코는 일본인 모두가 현재 이렇게 될 운명에 있었던 것을 전혀 이해하지 못하는 건 아니었다. 그리고 또 이렇게 되기까지는, 즉 가지의 생환을 맹목적으로 믿을 수 있었던 동안에는 불행의 계기를 만든 오카자키에게 모든 죄를 돌리는 것을 스스로 경계했다.

아직도 역시 가지의 생환을 냉목적으로 믿으려고는 하지만 소식을 묻고 다닌 결과 거의 절망 상태에 가까워진 지금 그자의 얼굴을 눈앞에서 보자 자제력은 아무런 힘도 갖지 못하게 되었다.

몸 어딘가에서 머리 한가운데로 울리는 듯한 소리가 난다. 마음이 꽝꽝 얼어서 터질 것만 같다. 사실은 그 반대여야 할지도 모른다. 가지가 살아서 돌아온다는 희망을 갖고 있었을 때는 오카자키가 한 짓을 개인적으로 원망해도 되었다. 패전으로 모든 것이 뒤바뀌고 나서는 미치코와 가지의 불행을 오카자키 한 사람의 죄로 돌려서는 안 될 것이다. 미치코는 가슴을 울리는 울분 속에서 한번은 그렇게 생각했다. 그런데도 증오와 원한은 그 위에 덮인 슬픈 아픔과 함께 점점 심해졌다.

오카자키는 사과의 뜻으로 물건을 싸게 팔고 나서 그제야 겨우 미치코를 알아본 모양이다. 처음에 특징 있는 삼백안으로 이쪽을 쏘아보았을 때는 확실히 산에 있었을 때의 오카자키의 모습 그대로였지만, 갑자기 살집이 두툼한 얼굴을 웃음으로 무너뜨린 것은 다른 사람이었다.

"이거 참 오랜만이군요."

그 오카자키가 이런 말도 할 줄 알았나? 미치코는 다가온 그에게 창백하게 경직된 얼굴을 향하고 있었다.

"건강해 보여서 무엇보다도 다행입니다. ……그런데 남편께서는?"

뻔뻔하게 무슨 소리야?

"……아직 돌아오지 않았어요."

"그것 참!"

아주 안됐다는 듯 한숨을 쉬며 말한 것이 미치코에게는 알면서도 모르는 체하는 것처럼 들려서 분노와 슬픔을 더욱 부추겼지만 오카자키의 표정이 안절부절못하는 것은 가지에 대한 양심의 가책으로 보이기도 했다. 이자도 조금은 느껴야 해! 사실 미치코의 눈과 귀가 받아들이는 방법에는 조금씩 차이가 있었다. 오카자키는 자기 노점이 걱정되는 것과 통행인 중에 지난날 그가 괴롭혔던 중국인이 섞여 있을까 봐 두려워서 안절부절못했던 것이다.

　반대로 안됐다는 듯 말한 것은 꼭 시치미를 뗀 것만이 아니라 이 사내 나름대로 연민을 느끼고 있었음이 틀림없다. 천성이 거칠고 단순한 사람이다. 처음부터 덮어놓고 믿으며 어떠한 의혹도 품은 적이 없었던 전쟁, 질 것이라고는 생각도 못했던 전쟁의 덧없는 종말은 이 사내를 한번은 확실하게 산산이 부숴버렸다.

　거기서부터 자신을 다시 수습하여 재출발하기 위해서 어떤 가면이 필요했다고 하더라도 그것은 남을 속이기 위해 잔재주를 부린 것이 아니라 이른바 생리적으로 필요했던 것이다. 만약 할 수만 있다면 타고난 자신의 얼굴과 가면을 바꾸고 싶었으리라. 가지에게, 따라서 미치코에게 얼마나 큰 상처를 주었는지는 패전의 충격으로 모두 날아가 버렸다. 모든 것이 뒤집어졌다. 이거 피차 큰일났군! 그렇게 말하고 싶은 기분이 솔직한 심정이었지만, 그것을 미치코의 창백하게 경직된 얼굴이 튕겨냈다.

　"……그이는 꼭 돌아올 것이라고 생각합니다. 당신이 한 짓도 결코 잊지 않았을 거라고 생각합니다."

　오카자키는 얼굴을 맞대고 이런 말을 듣자 쩔쩔맸다. 가지나 미치코의 집념을 두려워했다기보다도 겨우 흐지부지 묻어버린 참수 사건을 들춰낸다면 그거야말로 말 그대로 목숨이 날아가 버릴 일이기 때문이다. 오카자키 패거리에게 다행이었던 것은 특수 광부 관리에 애를 먹던 라오후링에서는 머잖아 종전이 될 줄도 모르고 특수 광부들을 오지의 개발 구역으로 보내버렸기 때문에 종전의 혼란기에 당연히 입었을 복수적인 추궁을 지금까지 당하지 않을 수 있었다는 것이다.

그것을 간파하고 오키시마가 조롱하듯 웃었다.

"왜 그러나, 대장? 가지가 돌아오면 고지식한 녀석이라 그 사건을 다시 끄집어내서 널 가만 놔두지 않을 테고, 돌아오지 않으면 이 아주머니한테 평생 원망을 받으며 살 뿐이야."

"원망이라니, 무슨 그런……."

오카자키의 삼백안이 어쩔 줄을 모르고 갈팡질팡했다.

"난 아무것도…… 난 그때는 그저…… 아니, 아주머니 한번은 말씀드리려고……."

"조바심 낼 것 없어. 오카자키 대장답지 않아. 꼴불견이라고. 가죽 정강이 싸개를 채찍으로 철썩철썩 때리며 다니던 기세는 어디로 갔지? 아니면 이 아주머니한테 그때는 제가 잘못했습니다, 하고 사죄하던가."

"사과 같은 건 받고 싶지 않네요."

미치코는 오카자키가 너무 쉽게 사과할지도 모른다는 것이 오히려 두려웠다.

"돌이킬 수 있는 일도 아니잖아요. 그이의 처신이 옳았을 텐데 결판난 사람은 그이에요. 당신은 어쨌든 이렇게 살아 있잖아요……."

"살아 있다니, 여보시오, 난 옛날 부하 집에 얹혀살고 있어요. 살아 있다고 할 수도 없지요. 이거야 오키시마 선생도 같은 입장일 테니 잘 알겠지만요. 그런데 뭐랄까, 솔직히 말해서 라오후링이 로스케에게 접수

되었을 땐 가지 씨 같은 사람이 있었으면 싶더군요. 이건 진심입니다!"

이제 와서 그런 인사치레가 무슨 소용이 있단 말인가. 그렇게 생각하면서도 미치코는 오카자키가 가지를 어떻게 재평가했는지는 듣고 싶었다.

"아무튼 그땐 로스케가 전쟁에 이긴 기세로 행패가 이만저만이 아니었수다. 산에서 있는 대로 다 내놓고 서비스를 했는데도 말이죠. 먹고 마시고 흥청망청 놀더니 결국엔 여자까지 내놓으라고 하는 거요. 아주머니는 일찌감치 시내로 나오신 게 천만다행이었습니다. 거기엔 말이죠, 일본인 여자가 200명쯤 있었는데, 놈들이 그걸 노린 겁니다. 조금이라도 망설이는 기색을 보였다간 바로 밀고 들어와서 몹쓸 짓들을 할 기세였습죠. 그래도 구로키 소장이 괜찮은 구석은 있더군요. 산을 떠나 이리로 내려온 뒤에 중국인을 매수해서 그 새끼만 잽싸게 어디론가 튀어버렸지만 말이죠. 소문으로는 조선을 경유해서 본국으로 간다든가, 갔다는 것 같은데, 그때는 소련군 장교에게 울고불고 매달리더라구요. 재산은 한 푼도 남기지 않고 다 내놓을 테니 여자들에게만은 손을 대지 말라고 말이죠. 그런데 장교들이야 승낙해도 병사들이 말을 들어먹습니까? 결국 소장은 놈들 앞에 꿇어앉아서 빌었죠. 이래도 들어주지 못하겠다면 자기를 쏴죽이라고 말하면서요."

"놈들이 들어주던가?"

오키시마는 미치코의 안색을 살피면서 물었다.

"당분간이야 그랬수다. 하지만 언제 우르르 몰려들지 모를 일이지.

그 후였습죠, 사고가 터진 건. 거기 광부 위안소의 여자들을 붙여주려고 하니까 로스케가 도무지 받아들이려고 하지 않는 거요. 이 사람들은 해방되어야 할 사람들이라느니 어쩌니 하고는……. 난 무슨 영문인지 이해할 수 없었지만 이상하다는 생각은 들더군요. 그럼, 일본인 여자면 해도 된다는 말이오? 어쨌든 할 수 없이 나랑, 그게 누구지? 노무계에 있던 잔데, 늘 졸린 눈을 하고 있던……."

"후루야 말인가?"

"그래, 맞아요. 그자와 둘이 여기까지 뛰어와서 사창가 여자들을 하룻밤 동안 구슬려서 날이 새면 트럭에 싣고 곧장 데리고 갔습죠. 열두세 명쯤 되는데 돈을 쌓아놓고 좀 봐달라고 했수다."

"제법이었군, 너 같은 놈이."

"뭐라는 거요?"

두 사내는 서로를 보며 공허하게 웃었다.

"당신 같으면 어떻게 했겠소?"

"나 같으면 그렇게 되기 전에 산에서 떠났겠지."

"그야 당신은 훨씬 남쪽에 있었으니까. 더구나 기껏해야 2, 30가구였으니 가능할 수도 있지. 200가구 이상이나 되는 라오후링 인원을 그렇게 쉽게 피신시킬 수 있는 줄 아슈? 무엇보다도 그 상태 그대로 접수를 받으라는 본사의 지령이 있었수다. 게다가 그렇게 빨리 로스케가 들어올 줄은 생각지도 못했고……."

오카자키는 뭔가 더 말하고 싶은 눈치였지만, 자기 노점 앞에 지저분한 차림의 소년들이 두세 명 멈춰 선 것을 보자 후다닥 뛰어갔다.

"……저 자식도 꽤 고생했군."

오키시마가 그렇게 중얼거리는 것을 미치코는 찬바람에 날려 굴러가는 낙엽을 바라보면서 들었다.

"그이가 산에 없었던 게 다행이라고 생각했어요."

"소련군 병사들 때문에요?"

"네. ……있었다면 이럴 리가 없다면서 또 무슨……."

"하지만 그건 어디 있어도 마찬가지겠죠. 그럴 리가 없는데 그렇게 되어버리는 것이 전쟁이 갖는 말도 안 되는 특징일 테니까요. 녀석은 아마 투덜거리면서 어딘가를 걷고 있을 겁니다."

미치코는 오키시마와 상의하러 온 용건도 잊고 바람이 불어오는 쪽으로 얼굴을 돌리고 있었다. 이 계절엔 바람이 북쪽에서 불어온다. 머잖아 칼날 같은 예리함으로 살갗을 파고들 것이다. 그러면 더 이상 희망은 없다. 앞으로 한 달쯤이다.

"……남자의 걸음으로 하루에 얼마나 걸을 수 있을까요?"

미치코는 바람이 불어오는 방향으로 고개를 돌린 채 말했다.

"……굶기를 밥 먹듯 하며 걸을 테니 하루에 평균 20킬로미터면 많이 걷는 것이겠죠."

미치코가 손가락을 꼽아가며 세어본 것은 전쟁이 끝난 날로부터 바람이 얼어붙을 때까지의 기간이었다.

"……100일에 2,000킬로미터쯤 되겠군요. 100일 정도는 그이도 살아 있겠죠?"

오키시마는 결코 고개를 돌리려고 하지 않으면서 바람을 맞고 서 있는 여자의 얼굴을 보았다.

"아주머니, 제가 살 테니 저 할머니의 만두 좀 드시겠습니까?"

이번엔 미치코가 휙 돌아섰다.

"아, 저 할머니는!"

건너편 보도에 망부석처럼 가만히 앉아 있는 노파가 다마요가 말한 소이치 만두를 파는 할머니였다.

"제가 사올게요."

미치코는 오키시마가 움직이기도 전에 뛰어갔다.

"만두 좀 주세요."

젊은 여자의 목소리에 고개를 든 노파는 미소를 짓고 있는 아름다운 얼굴에 갑자기 눈물이 흘러내리는 것을 보았다.

"왜 그러시우, 아가씨?"

"……저도 할머니처럼 젠빙 같은 거나 팔면서 기다리라는 말을 들어서요."

미치코는 황급히 손가락 끝으로 눈물을 닦았다.

"네 개 주세요."

야스코도 쓸데없이 돈을 썼다고 화내지는 않을 거야. 이 할머니가 아직 희망을 버리지 않았는지 어쨌는지 공짜로 볼 수는 없을 테니까.

21

 오키시마는 미치코에게서 같이 일하자는 말을 듣기 전에 이미 두 곳에서 제안을 받은 바 있다. 두 군데 모두 보잘것없는 담배 장사 같은 건 때려치우고 능력을 최대한 발휘해서 일본인 대중을 위해 일해보자는 것이었다.
 하나는 전 회사의 간부와 지역 유력자들이 중심이 된 '일본 교민회'가 오키시마의 중국어 능력을 사려고 했다. 오키시마는 웃는 얼굴로 정중히 거절했다. 일본인의 이익을 대변하고, 더불어 일본인의 귀국 열망을 중국 당국에 호소하여 그 실현을 앞당긴다는 명분에는 이견이 없었지만, 유력자들의 의도가 이 거리에 생긴 중국 공산당 계열의 정권에 맞서 그런 명분을 내세워서 자신들의 이익을 보존하려는 것임을 간파했기 때문이었다.
 "이제 와서 새삼스럽게 높으신 양반들의 확성기 노릇을 하기는 싫군요. 높으신 양반들이 재산을 몽땅 내놓고 그것을 8만 여 일본인을 위해 쓴다면 이야기는 다르겠지만요."
 또 다른 제안은 노토라는 낯선 사내가 가지고 왔다. 일본인 민주주의자의 단체를 만들어서 시 정부에 협력할 필요가 있는데, 언어가 달라서 생각대로 되지 않으니 부디 동참해주길 바란다는 뜻을 그는 찾아와서 5분도 안 돼 몇 년은 알고 지낸 사이처럼 허물없이 얘기했다.
 그런데 이 사내의 경우는 약간 방약무인한 태도를 보여서 오키시마

같은 사람에게는 오히려 호감을 느끼게 하지만, 사람에 따라서는 괜히 거부감을 갖게 하여 모처럼의 선의가 통하지 않을 수도 있었다. 오키시마가 근무하던 회사의 자회사에 해당하는 곳에서 수년 동안 적을 두고 있었지만, 그중 절반은 '별장(형무소)'에 가 있었다는데 그러고도 해고되지 않은 것을 보면 실무 능력만은 뛰어난 모양이다.

"내가 민주분자라고 할 수나 있을지 모르겠군."

오키시마가 씩 웃자 노토는 대수롭지 않게 말했다.

"그렇게 말하니 빨간 무보다는 믿음이 가는군."

"빨간 무?"

"껍질을 벗겼더니 속이 하얀 놈보다는 낫다는 거야. 난 알고 있네. 당신은 라오후링에서 사건에 연루돼 보잘것없는 광산으로 쫓겨났고, 당신 친구는 군대로 끌려갔다는 걸 말이야. 그렇지?"

"그 녀석은 진짜가 될 가능성이 있을지도 모르지만 난 어떨까? 여자들이 피해를 입은 일로 소련군 부대에 담판을 지으러 갔다가 맨손으로 돌아왔는데……. 이걸 바꿔 말하면 반동분자와 충돌해도 역시 어정쩡하게 그만두게 된다는 말이야."

"일본인이 대개 그래. 그렇다고 아무것도 하지 않는다면 전쟁 중에 감옥에 간 사람밖에는 새로운 일을 할 자격이 없다는 말이 되겠지. 이건 좀 우습지 않나? 실제로 새로운 일을 시작할 필요가 있네. 일본인은 민주화라는 걸 거의 잊어버렸거나 모르는 거야. 거리의 보스들은 국민당 군이 북상해오기를 목이 빠져라 기다리고 있네. 그것은 다시 말해

176

서 국민당으로 하여금 민주연맹군을 치게 하고 미국의 힘으로 소련을 견제한다는 거야. 그러면 패전은 했지만 구체제는 무너지지 않는다, 인민의 희생으로 패전의 손실을 메운다, 이런 거지."

"초보적인 논리로는 그렇게 되겠지."

오키시마는 빈정거리며 웃었다.

"내전이 시작되면 일본인은 어떻게 될까?"

"어느 쪽 승리를 예상하느냐로 크게 달라질 거네."

"예상이란 걸 하는 사람 자체가 일부밖에 없지 않을까? 대부분은 희망할 뿐이야. 그 희망이라는 것이 정치적인 것은 아니거든. 하루라도 빨리 귀국하고 싶다. 일본이 어떻게 되어 있든 어쨌든 돌아가고 싶다. 그러니까 일본인을 빨리 돌아가게 해주는 정권이면 어떤 것이든 상관없다. 이것이 대중의 희망인 것 같으니까 말이야. 결국엔 당신이 말하는 민주화 교육이 얼마나 침투하느냐가 문제야."

오키시마는 잠깐 말을 끊고 상대의 안색을 살피다가 상대가 뭔가 말하려고 하자 다시 말을 이었다.

"아니, 좀 더 들어봐. 대중의 희망이라고 무조건 존중하라는 건 아니네. 그러나 거리에선 다들 이렇게 말하고 있어. 중앙군(국민당 군)이 빨리 와주었으면 좋겠다, 일본은 중공이나 소련과는 강화조약을 맺지 않겠지만 국민당의 중국이라면 체결할 수 있다, 그렇게 되면 당장이라도 돌아갈 수 있다고 말이지. 그런 생각과는 완전히 다른 각도에서, 예를 들면 당신이나 내가 민주화 운동을 시작한다고 하자고. 그러나 실제로 생활은 조금도 나아지지 않고, 결국엔 귀국을 촉진하는 것 외엔 적당한 방법도 없다고 한다면 당신이나 난 대중으로부터 고립되거나 찌꺼기처럼 남겨지게 되겠지. 설령 일시적으로는 대중의 지지를 받는다고 치자고. 일본인이란 족속은 권력에 약하기 때문에 중공계 정권이 있는 동안은 우리한테 들러붙을 거야. 내전은 최종적으로 민주연맹군이 승리할 것은 틀림없겠지만 말이야. 그때까지는 예를 들면 이 거리만 해도 정권이 몇 번이고 교체될 거야. 그러면 말이지, 당신이나 나는 국민당군이 들어올 때마다 도망가고, 민주연맹군이 들어올 때마다 돌아와야 해. 그런데 그런 방법으로는 아무도 상대해주지 않을 테고, 대중은 우왕좌왕할 뿐이야. 확실한 씨를 뿌리고 싹을 틔우기 위해서는 생산적인 토양이 필요하다고 생각하는데 어때? 외지에서 난민이 되어가고 있는 일본인을 민주화시킬 방식이란 것이 있을까?"

"운동이 무의미하다는 말은 아니겠지?"

노토는 오키시마의 남달리 큰 눈동자를 돌아보았다.

"혁명은 사전이 아니니까 몇 페이지를 펼치면 답이 적혀 있다는 것과는 달라. 답은 일이 내주는 거야. 경험주의적이긴 하지만 어쩔 수 없어. 역사상 일본인이 지금과 같은 입장에 놓인 적은 없었으니까."

돌아가는 길에 노토는 말했다.

"교민회로 갈 바에는 우리 쪽으로 와줄 수 있겠지? 우린 아직 네댓 명이 이제 겨우 신문을 낼 준비를 하는 단계지만."

오키시마는 씩 웃었다.

"당신이 왔었다는 것은 기억해두지."

'가지라면 두 말 없이 뛰어들었겠지?'

오키시마는 미치코와 함께 소이치 만두를 먹으면서 그렇게 생각했다. 오키시마에게는 가지가 자기보다 때가 덜 묻은 것처럼 보였다. 전에는 통역으로 군의 '청향공작淸鄕工作(적성敵性 마을로 간주된 마을 사람들을 체포하여 포로로 삼거나 처형하는 일 – 옮긴이)'에 종사했던 자가 세상이 바뀌었다고 해서 민주주의자인 척할 수는 없다. 과거에 구애받지 않고 진정으로 '자기비판'을 한 뒤 재출발해야 한다는 것도 알고 있다. 알고 있기 때문에 하지 못하는 것인지도 모른다. 자기비판을 얼마나 하면 자신을 용서할 수 있을까? 적당한 기회주의와 어디가 얼마나 다르다고 단언할 수 있을까? 군인의 명령을 통역하여 항일분자를 땅속에 생매장시킨 다음 그의 자식에게 밟게 한 악몽 같은 기억은 지금까지 뻔뻔스런 신경으로 속여왔지만, 요즘 들어서 하나둘 복수를 시작한 것 같다.

"가지는 그때 살아갈 권리를 산 것 같아."

오키시마는 반은 미치코에게, 반은 자신에게 말했다.

"어쨌든 행동하기로 결심했고, 그 이후 죄의 대가를 고통으로 치르고 있을 테니까."

오키시마는 가지의 그 이후가 반은 자동적으로 죄가 쌓여가는 과정이었다는 것을 몰랐기 때문에 관념적으로 매우 큰 거리가 벌어졌다고 생각한 것이다.

"할 수 없지, 나한테는 길거리의 장사꾼이 어울리니까."

오키시마는 결심이 선 듯 웃었다.

"저도 장사에 끼워주시겠습니까?"

미치코는 오키시마의 균형을 잃은 기분을 알기에 안됐다는 생각했지만, 여자 둘이 하는 장사에 오키시마가 낀다고 생각하니 마음이 한결 든든해졌다. 장사도 실제로 오키시마가 들어오고 나서 눈에 띄게 잘됐다. 옷에 대해서는 아무것도 모르는 오키시마가 짐짓 아는 척하며 중국인조차 놀랄 정도로 유창하게 중국어로 옷에 대해 설명하고 있을 때 미치코와 야스코가 옆에 서서 최대한 애교를 떨면 손님은 쉽게 넘어왔다.

세 사람은 장사가 잘된 날에는 꼭 소이치 만두를 사 가지고 돌아왔다.

그러나 평화로운 날은 그리 오래가지 않았다.

그날은 처음엔 좋았다. 장사가 잘돼서 악운이 미소를 짓고 있을 줄은 생각지도 못했다.

22

"어떻게 하면 저리도 잘 팔릴까?"

옆에 서 있던 중년 여자가 부러워했을 정도다.

"젊고 예쁜 여자가 둘이나 있으니까 그렇지."

오키시마도 말하는 폼이 장사가 잘되는 것이 나쁘지는 않다는 표정이었다.

그때 검정색 양복을 입은 키가 크고 언행이 조용한 남자가 와서 미치코에게 말을 걸었다.

"아주머니, 접니다."

미치코는 그가 누군지 생각해내는 데 애를 먹었다. 친하게 지내서 당연히 기억하고 있을 그 얼굴이 늘 하얀색 의료복 위에 있었던 터라 검정색 옷과는 매치가 되지 않았던 것이다. 가지가 소집되어 군대에 끌려가고 난 후 미치코가 한동안 일을 봐주러 갔던 라오후링 진료소의 셰 의사다.

"여어, 셰 선생 아니신가."

오키시마가 먼저 알아보고 인사하자 그도 미소로 답했다.

"고생이 많으시네요. ······가지 씨는 돌아오셨습니까?"

"······아직이에요."

미치코는 셰를 눈부신 듯 올려다보며 먼지를 뒤집어쓰고 있을 자신의 얼굴이 자꾸 신경 쓰였다.

"셰 선생님은 어떻게 이리로 오셨어요?"

"이번에 시 정부에서 이쪽 병원으로 호출되었습니다."

셰는 야스코와 오키시마 쪽을 재촉하듯 보며 말했다.

"장사에 방해가 될지 모르지만, 괜찮으시면 다 같이 차라도 마시러 가시죠."

"두 분이나 다녀오세요."

오키시마가 말했다.

"괜찮겠어요?"

그러자 야스코가 과자 선물을 받은 아이처럼 기뻐하며 셰와 오키시마를 번갈아 보며 물었다.

"남은 건 미치코가 받아온 두 벌뿐이에요. 오키시마 씨, 나중에 제가 배갈 한 잔 살게요."

두 여자는 셰 의사를 가운데에 세우고 총총히 떠났다.

그로부터 얼마 지나지 않아서였다. 오키시마 앞에 총을 든 보안대원 세 명이 와서 섰다.

"너, 오키시마, 아냐?"

"오키시마는 난데."

"좀 따라와."

"무슨 일이야?"

"오카자키란 남자, 알지?"

"안다."

"조사할 것이 있으니 같이 가 주셔야겠소."

이번엔 다른 보안대원이 자국어로 정중하게 말했다.

오키시마는 불길한 예감에 사로잡혔다. 오카자키가 구속된 모양이다. 그 사건 때문이라면 쉽게 돌아올 수 없으리라. 잘못하다간 오카자키와 한 배를 타게 될지도 모른다.

오키시마는 팔다 남은 옷 두 벌을 이웃 가게의 여자한테 맡겼다.
"그 사람들이 돌아오면 난 당분간 돌아오지 못할 수도 있다고 전해 주십시오."

미치코와 야스코가 돌아왔을 때 이웃 가게의 여자는 없었다. 그 자리에 서 있던 별로 낯이 익지 않은 사내가 말했다.
"보안대가 험상궂은 얼굴로 찾아와서 그 사람을 데리고 갔수다. 옷은 듣자 하니 여자한테 맡긴 것 같은데."
"그 여자는요?"
"모르겠수다, 어디로 갔는지."
두 사람은 보안대로 서둘러 가 봤지만 면회는 허락되지 않았다.
"너희들, 나쁜 일본인, 가족인가?"
제복 입은 사내의 싸늘하게 힐문하는 험악한 표정을 보니 회색으로 가로막힌 벽 너머에서 행해지고 있을 심문이 결코 수월치는 않다는 것을 알 수 있었다.

옷을 맡아두었다는 여자는 사흘 동안 모습을 보이지 않았다. 나흘째 되는 날 행상인들 무리의 끝에서 어슬렁거리고 있는 것을 찾아내자 병을 핑계 삼았다.
"옷은 당신들한테 돌려주려고 했는데 상황이 허락지 않아서 아는 사람한테 여기로 가져다 주라고 부탁했어요. 그랬더니 그 사람도 사정이 여의치 않아서 여기로 오지 못하자 또 다른 사람한테 맡겼다는데 그 사람이 빼돌린 것 같아요."

"거짓말하지 말아요!"

야스코가 따귀라도 갈길 듯한 기세로 말했다.

"사흘이나 생각해놓고 고작 그렇게밖에는 변명하지 못하나요? 뭐라고 변명하든 상관없어요. 물건이 없어졌으니 변상해주기만 하면 돼요. 변상해줄 거죠?"

"할게요. 꼭 변상할게요."

그러나 또 사흘이 지나자 그녀는 이렇게 말하는 것이었다.

"하지 않겠다는 게 아니에요. 하겠다고 했잖아요. 그런데 우리도 먹고살아야 해서. 겨우 입에 풀칠이나 하고 있으니……."

변상할 의지가 있더라도 그것은 시간이 흐를수록 어려워진다. 일반적으로 수입은 줄면 줄었지 늘어날 가능성은 적다.

"오기로라도 받아내고 말 테야!"

야스코는 씩씩거렸지만 받을 가망은 거의 없었다. 오늘은 착한 사람도 내일 나쁜 사람이 되지 않는다고는 아무도 보장할 수 없다. 각박한 생활만이 그 변화의 이치를 알고 있을 뿐이다.

그 옷은 미치코가 받아온 것이지만 둘이 함께 원 주인에게 사과하러 갔다. 한적한 숲속에 군데군데 있는 빨간 지붕의 고급 주택은 밖에서 보니 옷 따위를 팔러 내보낼 정도로 궁색한 처지 같지는 않았다.

그 집의 안주인은 미치코가 황송해하며 더듬더듬 사과하는 것을 엷은 미소를 지으며 가만히 듣다가 알았다는 듯 고개를 끄덕이며 말했다.

"젊은 분 둘이서 참 열심히 사는군요. 힘들죠? 세상이 이러니 있을 수 있는 일이에요. 사과 같은 건 하지 않아도 돼요."

두 사람은 부인의 상냥한 말투에 마음을 푹 놓았다.

그러나 그 다음이 좋지 않았다.

"그런데 사실 그 옷은 제가 특별히 주문한 것이라 정말로 내놓고 싶지 않았는데 당신들을 믿고 팔 결심을 한 거예요……."

부인은 손을 입에 갖다 대고 "호호호." 하고 웃었다. 그러니까 더 말을 시키지 말아요. ……호호호. ……야쓰코는 화가 치밀었다. 고상한 척은 혼자 다하더니 뭐야? 미치코는 혐오스런 눈빛으로 상대를 똑바로 응시했다.

"……역시 보상은 받아야 되겠네요."

"알겠습니다, 사모님."

야스코는 깍듯하게 격식을 차려서 말했다.

"변상은 하겠는데, 얼마나 기다려줄 수 있겠습니까?"

"글쎄요……. 길어야 한 이삼 일……? 벌써 가져가신 지도 꽤 오래됐으니까……."

또 "호호호." 하고 웃고 나서 입을 가렸던 손이 내려가기도 전에 미치코가 대답했다.

"내일이나 모레, 꼭 가져오겠습니다."

야스코는 놀라서 미치코를 보았다. 이틀이면 판매 수수료를 다 모아

봐야 옷값의 절반도 되지 않을 것이다. 하지만 미치코는 이미 자리에서 일어나 있었다.

"아이, 속상해. 저 호호호 년!"

야스코는 대문을 나서자마자 큰 소리로 말했다.

"나도 저 할망구처럼 억지나 부려볼까 했는데! 저 호호호한테 옷 두세 벌쯤은 아무것도 아닐 거야."

"맞아. 옷은 곰팡이가 필 정도로 갖고 있을 거야. 하지만 저런 사람은 버릴 건 있어도 남에게 줄 건 없어. 기다려달라고 빌어봐야 그만큼 손해만 커진다고. ……예쁜 스피츠가 있었는데, 봤니? 털에 윤기가 자르르 흐르더라. 아마, 그 개한테는 틀림없이 고길 먹일 거야."

미치코가 이처럼 눈을 번뜩이며 말하는 모습은 근래에 없던 일이다.

"개에게 먹일 고기 값을 벌어다 주려고 우리가 며칠 동안 끙끙 앓은 거야. 얼른 변상하고 더 이상 상대하지 말자."

"하지만 어떻게? 모레까지야."

"나한테 맡겨둬."

미치코가 싱긋 웃었다.

"……그이의 양복을 팔 거야. 아니, 가능하면 그걸 잡히고 셰 선생님한테 빌릴 거야."

셰는 가지의 양복을 저당잡고 돈을 빌려주는 것이 내키지 않았지만 미치코가 다른 곳에 가져가서 팔면 팔 수 있는 물건을 굳이 자기에게 가지고 온 이유를 알 것 같아서 응했다.

"한 가지 더 부탁드릴 게 있어요. 선생님은 이런 방법이 싫겠지만요."

미치코는 거북한 듯 말을 꺼냈다. 오키시마를 도와달라는 것이었다. 그것이 곤란하면 안부만이라도 확인해달라고 부탁했다.

셰도 이번만큼은 신중했다. 골치 아픈 정치 문제가 얽혀 있다면 의술로 인정받고 있는 셰라도 반드시 안전하다고는 할 수 없다.

"틀림없이 라오후링에서 있었던 그 사건 때문이지 싶어요."

미치코는 괴로운 기억을 떠올리고 눈썹을 파르르 떨었다.

"……직접적으로 관계가 없었던 오키시마 씨조차 처벌받는다면 그이는 도저히 무사하지 못하겠죠?"

"저는 의료 담당자라 다른 일은 잘 모릅니다. 하지만……"

셰가 미치코를 위로하듯 미소를 머금고 말했다.

"저를 이곳으로 부른 사람들은 제가 만나 본 느낌으로는 자기 자신에게는 매우 엄격하지만 다른 사람에게는 냉혹하지 않은 것 같습니다. ……가지 씨는 본인이 할 수 있는 한 최선을 다하지 않았나요? 라오후링에 있던 위안부들도 그렇게 말하더군요."

미치코는 고개를 숙였다. 어느 누구에게 고개를 숙인 것이 아니라 아직도 그렇게 말해주는 사람이 있다는 것에 감사하고 싶었을 것이다.

미치코가 감사를 표하고 돌아가려고 하자 이번엔 셰가 머뭇거리며 말했다.

"아주머니, 가지 씨가 돌아올 때까지 저희 병원에서 일해보시지 않겠습니까? 일본인 간호사도 있고, 사무를 보는 사람은 전부 중국인으로 바꿀 방침이지만, 아주머니께 한 자리 마련해드리는 것쯤은 저도 할 수 있습니다. ······앞으로 세상이 바뀔 겁니다. 내전이 점점 다가오고 있어요. 부상자가 밀려들겠죠. 눈코 뜰 새 없이 바쁠 거예요. 아주머니가 해방군을 위해 일하시면 가지 씨도 돌아와서 보고 좋아하지 않을까요?"

미치코는 가만히 웃었다.

"좋아하겠죠. 놀라겠죠."

마치 요전에 당신이 내 앞에 불쑥 나타났던 것처럼 그이가 갑자기 돌아온다면 말이죠. 미치코는 그렇게 말하는 대신 눈만 몇 번 깜빡였다.

"아 참, 제가 아직 대답을 안 했군요?"

셰는 미치코에게 문을 열어주면서 말했다.

"내일이라도 괜찮으면 보안대에 가 보겠습니다."

23

오키시마가 연행된 것은 처음엔 그리 심각한 일은 아니었다. 라오후링에서 오카자키에게 채찍으로 얻어맞은 적이 있는 한 중국인이 우연히 오카자키의 노점 앞을 지나간 데서 비롯된 일이다.

그 중국인은 노점 앞을 지나가고 나서 멈춰 섰다. 채찍에 맞아 지렁

이 같은 자국이 생겼을 때의 통증과 분노가 맹렬하게 되살아났을 것이다. 돌아와서 오카자키의 코앞에 섰다.

"너, 나 알지?"

오카자키는 물론 기억하지 못했다. 그가 채찍이나 주먹으로 때려눕힌 사람은 적어도 그가 애무한 사람과는 비교도 안 될 정도로 많았기 때문이다. 지금의 그를 벌벌 떨게 하려면 누군가가 그의 앞에 멈춰 서서 가만히 보기만 해도 충분했다.

"부치다오(몰라)."

그렇게 말한 오카자키는 어느새 사색이 되어 있었다.

"넌 잊었겠지만 난 잊지 않았다. 채찍은 어디에 뒀어? 그 채찍을 어떻게 했어?"

오카자키는 섣불리 움직이지 않는 게 나았을지도 모른다. 잠자코 가만히 서 있었으면 상대는 따귀를 때리든가 가래침을 뱉는 정도로 끝냈으리라. 그 정도 모욕은 오카자키도 달게 받아야 했을 것이다.

오카자키는 자기 신변에 잘못이라도 생기면 마누라와 자식들이 거리를 헤매고 다니는 것이 먼저 걱정되었는지, 상대의 비위라도 맞춰서 어떻게든 그 자리를 모면하려고 했다. 그는 허둥지둥 담배와 땅콩 봉투를 양손에 들고 만면에 웃음을 지으며 내밀었다. 그러나 상대가 이쪽의 약점을 이용하여 등쳐 먹으려는 불량배가 아니었던 것이 이때의 오카자키에게는 오히려 불운이었다. 상대는 싸구려 보상으로 무마하려는 오카자키의 태도에 증오와 경멸을 새삼스럽게 더 느낀 모양이다.

오카자키의 손에 있는 봉투를 뿌리치고 내뱉듯이 말했다.

"네놈한테는 채찍보다도 더 쓴 맛을 보게 해주겠다."

그 사내의 젊은 친구가 보안대원이었다는 것이 오카자키에게는 또 다른 불운이었다. 혼만 좀 나고 말 일이 보안대원의 손을 거치자 그렇게 간단하게 끝날 수 없게 되었다. 그런 나쁜 일본인이라면 여죄가 또 있을 것이라는 보안대원의 말에 그 사내는 오카자키의 대강의 이력을 말한 모양이다.

결국 잡혀가게 된 오카자키는 배짱이 좋고 중국어에 능통한 오키시마를 자신의 구조선으로 끌어내리려고 했던 것이다.

오키시마가 갔을 때 핏기가 가신 오카자키가 큼직한 몸을 웅크리고 앉아 있는 의자 옆에서 보안대원 한 명이 가죽 채찍으로 책상을 철썩철썩 때리고 있었다. 책상이 한 번 울릴 때마다 흠칫거리며 목을 움츠리는 오카자키는 산송장 같았다.

상급자로 보이는 대원이 나와서 오키시마에게 물었다.

"당신은 이자를 알고 있소?"

"알고 있습니다."

"그럼 라오후링에서 이자가 무슨 짓을 했는지도 알고 있소?"

"사생활 외에는 거의 알고 있습니다."

"이자가 라오후링에서 우리 동포를 박해한 사실이 있소. 인정하시오?"

"……구체적인 사실은 기억나지 않지만 인정하지 않을 수는 없겠지요."

"오키시마!"

오카자키가 엉거주춤 일어났다.

"살려주슈, 제발 부탁이오."

보안대원이 가죽 채찍으로 책상을 내려쳤다.

"넌 잠자코 있어."

오키시마는 우울하게 말했다.

"대개의 일본인이 중국인을 때렸습니다. 직접 때리지 않았어도 간접적으로는 박해를 가했습니다. 그 보복을 지금 우리가 받고 있고, 앞으로도 어떤 형태로든 그 대가를 치러야 할 것입니다."

"당신도 중국인 노동자를 때리거나 박해한 적이 있소?"

오키시마는 그 말을 들은 순간 가지를 떠올리고 눈을 감았다.

"……있습니다."

심문자는 싸늘한 눈빛으로 오키시마를 보며 고개를 한 번 끄덕였다.

"그걸 지금 어떻게 생각하고 있소?"

"……난 그 일로 내 친구와 말다툼을 벌였습니다. 그때부터 내 친구의 말이 옳다는 건 알게 되었지요. 하지만 중국인 노동자를 옹호함으로써 내가 설령 일본 헌병의 박해를 받는 입장을 계속 유지할 수 있었다 해도 당신네들로부터 민족적인 죄를 추궁받는 것을 피할 수는 없었겠죠. 오늘이거나 오늘이 아니면 내일……."

"이자는……."

심문자는 이 사람 저 사람 눈치를 살피고 있는 오카자키를 턱으로 가리켰다.

"상관의 명령으로 어쩔 수 없이 폭행을 가했다고 말하고 있소. 자기가 화가 나서 때린 적조차 없다고 말하고 싶은 모양이오."

오키시마는 쓴웃음을 지었다. 난폭하기로 유명했던 오카자키가 어쩌다 이렇게까지 형편없는 겁쟁이가 되었단 말인가. 좋든 나쁘든 강직했던 인간이 지금은 그 부스러기조차 남아 있지 않다. 죄는 결국 어떤 종류의 인간이 가장 무거운 걸까?

"난 당신들이 그자를 어떻게 할 생각인지 모르지만, 설령 나에게 원한을 가진 중국인이 오늘 내 앞을 지나갔다면 지금 여기에 끌려와 있는 것은 그가 아니라 나였겠죠. ……즉 식민지 지배를 한 민족은 어느 정도 같은 죄를 지었다는 말입니다. 그러니까 만약 내가 오늘 이후에도 거리에서 장사를 하는 것이 허용된다면 그자도 용서해주십시오……."

"이자를 용서할 수 없다면 당신도 용서를 받지 않아도 된다는 말이오?"

심문자는 말하고 나서 자신의 비아냥거림이 마음에 든다는 듯 웃었다.

"허, 이것 참……."

오키시마도 하는 수 없이 대담하게 웃었다.

"도마 위에 놓인 물고기는 요리사의 식칼에 대해 아무 말도 못하는 법입니다."

"비유가 좋지 않군. 우린 사람을 벌하는 것이 목적이 아니오."

심문자가 이번엔 진지한 태도로 말했다.

"당신들이 반성하고 수양하겠다고 맹세한다면 돌아가게 해주겠소."

오카자키는 백퍼센트 이해하지는 못했지만 중요한 부분만은 감으로 알았다. 자기도 모르게 엉거주춤 일어나 인사를 했다.

그때 다른 대원이 들어와서 심문자에게 한동안 귀엣말을 했다.

심문자는 거의 표정의 변화 없이 듣고 있다가 이야기가 끝나자 천천히 오카자키 쪽으로 돌아섰다.

"널 라오후링에서의 중국인 포로 학살 혐의로 구속한다. 우린 너의 혐의 사항을 상급 기관에 보고하고 지시를 기다린다. ……당신이 통역해주시오."

오카자키는 사태가 급변한 것도 감으로 안 모양이다. 그의 얼굴이 순식간에 또 핏기를 잃는 것을 오키시마는 가만히 지켜보고 있다가 중얼거렸다.

"……단념해. 쓸데없이 발버둥 치지 말고. 그 사건이야."

오카자키는 갑자기 책상을 덮쳐누르듯이 하며 일어섰다. 그의 삼백안이 창으로 먼저 향했다가 심문자와 오키시마 사이를 몇 번 왕복했다.

"나 혼자서 한 짓이 아니야! 헌병도, 너도, 가지도 다 공범이라고!"

오카자키는 심문자의 한쪽 팔에 매달려서 오키시마를 손가락질하며 울부짖었다.

"나리! 저놈도 그랬습니다! 나 혼자 한 짓이 아닙니다!"

"닥쳐라!"

오키시마가 꽥 소리를 지르자 짧은 침묵이 흘렀다. 그것을 심문자의 목소리가 깼다.

"당신은 아까 구체적인 사실은 기억나지 않는다고 했소. 거짓말을 한 거요?"

"그렇다면…… 거짓말이었습니다."

오키시마의 부리부리한 눈도 역시 창문 쪽으로 먼저 갔다. 이게 마지막일지도 모르겠구나. 아내의 커다란 얼굴. 참수형이 집행되기 전날 밤에 가지와 나눈 초조한 통화. 헌병대에서 가지를 면회했던 일. 그리고 좌천되어 라오후링을 떠나며 느꼈던 괴로움과 외로움. ……이런 날이 언젠가는 올 것이라고 각오하고 있었어야 했다. ……할 수 없지. 청향 공작까지 밝혀진다면 도저히 살아서는 나갈 수 없을 거야.

"……나나 내 친구는 이자와 반대 입장에 있었습니다. 하지만 공범이 아니라고는 할 수 없습니다. ……어쩔 수 없지요. 나오는 먼지는 다 떨어내주십시오."

심문자의 얼굴이 조금 움직이자 총을 든 보안대원이 한 명씩 오카자키와 오키시마의 옆에 붙었다.

24

어두컴컴한 유치장 안에 가득 들어찬 사람들의 훈김과 때에 찌든 비릿한 체취, 이런 것들은 오키시마가 오랫동안 광부 숙소에서 익숙해진 냄새다. 별로 거슬리지도 않는다. 단지 그때와 지금이 결정적으로 다른 것은, 그때는 오키시마가 '나리'나 '선생'으로 불렸지만 지금은 몇 개의 흐릿한 시선이 쏟아지며 이렇게 지껄이는 것이었다.

"이 자식 일본 놈 아냐?"

"그럴걸? 이상하게 쿰쿰한 냄새가 나는 것 같아."

"뭐 하던 놈이야?"

"뭔진 모르지만 꽤나 뻔뻔한 낯짝이군."

"너 같은 놈은 저쪽 구석에 가 있어. 일본 놈과 어울렸다간 재수 옴 붙으니까."

오키시마는 한차례 환영인사가 끝날 때까지 앉을 자리도 없이 서 있었다.

"……서 있지 말고 여기 앉아."

구석에 있던 몸집이 작은 사내가 엉덩이를 비키며 말했다.

"여기 들어오면 모두 동지야."

오키시마가 그의 옆에 가서 앉자 철문 옆의 고참으로 보이는 자가 불렀다.

"야, 딱부리! 넌 뭘 하다 왔냐?"

"……이걸 밀매했어."

오키시마는 엄지손가락과 새끼손가락을 벌려서 입 앞으로 가져갔다. 아편을 뜻하는 암호다.

"흰 거, 검은 거?"

"둘 다."

"얼빠진 짓을 했군. 그걸로 걸리면 나가기 힘들어."

"……각오하고 있네."

오키시마는 벽 높은 곳에 있는 조그만 살창을 올려다보며 대담하게 웃었다. 강도나 날치기, 소매치기들은 제법 악당 같은 오키시마의 태도와 너무나 유창한 중국어에 기가 질린 모양이다.

"야, 신참."

또 다른 사내가 이번엔 목소리를 낮춰서 불렀다.

"취조를 받아도 되도록 시간을 끌면서 대답해. 시간을 버는 거야. 곧 국민당이 들어와. 녀석들은 이걸(아편) 좋아하니까 잘만 하면 나갈 수 있을지도 몰라."

"시끄럽다!"

갑자기 철문이 쾅 하고 울렸다. 간수가 체찍 같은 걸로 때린 모양이다. 조용해졌다. 오키시마는 벽에 기대 조는 척했다.

'건너편 유치장에 들어간 오카자키는 뭘 하고 있을까? 그는 살고 싶어서 무슨 말이든 지껄일 거야. 도저히 살 가망이 없다는 걸 알면 더더욱 다른 사람까지 끌고 들어가려고 하겠지. 가지 녀석, 돌아오지 않아서 다행이군. 시베리아로 가서 4, 5년만 공부하고 오면 돼. 녀석이 탄 휴머니스트 전용차도 이 울퉁불퉁한 길은 달릴 수 없겠지? 다음엔 갈아타고 돌아와.'

"음습적지방陰濕的地方 수요태양需要太陽

고난적중국苦難的中國 수요공산당需要共産黨"

오키시마는 눈을 번쩍 떴다.

"……또 저 노래군."

누군가가 중얼거렸다.

"저 노래에도 딱 한 가지 좋은 건 있지. 젊은 여자의 목소리로 부르면 너무나 아름답게 들린다는 거야."

"……이봐."

옆에 있는 몸집이 작은 사내가 오키시마를 쿡쿡 찔렀다.

"국민당이 언제 올지 들은 거 없나?"

"국민당이 오면 네 삶이 편해지기라도 해?"

"그렇고말고! 약삭빠르게 굴면서 돈을 버는 데는 아무 소리도 하지 않으니까. 여긴 어떤데? 하나에서 열까지 다 인민에게 봉사만 하라는 거야."

"그럼 누군가도 나한테 봉사해주는 거잖아. 나도 인민이니까."

실내 공기가 무거운 웃음으로 흔들렸다. 그 순간 다시 철문이 쾅 하고 울렸다.

"떠들고 싶은 놈은 재판 때 떠들어라! 그때까지는 얌전하게 있어!"

"……저놈도 인민인가?"

누군가가 소곤거렸다.

"시끄러운 인민이군."

"……이봐, 일본인은 학식이 있으니까 알겠지?"

옆에 있는 사내가 또 찔렀다.

"장제스와 마오쩌둥毛澤東이 협상을 벌여서 나라를 나누려고 하지 않을까?"

"안 될 거야. ……그렇게 되길 바라나?"

상대가 그렇다는 듯 고개를 끄덕였다.

"그렇게 되면 어느 쪽으로 갈 건가?"

"장제스 쪽이지."

"왜?"

"당연하잖아! 가난해지려고 일하는 바보는 없으니까. 난 아득바득 일해서 모은 돈을 남에게 빌려준 적이 있네. 그런데 그자가 아무리 시간이 흘러도 갚지 않아서 일본인 야멘(관아)에 신고해서 그자의 코딱지만 한 집과 돼지를 빼앗았지. 처음부터 그러기로 구두약속이 되어 있었으니까. 벌써 2년 전 일이야. 그자는 어디로 돈을 벌러 갔었는데 전쟁이 끝나자 돌아와서 옛날 일을 트집 잡아 날 보안대에 신고한 거야. 보안대원이란 놈은 내가 인민을 핍박하고 고혈을 짜냈다며 집을 압수해버렸어. 그런 말도 안 되는 얘기가 어딨나? 그런데 난 그자들 앞에 나가면 말을 못하겠는 거야. 결국 중요한 얘기는 한 마디도 못한 채 난 천인공노할 악인이 되고 말았지."

"넌 나갈 수 있어."

"정말?"

상대의 눈이 갑자기 커졌다.

"그럼 집도 돌려받을 수 있겠나?"

"글쎄, 그건 어떨까?"

오키시마는 무릎을 끌어안고 작은 창문을 올려다보았다.

"네가 압수당한 집은 원래 주인에게 돌아갈 거야."

"그런 엉터리 같은 얘기가 어딨어?"

사내는 마치 오키시마가 그랬다는 듯 매서운 눈초리로 쏘아보았다.

"그렇게 될 바엔 난 국민당이 올 때까지 여기에 있겠어. 너희들도 국민당이 오면 모두 일본으로 돌아갈 수 있을 거야. 우리도 너희들이 없어지면 속이 시원해지겠지. 서로에게 모두 득이 아닐까?"

오키시마는 웃기만 할 뿐 대답하지 않았다. 인간은 자기 삶을 기준으로만 모든 것을 생각하게 마련이다. 어쩔 수 없는 일이다. 중국의 동란은 이제 막 시작되었을 뿐이다. 잔돈푼이나 모아놓고 그것에 쩔쩔매는 자가 납득할 만한 정치는 아직 시기상조일 것이다.

오키시마의 경우는 어떠한가. 이건 이미 납득이란 걸 하고 말고도 없다. 옆의 사내처럼 빚을 독촉할 만한 권리도 없이 한 일이다. 그가 이 땅으로 건너온, 아니 건너오겠다고 결심한 순간부터 오늘이라는 날은 이미 시작되고 있었다. 냉정하게 생각하면 그런 셈이 되니까 변명할 여지도 없다. 하다못해 심판받을 때만이라도 추한 꼴이나 보이지 않도록 노력할 뿐.

두렵지 않나?

두려웠다. 오키시마는 한 번 더 그 노랫소리를 듣고 싶었다. 자신의 내부를 가득 채우고 있는 두려움이 그것을 원하고 있는 게 분명했다. 그것이 청아한 여자의 목소리인 탓도 있으리라. 밝은 희망이 경쾌하게 소리치고 있는 듯했다.

　노랫소리는 들리지 않았다. 아이들이 뛰어다니며 떠드는 소리만이 들렸다. 오키시마는 작은 창에서 눈을 떼고 옷 단추를 하나씩 끌렀다. 그가 몸 여기저기를 긁기 시작한 것을 본 사내가 씩 웃으며 고개를 한 번 끄덕였다. 이가 신참자에게 환영인사를 하기 시작했기 때문이다.

25

　다음 날 오카자키는 불려 나갔다가 한 시간쯤 후에 돌아왔다. 나갈 때는 흡사 처형장에 끌려가는 듯한 표정이더니 돌아왔을 때는 횡재라도 한 듯한 표정이었다.

　오키시마가 있는 방의 살창문에 얼굴을 대고 빠르게 말했다.

　"잘될 것 같아. 너에 대해서도 잘 말해두었으니까······."

　간수에게 어깨를 맞고 말은 거기서 끝났다.

　오키시마는 사나흘 동안 방치되어 있었다. 이런저런 의심이 고개를 쳐드는 것은 이런 때다. 몸 겉에서는 이가 기어 다니고 있고, 내면에서는 마음이 마음을 파먹고 있었다. 모처럼 추한 꼴을 보이지 않겠다고 결심한 마음이 어떻게든 살겠다고 발버둥 치는 것이다.

　그날, 불려 나온 오키시마를 기다리고 있었던 것은 평복을 입은 사내로 계집애처럼 피부가 매끄러웠다. 수염이라는 것이 한 번도 난 적이 없는 것 같다. 뺨에 심한 흉터자국만 없었다면 연약한 여장 배우로 오인받을 수도 있을 것 같다. 대원들과 얘기를 주고받는 폼이 높은 자리에 있는 사람 같고, 대원들이 '팡 동지'라고 부르는 것을 보니 성이 팡인 것 같다.

"오키시마 씨 되시죠? 자, 앉으세요."

팡은 정확한 일본어로 말했다.

"당신과 가지 씨이던가요? 두 사람은 라오후링에서 중국인 포로를 관리하고 있을 때 도망자가 생기면 헌병대로부터 벌을 받기 때문에 매우 곤란했습니다. 그렇죠?"

"그렇습니다."

"그래서 어떻게 했습니까?"

"아무것도 할 수 없었습니다. 주무자인 가지는 포로들의 대우를 개선하기 위해 노력했습니다. 나는 그를 도왔지만 효과는 없었습니다. 역시 탈출은 속출했습니다."

"왜 그랬을 것 같습니까?"

"……그들은 우릴 침략자의 앞잡이로밖에 보지 않았기 때문이겠죠. 믿지 않았던 것입니다."

"그래서 당신들은 복수를 하려고 엄벌주의로 바꿨습니까?"

"아닙니다. 그런 적 없습니다. 적어도 가지는……."

"틀림없어요. 그렇게 되었습니다. 그리고 그것이 자연스럽습니다. 주무자라고 했나요? 가지 씨는 전력증강의 증산 공로상을 받았습니다.

그렇죠?"

"그렇습니다."

"당신들은 당시 가까운 장래에 일본이 질 것이라고 믿으면서도 증산에 힘쓴 겁니까? 그건 부자연스러운 얘기입니다. 있을 수 없는 일이죠. 당신들은 중국인 포로보다 자신의 성적이 중요했습니다."

오키시마의 눈이 이글이글 타올랐다. 하고 싶은 말이 한꺼번에 밀려 올라왔다. 이탈리아의 항복 소식을 들었을 때 가지와 나눈 이야기들이 토막토막 떠올랐다. 질 것이라고 믿은 일본인도 있었다. 믿으면서도 모순 위에 살았던 일본인도 있었다. 옳다고는 하지 않는다. 하지만 결코 부자연스럽지는 않았다.

"실례지만……"

오키시마는 갑자기 이야기의 방향을 바꿨다.

"당신의 그 상처는 총상이죠? 항일전쟁에서?"

"그렇습니다."

팡은 맑은 시선을 오키시마의 입가에 던졌다.

"전선에서 오랫동안 계셨나요?"

"그렇습니다. 오랫동안이었죠."

"그럼 당신은 너무 훌륭해서 알지 못합니다."

오키시마는 짧게, 그렇지만 굵게 한숨을 내쉬었다.

"사악한 역사가 조국 안에 이방인을 만든다는 것을 말입니다. 당신들은 목적과 행동이 일치했습니다. 그래서 훌륭하다고 한 것입니다. 목적을 관철시키는 것이 조국을 배신하는 일이 아니었고, 목적을 관철시키는 것이 생활을 획득하는 거의 유일한 길이었습니다. 일치했던 것입니다. 우리는 그렇지 않았습니다. 우리도 훌륭한 목적을 가질 수는 있었습니다. 그러나 그 목적을 관철시키려면 거의 틀림없이 생활을 잃어야만 했습니다. 그것이 우릴 불구자로 만든 것입니다."

"그건 나도 알 것 같군요."

팡은 연필로 아직 아무것도 쓰여 있지 않은 백지를 톡톡 두드렸다.

"그러나 미안하지만 그것이 전쟁범죄의 해명은 안 됩니다."

"해명할 생각은 없습니다. 단지 당신의 너무나 단순명쾌한 논리로 우리의 마음속에 일어난 일을 모조리 절단당하는 것 같아서 견딜 수 없었을 뿐입니다."

"좋습니다. 주의하죠. 하지만 사실은 사실로서 심리해야 합니다. 주무자인 가지 씨는 포로의 탈출을 방지할 수단이 없었기 때문에 '본보기'라고 합니까? 본보기로 처벌하기 위해 도망 포로, 그러니까 일본어로 뭐라고 하죠? ……날조라고 하나요? 날조해서 헌병대의 힘을 빌려 위협하려고 생각했습니다. 그걸 당신과 의논하시 않았나요?"

오키시마는 너무 화가 난 나머지 백지장처럼 창백해져서 문 쪽을 날카롭게 쳐다보았다. 오카자키가 '잘될 것 같다'고 한 것이 이것이었단 말인가?

"누가 그런 이야기를 날조했습니까? 가지가 그런 생각을 했다는 것도 사실이 아니고, 나와 의논한 사실도 없습니다. 작업 현장에서 포로

광부를 도망자로 붙잡히게 만든 것은 가지도 아니고 나도 아닙니다."

"그럼 누구죠?"

"말하고 싶지 않습니다."

"좋습니다. 오카자키 씨는 정말로 도망자라고 생각해서 현장에서 체포했다고 했습니다. 거기까지의 책임은 지겠다고도 했습니다. 당신은 어디까지 책임을 질지 말하고 싶지 않은 거죠? 체포한 일곱 명의 포로를 헌병대에 넘긴 것에 대해서는 책임이 없었다는 것을 증명할 수 있습니까?"

"할 수 있습니다!"

오키시마는 단호하게 말했지만 금방 절망적인 쓴웃음을 흘렸다.

"아니, 할 수 없을 것 같습니다. 직접적으로 관여한 하수인인 헌병대의 와타라이는 패전과 거의 동시에 어딘가로 도망갔다고 들었습니다."

팡이 고개를 끄덕였다.

"소장은 일단 이 거리로 물러났다가 중국인을 매수해서 가족을 데리고 조선 쪽으로 갔다고 들었습니다."

팡이 또 고개를 끄덕였다.

"당시의 이사장은 전범으로 당신네들이 어딘가로 데리고 갔습니다. 처형했다면 죽은 자에게 물어볼 수는 없겠죠."

팡이 세 번째로 고개를 끄덕였다.

"가지는 생사를 모릅니다. 참수형 때 직접 목을 친 경찰관이 한 명 있는데 어떻게 됐는지 모르고, 현장에서 그 사내의 얼굴을 본 자가 지금 여기에 있는지 어떤지도 모릅니다. 그렇다면 남은 관계자는 그때 처형장에는 없었던 오카자키와 나뿐인가요? 체포 현장에 있던 중국인 종업원은 범인이 누구든 상관없으니까 불리한 증언밖에 하지 않을 것입니다. 차라리 아무나 백 명쯤 증언을 받아서 흑백으로 나눠 비율에 따라 단죄하시죠."

오키시마는 이미 각오하고 있었다. 될 대로 되라! 오키시마의 커다란 눈이 대담하게 번쩍인 것은 그런 의미다. 이로써 이 팡이라는 사내가 심판을 잘못하면 중국의 혁명 따위는 인류에게 행복한 것인지 아닌지조차 모르는 일이 된 것이다.

"당신의 논법을 빌려 말하겠습니다. 우선 가지와 내가 도망자를 날조해서 헌병대에 넘겼다, 그날 밤 가지는 일곱 명을 도망가게 해주려고 했다, 그런데 그것을 부인이 울며 말리는 통에 못한 것 같은데 이런 일은 있을 수 없습니다. 그런 가지가 세 사람의 목이 잘렸을 때 앞으로 나서서 막았다는 것도 부자연스럽습니다. 가지와 한패인 나는 사건 전날 밤에 이미 여기에 와서 회사 간부들에게 헌병대에 처형 중지를 요청해달라고 운동하고 다녔습니다. 이런 것도 있을 수 없는 일입니다."

팡의 눈이 그 순간 날카롭게 번쩍였다.

"누구와 누구에게 운동했습니까?"

"이사장과……."

"그리고?"

"말하고 싶지 않습니다. 난 앞잡이가 되고 싶진 않습니다. 처형 중지에 찬성하지 않았던 것이 처형에 찬성했기 때문인지 아닌지 난 모릅니다. 아마도 그들은 나와 비슷한 정도로 악인이고 겁쟁이였을 테니까요."

"당신은 냉정하게 생각해야 합니다."

팡이 조금 근엄하게 말했다.

"당신과 가지 씨가 범죄의 직접적인 하수인도 계획자도 아니었다는 것을 증명할 유일한 기회를 드리겠습니다. 누가 처형을 중지해달라는 당신의 요청을 거부했는지 말씀해주십시오."

"……선의의 협박이라는 것도 있습니까?"

오키시마는 살짝 배어나온 이마의 땀을 손등으로 닦았다.

"요청해도 헌병대가 거부할 수 있었습니다. 그 경우에도 역시 범죄가 성립되겠죠? 거물급 전범이면 몰라도 심부름꾼이나 다름없는 간부나 나 같은 사람은 거의 범죄의 레벨이 비슷할 것입니다. 일본인의 선악은 오랜 시간을 두고 일본인 스스로의 힘으로 결정하게 해주셨으면 좋겠습니다만……."

"일본인의 의리를 인정해달라는 말인가요?"

팡은 그제야 비로소 웃었다. 싸늘하게 찌르는 듯한 웃음이었다.

"부르주아의 도덕이 당신을 속박하고 있군. 좀 더 중요한 계급적인 양심을 당신은 몰라요. 좋습니다. 말하고 안 하고는 당신 자유입니다. ……수고했습니다."

오키시마는 방으로 돌아왔다.

며칠 동안 또 방치되었다.

26

오키시마가 두 번째로 불려 나간 곳은 다른 방이었다. 평복 차림의 낯선 젊은 사내가 한 명 책상 앞에 앉아 있고, 그 옆에 노토와 셰 의사와 미치코가 서 있었다.

낯선 사내가 중국어로 말했다.

"당신의 신병을 노토 동지에게 맡긴다. 조사는 아직 끝나지 않았지만 행동은 자유다. 단 주의해야 한다. 당신의 행동은 노토 동지의 정치적 생명과 관계가 있으니까……."

오키시마는 자기도 모르게 터져 나올 것 같은 기쁨을 억누르며 마음 한구석에서 조용히 중얼거렸다. 팡이 날 멋지게 옭아맸구나! 의리와 인정을 역이용했어!

"……알겠습니다. ……저, 오카자키는 어떻게 되는 겁니까?"

"난 팡 동지의 지령을 실행할 뿐이다. 다른 건 몰라."

너무나도 사무적으로 쌀쌀맞게 말하던 젊은 사내가 일어서서 다가오더니 갑자기 사람이 날라진 것처럼 말했다.

"다행이에요. 당신은 노토 동지와 셰 선생께 감사드릴 필요가 있어요. 전쟁 중에 기회주의자였다고 부끄러워하는 것은 괜찮지만 부끄러워만 하고 있다가는 전진할 수 없으니까요. 전진하지 않는 것은 후퇴하는 거예요. 그것을 당신은 미덕이라고 생각하며 자랑스러워하고 있다고 팡 동지가 웃더군요. 내일 시 정부 외사과로 좀 나오시지 않겠소?

팡 동지도 있을 거요. 노토 동지도 올 거지? ……그럼, 또 뵙죠."

밖으로 나오자 세 의사만 다른 길로 갔다.

세 사람은 잠시 말없이 걸었다. 갈림길에 오자 노토가 걸음을 멈추고 불쑥 말했다.

"함께할 거지?"

"……거절할 수도 없게 됐잖아."

오키시마는 뒤죽박죽 일그러진 표정으로 웃었다.

"좋게 말하면 중국인식 관인대도寬仁大度(마음이 너그럽고 어질며 도량이 큼 - 옮긴이)이고, 나쁘게 말하면 혁명을 위해서는 이용할 수 있을 만큼 이용한다는 거겠지. 당신이나 나를 신뢰할 수 있든 없든 말이야."

"너무 앞질러서 생각하는 자는 똑똑한 것 같으면서도 실은 바보야."

노토가 노골적으로 말했다.

"신뢰받을 수 있도록 일한 다음 신뢰받지 못하면 그때 가서 한마디 해."

"해보세요, 네?"

미치코가 눈동자를 반짝이며 말했다.

"능력이 있는데 쓰지 않고 거리에서 장사나 하는 건 낭비예요. 그동안 만약 가지 씨가 돌아오면 같이 끼워주시고요."

"예, 하겠습니다."

그 말을 듣고 노토가 고개를 가볍게 끄덕였다.

"그럼 자네는 내일부터 시 정부로 출근하게. 식량 사정을 귀담아 들어봐. 매우 악질적인 소문이 떠돌고 있으니까. 국민당에 루트가 막혀서 말라죽게 될 것 같다는 거야. 일본인은 쉽게 흔들리잖아. 그리고 국내전의 전황을 알아볼 수 있는 데까지 알아봐주게. 난 등사판 신문을 발행할 자금을 구하러 다녀야 해. 우리한테만 신문을 발행할 수 있도록 허가가 나왔네. 그런데 시작도 못해보고 자금 때문에 그만둔다면 아무런 의미가 없잖아……."

노토는 1호 신문이 이미 발행되어서 그것이 일본인의 각 가정으로 배달되고 있는 것이 보이기라도 하는 듯 거리 쪽으로 자꾸 시선을 주었다.

"우리 일본인 민중은 노래할 줄 모르는 카나리아야. 아름다운 목소리는 갖고 있을 거야. 그러니까 그 목소리를 황금 노를 단 상아 배에 실어 달 밝은 밤바다에 띄워보자고."

"저……."

미치코가 머뭇거리며 말했다.

"등사판을 긁는 일이든 뭐든 여자가 할 수 있는 일은 없을까요?"

"아주머니께서 하시게요? 있지요! 대환영입니다!"

"아니요. 제가 아니라 저보다 훨씬 적극적인 사람, 야스코예요. 저도 들어가고는 싶지만 가난한 신문사죠? 그래서……."

미치코가 웃는 얼굴로 두 사람을 번갈아 보았다.

"저는 얼마 동안 셰 선생님 밑에서 일하려고요."

노토와 헤어지고 오키시마와 미치코는 또 한동안 말없이 걸었다.

"내가 가지라면……."

오키시마는 그렇게만 중얼거렸다.

"……네?"

미치코도 그렇게만 물었을 뿐 잠자코 있었다.

가지라는 이름 위에서 두 가지 다른 생각이 교차한 것이다. 가지라면 주저 없이 두 번째 행동으로 옮겼을 것이다. 오키시마에게는 아직 그 의욕이 솟아오르지 않는다. 너희들은 8년 동안이나 전쟁에 협력하지 않았느냐? 그런 말을 들을 것 같은 불안이 지금도 여전히 남아 있다. 오키시마는 중국인이 일본인을 결코 믿지 않을 것이라고 생각하고 있다. 오키시마의 마음속에 있는 가지는 상황이 이렇게 된 이상 중국인도 일본인을 믿어야 한다고 생각할 것이다. 가지와 오키시마 사이에 그만큼의 차이가 있다면 그것은 오키시마 쪽이 조금 더 많이 인생을 경험했기 때문인지도 모른다. 일그러진 인생을. 또 오키시마가 가지와 자신을 비교하는 데 있어서 망설임 같은 것을 쓸데없이 느낀 것은 그 후 가지가 어쩔 수 없이 헤쳐 나가야 했던 전쟁의 숙명을 모르기 때문이다.

미치코는 이때만큼 가지 때문에 기뻐하고, 또 가지 때문에 서글펐던 적이 없었다. 가지가 새롭게 살아갈 수 있는 기회가 이렇듯 저절로 열리는가 싶었는데, 정작 가지는 살아서 돌아올 확률이 거의 없지 않은가. 가지의 말을 빌리면 '겨우 인간의 자격을 얻게 되었다고 생각했을 때'에 말이다. 미치코는 오키시마를 데리러 간 방에서 기다리는 동안 노토와 그 젊은 중국인이 웃으면서 나눈 얘기를 아까부터 몇 번이고 되새겨보고 있었다.

"소련에 가서 훌륭한 사람이 되어 돌아올 겁니다. 3년이나 5년쯤 지나면……."

가령 그렇다고 하자. 가령 그렇다고 해도 그 3년이나 5년은 거의 영원과 같은 길이를 지니고 있었다. 생사도 모르는 채 그 사람을 기다리는 여자에게는.

27

보는 사람의 눈 때문인지, 마른 대지에서 저절로 날아오르는 먼지 때문인지 석양이 먼 지평선 위에서 일그러져 보인다. 꼭두서니 빛 불덩어리가 가끔 그 둥근 모양을 일그러뜨리며 숨을 쉰다. 지친 태양이, 역시 지친 사내들이 오늘까지 겨우 지켜왔던 작은 자유의 임종을 보고 나서 지려는 것 같다.

사내들은 철길 옆에 있는, 전에는 창고였던 것으로 보이는 붉은 기와 건물 앞에 집결되었다. 가지 일행이 끌려왔을 때 거기엔 이미 4, 50명의 포로가 모여 있었다.

인솔해온 소련군 병사가 통역이 없어서 손짓 발짓 섞어가며 말했다.

너희들은 오늘 밤 여기에서 자라. 내일 아침, 다른 곳으로 데리고 간다. 그곳엔 너희들의 동료가 많다. 아주 많다. 밥은 내일 먹여준다. 오늘 밤은 참고 자라. 도망가려고 해도 소용없다. 거기서 병사는 자동소총의 총구를 좌우로 움직이며 "뚜르르르." 하고 총을 쏘는 시늉을 했다. 이거 하나면 너희들 전부를 쏴죽일 수도 있으니까. 너희들이 갖고 있던 총은 '탕' 철컥, '탕' 철컥이지만 우리 것은 '뚜르르르'다. 알았나?

그러고는 가 버렸다. 경계병은 단 한 명도 보이지 않는다.

"다 가 버렸어. 이상한걸?"

오구라가 가지에게 다가오며 말했다.

"무장해제를 하면 정신까지 해제한 줄 아나 보지."

"도망가면 갈 수 있지 않을까요?"

나루토가 속삭였다.

"큰일 나!"

먼저 와 있던 포로 중 하나가 귀가 밝게 알아듣고 말했다.

"그야말로 뚜르르르야. 게다가 이 근방에 사는 거리나 마을 사람들에게 발각되면 걸리는 족족 잡아다 바칠걸? 목숨을 헛되이 내버릴 건 없잖아?"

"당신들도 멀리서 왔나?"

오구라가 물었다.

"그래, 멀리 각자 다른 방향에서 왔어. 어젯밤에 붙잡혔는데 덕분에 어젯밤엔 잘 잘 수 있었지. 지쳤어, 정말로! 이제부턴 저들에게 맡기는 수밖에."

"밥은 먹여주던가요?"

야마우라가 가장 먼저 밥부터 걱정했다.

"우리가 수수를 좀 갖고 있는 걸 본 탓인지 아무것도 주지 않았어. 조만간 무슨 조치가 있겠지."

가지는 사람들에게서 떨어져 나와 주위를 둘러보았다. 역사나 마을의 인가까지는 거리가 꽤 된다. 저녁 어스름 속에서 하나둘 등불이 켜지기 시작했다. 철길 건널목지기의 집인 듯한 오두막이 점점이 어둠 속으로 녹아들어가는 것처럼 보인다. 건널목지기는 없을 것이다. 군인들이 머무는 곳이리라. 뒤를 돌아본다. 멀리 저편으로 먼지가 자욱한 저녁놀 속에 막사가 여기저기 흩어져 있다.

지금 대충 봐놓고 어두워지고 나서 탈출하면 할 수도 있을 것 같다. 지금까지 이보다 더 어려운 상황은 얼마든지 있었다. 그것을 뚫고 온 것을 생각하면 이 정도는 아무것도 아니다. 단지 날이 밝기 전에 어디까지 갈 수 있느냐, 그것만이 문제다. 아니, 문제는 그것이 아니었다. 이 무거운 다리를 어쩐단 말인가! 이 께느른한 기분, 이 무력감을! 지금까지는 의지와 몸이 동시에 움직였다. 때에 따라서는 몸 전체가 바짝 긴장한 강철 같은 의지였다. 때에 따라서는 또 몸이 앞장서서 의지를 끌고 가기도 했다. 지금은 그것이 시들어버렸다. 나른하고 풀어질 대로 풀어져 있다. 반응조차 하지 않는다. 거기에, 아무도 없는 공간의 끝에, 그리운 여자가 기다리고 있다. 가도 돼! 왜 움직이지 않는 거야?

가지는 움직이지 않았다. 밀려오는 어둠 속에서 가만히 서 있었다.

"왜 그러나, 전우?"

아까 그 사내가 다가왔다.

"야간 행동을 위한 예비 정찰인가?"

그는 가지가 곁눈질로 흘기는 것도 아랑곳하지 않고 말을 이었다.

"그만두는 게 좋아. 총에 맞아 죽지 않으면 다시 붙잡혀올 거야. 아마 성가시니까 쏴버릴걸?"

"……총에 맞아 죽어도 죽는 건 나지 자네가 아닐 텐데."

"그런데 난 바보 같은 놈을 보고 있는 게 아주 질색이거든."

"쓸데없이 간섭하는 녀석도 별로 똑똑해 보이지는 않아."

"천성이지, 타고난 성격이야."

그는 웃으면서 정면으로 돌아왔다.

"멍청한 놈 하나가 허튼짓으로 모두를 곤란하게 할 수도 있으니까. 어젯밤 우리가 여기에 왔을 때도 다들 도망가고 싶어 했지. 그러나 실제로는 아무도 도망가지 않았어. 긴장이 풀린 거야. 허탈 상태지. 2, 30분 후면 아마 자네도 그렇게 될 거야."

"……이미 그렇게 됐어."

가지가 중얼거렸다.

"오늘 낮까지의 나는 어디론가 가 버렸네. 왜 그럴까? 야무지지가 못해! 마치 뼈가 없는 것 같아. 자유에 대한 의지를 빼앗겼기 때문일까?"

"총과 함께 말이지."

가지는 이 말에 움찔했다.

"……과연 자네는 바보가 아니군. 난 바본가 봐. 총에 의지하고 있던 걸 잊고 있었어."

총은 가지의 전부였다. 여자들만 있던 그 마을의 우물 속에 던져 넣은 그 총이. 그때 가지는 그의 주인이었던 자신을 던져버린 것이었다. 그렇게 살아가는 방식에서의 수명은 거기서 다한 것이다. 다시 말해서 비적의 두목이었던 그는 그때 죽은 것이다.

"……알았네, 이젠 그만하지."

가지는 얼굴을 찡그리며 웃었다.

"난 가지야, 자넨?"

"기라, 기라 고노스케의 기라야."

가지는 고개를 끄덕이고 서남쪽을 보았다. 해가 진 하늘에 아직 불그스레한 빛이 남아 있었다. 그 하늘 아래 어디쯤일까? 그가 한결같이 목표로 삼아 가던 곳이. 총에 모든 운명을 걸고 죽이고 죽으며 향하던 곳이.

"난님하라, 나의 마음이여……."

가지는 나지막하게, 아주 나직이 중얼거렸다.

"보들레르로군?"

기라도 작은 소리로 중얼거렸다.

"태어난 상태 그대로 잠을 자라는 뜻인가?"

"그래? 내가 해석한 바로는 짐승의 잠을 잘지어다, 였어. 10년쯤 전이었네. 뜻도 모르고 좋아했어. 뜻을 알았을 때는 이 꼴이야. ……난 자러 가겠네. 짐승의 잠을."

가지는 일행 쪽으로 돌아갔다.

"가지 상등병님."

나루토와 데라다가 다가와서 목소리를 낮추고 말했다.

"어떻게 하시겠습니까? 어렵게 여기까지 왔는데."

"이대로 곧장 시베리아로 보내지는 걸까요?"

"불을 피우자."

가지는 흙인형 같은 얼굴로 말했다.

"몸 좀 녹이고 자자. 내일은 내일이야."

잤다. 이대로 깨어나지 않으면 좋겠다고 생각하면서 잤다. 죽음 같은 잠이었다.

28

다음 날 저녁, 가지 일행을 포함한 포로 집단은 100명 이상으로 불어나서 고원에 있었다. 눈이 닿는 곳 어디에도 나무 그림자 하나 없다. 살갗을 파고드는 차가운 잿빛 바람이 마른풀잎을 스치고 지나갈 뿐이다. 그 삭막한 풍경 속에, 이것은 확실히 인공적인 것이지만, 더욱 살풍경한 모습으로 막사가 한 동 서 있다. 그 옆에 소형 기관차처럼 보이는 것은 증기 솥인 것 같다.

하사관인 듯한 코쟁이 사내가 통역의 입을 통해 명령했다.

"옷을 벗어라! 순서대로 온탕 샤워를 하는 동안 옷을 증기 소독한다."

샤워는 고마울지 모르지만 바람이 불어대는 곳에서의 탈의는 결코 고맙지 않았다.

"꾸물거리지 마라!"

통역이 호통 쳤다. 그는 포로 중에서 고참인 것 같다. 감시병과 얘기할 때만 상냥하다.

"침대 시트가 더러워질까 봐 우릴 목욕시키는 걸까?"

"어디가 수용소야? 아무것도 안 보이는데."

"어쨌든 오늘 밤엔 건물 안에서, 나문지 뭔지 모르지만 침대에서 잘 수 있겠지."

줄 후미에 있는 사람들이 차례가 될 때까지 옷을 벗지 않고 있자 군인들이 총을 흔들며 "다와이, 다와이(빨리, 빨리)!" 하고 재촉했다.

"솥에서 꺼냈을 때 옷이 뒤섞여 있으면 골치 아파."

역시 고참병인 오구라가 가지에게 주의를 주었다.

"우리 옷끼리 묶어놓자고."

기괴한 풍경이 펼쳐졌다. 100여 명의 벌거벗은 사내들이 바람 부는 고원에서 엮인 생선 두름처럼 '침대 시트를 더럽히지 않으려고' 벌벌 떨면서 샤워 순서를 기다리고 있다.

"제기랄! 여자들이 보면 정말 개쪽이겠군!"

"여자 포로들도 이렇게 할까?"

"이야, 그거 죽이겠는데? 평생 한 번이라도 좋으니까 그 속에 좀 들어가 봤으면 원이 없겠다."

그러나 사내들의 농지거리는 샤워를 하는 단계에 이르자 이를 딱딱 부딪치는 소리로 바뀌었다. 온탕인 것은 분명했지만, 물 온도가 체온보다 너무 낮았다. 막사 틈새로 들어오는 가을 저녁 바람이 물에 젖은 사내들의 살갗을 죽은 사람의 손처럼 싸늘하게 어루만졌다.

가지는 어금니를 악물고 덜덜 떨면서도 맨손으로 열심히 몸을 문질렀다. 참으로 희한한 경험이다. 감기에 걸리는 것 외에는 아무런 도움도 되지 않는다. 단게, 난 알아 있어. 소련군은 관동군 패잔병의 이 박멸과 청결 유지를 의도한 거야. 그러나 그 의도는 좋지만, 방법은 나빴어. 나쁜 방법이라는 이유만으로 좋은 의도를 원망해서는 안 돼. 단게, 이것이 자네의 지론이야. 어디, 샤워해봐! 난 원망할 거야, 샤워하고 감기에 걸린다면…….

바람 속으로 나가자 추위는 한층 더 심해졌다. 입술 색깔이 변하지 않은 자가 없었다. 나체 행렬은 솥에서 꺼낸 옷가지를 받기 전에 감시병 쪽으로 일제히 엉덩이를 내밀라는 명령을 받았다. 엉덩이의 살집을 보고 체력 등급을 매기는 모양이다. 선별되고 나자 가지를 따라온 일행은 거의 반반으로 나뉘었다.

옷을 입을 때가 되자 여기저기서 갈팡질팡하며 소리를 질러댔다. 순서가 빨랐던 자가 옷들을 적당히 섞어놓았던 것이다. 누가 입었던 옷이건 좋은 것이 좋다. 빠른 자가 이기는 것이다. 가지 일행은 오구라가 주의를 준 덕에 피해를 입지 않았다.

이제부터가 인간의 근성이 적나라하게 드러나는 때인지도 모른다. 가지는 이미 너덜너덜해진 옷을 입고 군화 끈을 묶고 허리를 폈을 때, 뭔가 지금까지와는 다른 투쟁 의욕 같은 것이 마음속에서 꿈틀거린 것을 느꼈다.

행선지는 호텔이 아니었다. 수용소라고 불리는 건물도 아니었다. 그저 초원이었다. 하얀 시트를 더럽힐 걱정도 없었고, 나무 침대의 딱딱함을 투덜거릴 필요도 없었다. 수천 명의 사내들이 있었다. 이미 2만 몇 천 명의 사내들이 이 초원에서 자고, 어딘가로 끌려갔다는 것이었다.

먼저 온 자들은 비교적 멀쩡한 옷을 제대로 갖춰 입은 자가 많았다. 소련군은 일찌감치 포로가 된 자에게 압수한 관동군 피복을 제대로 갖춰서 나눠주었던 것이다. 재수가 좋다, 나쁘다는 이런 것을 두고 하는 말일 것이다. 후방에서 '편안하게 지내다' 일찌감치 포로가 된 자는 동복을 얻어 입고, 전쟁터에서 싸우다 힘들게 살아남아서 '기꺼이 고생길을 헤쳐온' 자는 전투 때의 남루한 차림 그대로 이제부터 차가운 가을바람과 매서운 겨울바람을 맞아 싸워야만 한다. 먼저 온 자들은 거지 행렬을 보듯 지난날의 '아군'을 보며 웃었다.

가지 일행은 흑빵을 한 덩어리 받고, 그 자리를 벗어나지 않는 한도에서 자유행동을 허락받았다. 거기에는 석 자 폭에 두 자가 채 못 되는 깊이로 땅이 줄지어 파여 있었다. 막사가 있던 자리인지도 모른다. 이 경우 자유행동이란 거기에 들어가 자는 것 이상의 것은 의미하지 않았다. 수백, 수천 명의 사내들이 어느 날 여기로 와서 여기에서 자고, 어느 날 어딘가로 떠나갔을 것이다.

"춥네요."

데라다가 말했다. 이가 부딪치는 소리가 희미하게 들렸다.

"언제까지 이런 곳에 잡아둘까요?"

"시베리아하고 여기 중에서 어딜 선택하겠나?"

가지가 말했다.

"난 여기보다 북쪽으로는 가지 않을 거야. 끌려갈 이유가 없어."

"데라다, 넌 가지 씨의 등을 안고 자. 내가 널 뒤에서 안을 테니까."

나루토가 말했다.

"오늘 밤은 어쨌든 흑빵을 먹었으니까 잘 수 있겠어."

나루토의 말대로 하고 잤다. 누구의 머리나 비슷한 수준으로 돌아간다. 대부분이 숟가락을 겹쳐놓은 모양으로 구덩이를 가득 메우고 잤다.

"계집 엉덩이를 이렇게 안고 자면 얼마나 좋을까?"

누군가가 말했다.

"사내자식들은 도무지 딱딱해서……."

농담을 별로 좋아하지 않는 나루토조차 이렇게 말했다.

"가지 씨, 마누라의 냄비가 밤마다 울겠죠?"

가지는 코끝에 닿는 흙냄새를 맡으면서 미치코를 떠올리려고 했다. 미치코는 확실히 있다. 머릿속 어딘가에 있다. 그러나 그것은 상념이었다. 실재하는 모습이 아니었다. 미치코의 모습은 무엇 때문인지 좀처럼 떠오르지 않았다. 겨우 떠오르는가 싶으면 그것은 그 집의 어둠 속 성냥불 아래에서 데라다를 안고 있던 여자였다. 안녕, 군인 아저씨. 그녀가 감자 하나를 내밀고 그렇게 말했다. 그때부터 들짐승의 자유마저 잃어버렸다. 정말로 안녕이었다.

미치코, 난 아직 당신에게 안녕이란 말은 하지 않겠어. 난 아직 어쨌든 살아 있어. 인간이 어디까지 견딜 수 있는지, 바보 같은 실험이지만 내가 해보려고. 전쟁이 날 그런 실험용 모르모토로 만들어버렸어.

머리 뒤에서 데라다가 소곤거렸다.

"……뭐야?"

"춥지 않습니까?"

가지는 대답하지 않았다. 데라다가 바들바들 떠는 것이 등에 느껴졌다.

"……만약 어디로 가실 생각이면 저도 데리고 가 주세요. 부탁드립니다."

데라다는 몸을 너욱 심하게 떨었다.

빌어먹을! 그놈의 샤워가 문제였어! 기계적인 선의란 놈도! 가지는 얼굴 앞의 흙에 대고 데라다에게 말했다.

"데리고 갈게. ……좀 더 남쪽으로. ……좀 더 따뜻한 곳으로. 넌 단팥죽을 좋아했지? 만들어줄게. 난롯가에서. 난로를 활활 피우고……."

29

지루하고 불안한 날들이 흘러갔다. 하는 일이라곤 연료로 쓸 마른 풀을 뜯는 것뿐이다. 지면에서 잡아 뜯긴 가는 나무 그루터기를 마른 풀 사이에서 여러 번 보았다. 아마 이 초원에도 관목이 무성했던 것 같은데, 먼저 온 자들이 땔감으로 다 뜯어다 쓴 모양이다.

불안은 언제 어디로 끌려갈지 모른다는 데서 왔다. 그래도 포로의 집단 편성이 있을 때마다 많은 자들이 나서서 대오를 짠 것은 지루함을 떨쳐버리기 위한 것도 있었지만, 이런 소문들이 사내들의 기운을 북돋았기 때문일 것이다.

"남만주에서 소련의 요새 축성이 있는데, 적극적으로 참여한 자는 빨리 돌려보내준다는 거야."

"남만주 지구에 소련군 병사나 가족이 사는 집을 몇 만 채 짓는다는 군. 그게 끝나면 우리를 석방시킨대."

포로 편성은 엄격하지 않았다. 근처에 있는 자들을 적당히 긁어모아서 일정한 인원수가 되면 줄을 지어 어디론가 데리고 간다.

가지는 늘 편성권 밖으로 빠져나와서 방관했다. 가지의 주변에 있는 자들은 늘 어디로 갈까 고민하다가도 결국엔 다시 가지 쪽으로 어슬렁어슬렁 모여든다.

"어떻게 될까?"

기라가 말했다.

"똑똑한 사람도 모르겠나?"

가지가 대답했다.

"겨울까지는 정리가 되겠지. 어느 쪽으로든 말이야. 소련군은 인간을 다루는 법을 알고 있을 거야."

"결국엔 어딘가로 끌려가겠지."

"그래. 아는 건 그것뿐이야. 난 저들이 가는 곳과 그 이유를 우리한테 설명해줄 때까지 뒤에 남을 거야. 전쟁은 끝났으니까 부대 이동을 감출 필요는 없겠지."

한 무리의 집단이 나가면 다시 새로운 집단이 들어와서 초원에는 늘 수천 명의 사내가 마른풀을 뜯는 소처럼 흩어져 있었다.

그날도 가지 일행이 풀로 모닥불을 피우고 있는데 옆에서 편성이 시작되었다. 소련군 병사가 한 명, 자동소총을 어깨에서 거꾸로 메고 그 주변을 왔다 갔다 하고 있었다. 따로 명령을 내리지도 않는다. 통역이나 나서기 좋아하는 포로에게 맡겨놓고 있다. 가지 일행이 불 옆에 웅크리고 앉아 있는 것을 보고도 별 말이 없는 것은 소정의 인원수만 모이면 되기 때문일 것이다. 열차의 수송 사정으로 인해 이렇게 한가한 편성이 허락된다고밖에 생각할 수 없었다.

엉기적엉기적 모여드는 사람들 틈에서 야마우라가 나와 가지에게 말했다.

"저 가도 되겠습니까?"

"되고 말고가 어딨어? 그런데 왜……?"

"가서 일을 하는 게 배식이 좋답니다."

확실히 여기는 배식이 좋지 않다. 잡곡 한 줌을 주는 게 전부다. 노동을 하지 않으니까 버틸 수 있지만 체온은 날이 갈수록 떨어지고 있다. 그에 따라 기력도 저하되고 있다. 건강했던 데라다도 그 샤워 때문에 감기를 앓고 나서 완전히 낫지 않아선지 매일 얼빠진 사람처럼 멍청하게 있다.

같은 또래인 야마우라는 불안해진 것이다. 여러 사람에게서 여러 말을 듣고 어딘가로 끌려가는 게 배식이 낫다는 결론을 얻은 것이 틀림없다.

"모자를 벗어봐."

가지가 야마우라에게 말했다. 야마우라는 어리둥절한 표정으로 모자를 벗었다. 이마의 총상은 복숭앗빛 상처를 남긴 채 아물어 있었다.

"이번 겨울엔 거기가 아플지도 몰라. ……조심해."

가지는 야마우라에게 등을 돌리고 모닥불에 시선을 고정시켰다. 가지는 이 소년을 업고 전장에서 탈출했다. 그 습지대의 풀숲 속에서 신음하는 야마우라의 입에 양갱을 한 조각씩 넣어주며 밤새도록 돌봐주었다. 어쨌든 여기까지 데리고 왔지만 이제는 어머니처럼 젖을 물려서 이 소년의 굶주린 배를 채워줄 수는 없다.

"신세 많이 졌습니다."

뒤에서 야마우라가 중얼거렸다. 가지는 모닥불을 향해 고개를 끄덕였다. 모두들 잠자코 있었다.

잠시 후 행렬이 움직이기 시작했다. 가지는 일어서서 누구에게랄 것 없이 말했다.

"저 녀석은 개척 소년의용군 출신이다. 녹슨 주머니칼로 돼지 한 마리를 요리했어. ……살아남을 거야. ……주사위가 어떻게 나올지 아는 놈은 없으니까."

"배은망덕한 놈……."

도편수 나루토가 으르렁거리듯 말했다.

"왜 끝까지 같이 못 가는 거야?"

"……몇 년이 지나 저 녀석이 날 지휘하는 위치가 되어 돌아올지도 몰라."

가지는 쓸쓸히 웃었다. 멀어져가는 행렬을 보고 싶은 것 같았으나 끝내 고개를 돌리지 않았다.

"풀을 모아 올게."

가지는 혼자 반대쪽으로 갔다.

풀을 뜯으면서 간다. 포로란 무엇일까? 이 시점에서는 아직 집과 나라를 잃었을 뿐인 인간이랄 수 있었다. 집으로 가는 길을 상상할 수 있는 자유만은 아직 남아 있었다. 그 상상력이 너무나 풍부하기 때문에 현재의 자신을 재평가해보려는 노력을 하지 않는 것인지도 모른다.

가지는 마른풀을 잡아 뜯었다. 뜯어서 그것으로 불을 피우고 따뜻한 온기를 취한다. 추워서 그렇게 하는 것이다. 살려는 본능적인 행위다. 그러면서도 살아서 어떻게 하겠다는 설계와는 전혀 연결되어 있지 않았다.

이 마른풀을 뒤집어쓰고 자면 조금은 따뜻할 텐데 이상하게도 가지의 주변에서는 아직 그렇게 하는 사람이 아무도 없다. 끌어안고 자면 잘 수 있으니까 더 이상 다른 궁리를 하지 않는 것이다. 추우면 일어나서 불을 피운다. 그뿐이다. 귀찮은 것이다. 어떻게 되겠지. 어떻게 해주겠지. 될 대로 되라. 사내들은, 가지 자신조차, 포로가 된 순간부터 자신을 남에게 맡겨버린 것 같다. 가지처럼 다짜고짜 위험을 헤치고 온 사람일수록 더 그렇게 되는지도 모른다. 이것이 인간을 망가뜨린다는 것은 거의 틀림없다. 가지는 뒤늦게, 정말 놀랄 정도로 뒤늦게 겨우 깨달았다.

"그게 아니었어."

가지는 마른풀을 한데 모아 다발로 묶으면서 혼잣말을 했다.

"단념하라, 나의 마음이여, 라고 했던 놈이……."

나중 부분은 입 밖에 내지 않았다. 보들레르 따위는 난롯가에서 커피나 마시며 읊어라, 기라, 저 바보 같은 자식. 나한테 맞장구를 치면서도 풀은 전혀 모으려고 하지 않는군.

가지는 다발로 묶은 마른풀을 군데군데 남겨놓으며 앞으로 나아갔다. 문득 어딘가에서 왕시양리가 미소를 짓고 보고 있는 것 같았다. 당신은 벌써 마른풀로 엉덩이를 닦았군요. 당신은 매일매일 필요한 칼로리와 비타민군의 부족을 경험해봤습니까? 하지만 결정적으로 다른 것은 당신은 붉은 군대의 포로이고 난 일본군의 포로였다는 점입니다. 우리는 포로의 경험으로부터 목숨을 잃는다는 결과밖에 얻지 못했지만, 당신들은 아마 이제부터 건설을 하기 위한 노동을 배우게 되겠죠.

좋아. 그렇다면 그래도 되니까 이제부터 너희들을 어디어디로 데리고 가서 이러이러한 일을 시키고, 배식은 이러저러하고, 기간은 언제까지…… 그런 식으로 말이라도 해줬으면 좋겠어. 적어도 내가 너희들한테 그랬던 것처럼……. 그때 느닷없이 가지의 머리 위로 목소리가 떨어졌다.

"다와이!"

병사 한 명이 총을 들이대고 있었다. 풀밭 한가운데다. 동료들이 있는 데까지는 대략 300미터쯤 되는 것 같다.

병사는 다가와서 가지의 윗도리 주머니를 만져보았다. 아무것도 없는 것을 확인하자 총구를 들이대고 또 말했다.

"다와이!"

다와이라는 말의 편리한 쓰임새는 가지도 대강 알고 있다. 이리 내놔, 이서 기, 빨리 해. 요컨대 강제하는 명령형이다. 이 경우는 물러나라는 뜻이리라. 가지는 주위를 둘러보았지만 경계표지 같은 것은 아무것도 보이지 않았다.

"도망가진 않아."

가지가 말했지만 물론 알아듣지 못한다.

"경계선이 여기라는 건 통역한테도 듣지 못했어. 더 이상 가서는 안 되나 보군."

병사는 총구를 가지의 가슴에 대고 밀었다.

"다와이! 다와이!"

목소리가 험악하다.

"알았어."

가지는 정확하게 옆으로 돌아섰다. 여기가 만약 경계선이라면 여기까지를 반경으로 하는 원을 따라 경계선 안쪽을 다니는 것은 허락하겠지? 가지는 해볼 작정이었다. 쓸데없이 오기를 부리는 것 같지만 경계선 안팎에서는 대등하게 대해주길 바랐을 뿐이다. 왕, 적어도 난 그렇게 하려고 노력했었다고 생각해. 여기에 철조망을 치지 않았다는 것은 충분히 인간적이지만 느닷없이 총을 들이대는 건 잘못됐다고 봐. 주머니를 뒤지는 행위는 말할 것도 없고.

가지는 웅크리고 앉아 풀을 뜯기 시작했다. 3분쯤 지났을 것이다. 뒤에서 병사가 뭐라고 소리쳤다. 뒤돌아본 얼굴에 위에서 비스듬하게 강력한 펀치가 날아왔다. 무지막지하게 딱딱한 주먹이었다. 옆으로 껑충 뛰어올라 일어선 가지의 얼굴에서 상대는 위험한 표정을 읽었는지 이번엔 총을 거꾸로 치켜들었다.

"알았어."

가지는 창백한 얼굴로 뒤로 물러나면서 마음속으로 중얼거렸다.

'이놈은 오카자키보다 더 악질이군. 너희들은 투항 권고도 하지 않았고, 경계도 명시하지 않았어.'

그러나 열대여섯 걸음 물러났을 때 가지는 자신이 오기를 부린 것이 얼마나 무의미했는지를 쓰라리게 맛보기 시작했다. 그때 병사는 장난기가 발동해서 총 쏘는 시늉을 했다. 가지는 위협인 줄 알면서도 그 순간 엎드리고 말았다. 개자식! 너희들이 승자라 이거냐? 그런 거라면 도망가 주마. 언젠가 반드시 도망가 주겠다.

다발로 묶어놓은 마른풀을 모으기 시작했을 때 가지는 구덩이 앞에서 참수당한 까오가 가지를 증오하던 마음이 이런 것이 아니었을까 하고 생각했다. 그래도 저 병사와 날 같이 취급하는 것은 참을 수 없어. 저놈은 내가 무서워하는 것을 즐기고 있었어. 난 너희들을 놀리지는 않았어. 저놈은 나에게 설명해줘야 해. 말은 통하지 않아도 설명하려는 노력은 해야 해. 좋아. 이제부터 난 저놈들과 한 명씩 부딪혀보겠어. 저놈들이 우릴 인간으로 생각하고 있는지 어떤지. 까오, 난 너와 달라서 상대의 개인차를 인정한다. 무작정 미워하지는 않아. 개인차에 희망을 걸겠어.

가지는 생각에 잠기면서 여기저기 놔둔 마른풀 다발을 주우며 걸었다. 그때 전방에서 역시 풀을 가지러 왔는지, 한 사내가 가지가 묶어놓은 풀을 가지고 가려는 모습이 보였다.

"잠깐만."

가지는 안고 있던 풀 다발을 전부 내던지고 뛰어갔다.

"요령 좋은 녀석이군. 여긴 막사의 빨래 너는 곳이 아니야."

"……무슨 말이야?"

상대가 시치미를 뗐다.

"여기에 있으니까 주웠을 뿐이야. 네 것이라는 표시도 없잖아?"

"괜한 말썽은 일으키지 말자."

가지는 손을 내밀었다.

"내가 만들었으니까 거기에 있었던 거야. 이리 내."

상대는 볼멘 얼굴로 풀 다발을 발밑에 내던졌다. 순순히 물러나지는 않겠다는 뜻으로 보였다. 그의 태도에 가지는 병사에게서 맞은 얼굴의 통증에 불이 붙는 것 같았다.

"주워서 내 손에 넘겨!"

"지랄 염병을 떨고 있네. 어디서 잘난 척이야?"

그는 세 걸음도 가지 못했다. 가지가 달려들어 일격을 날렸다. 상대도 지지 않았다. 성인 남자 둘이 겨우 마른풀 한 다발 때문에 치고받기 시작했다. 이 모습을 보고 열네댓 명의 사내들이 달려왔다. 두 사내는 전력을 다해 싸우고 있었다. 아무도 말리지 않았다. 너무나 재미있는 구경거리였다. 뒤에서 달려온 나루토가 두 사람을 떼어놓으려고 했으나 기라에게 제지당했다.

"내버려둬. 쓸데없는 짓인 줄 알면서도 저러는 거야. 그냥 놔둬."

나루토는 가지가 불리해지면 떼어놓을 생각이었다.

가지는 겨우 상대를 깔고 앉아서 얼굴에 정신없이 주먹을 날렸다. 이 싸움으로 하루치 배식의 에너지를 태반은 잃은 것 같았다. 가지는 비틀거리며 일어섰다. 상대의 얼굴은 코피로 붉게 물들어 있었다.

"기억해둬라."

가지가 뙤약볕 아래의 개처럼 헐떡거리면서 말했다.

"뻔뻔스러운 짓은 용서하지 않겠다. 당장 죽게 되어서 훔치는 거라면 나도 아무 말 안 한다. 아니, 나도 훔칠지 모르지. 하지만 넌 뭐냐? 날 이렇게 녹초로 만들 기운이 있으면서⋯⋯ 정신 나간 놈!"

몸에서는 진이 다 빠졌는데 마음의 흥분은 아직 가라앉지 않았다.

"수고 많았어."

기라가 싱글거리며 말했다.

"치기만만하군. 귀여운 데가 있어. 상대보다 세니까 체면은 세웠지만 말이야."

"세고 약하고는 문제가 아니야."

가지는 마른풀 다발을 주워들고 퉁명스럽게 말했다.

"보들레르가 되다 만 자는 모를 테지만⋯⋯. 나루토, 이걸로 데라다의 잠자리를 만들어줘. 우린 풀을 좀 더 모아오자. 기라는 알몸으로 주무신단다."

30

산처럼 높이 쌓은 풀 위에서 포근하게 잔 것은 하룻밤뿐이었다. 다음 날, 초원에 있던 사내들 전부가 이동하게 되었다.

"어디로 가는 거지?"

"뭔 스키한테 물어봐."

"블라디보스토크로 가는 것 같아. 거기서 배로 일본으로 보내준대."

"장제스와 마리노프스키가 문서교환을 하고 관동군 전부를 중국에 넘길 것 같아."

"그럼 베이징北京까지 가는 거지?"

"국민당은 신징까지 와 있대."

"그래서 어떻게 하겠다는 거야?"

"다롄大連이나 다구太沽로 데리고 가겠지."

"그러면 좋지만 팔로군에 넘기는 건 아니겠지?"

"어디로 가나 마찬가지야. 돌아갈 수 없을 테니까."

몇 조로 나뉜 행렬의 어디에서나 비슷한 희망과 불안의 중얼거림이 파도처럼 요동치고 있었다.

가지는 통역인 미나가와가 대열을 점검하면서 지나칠 때 물어보았다.

"어디로 가는 건가?"

"가 보면 알겠지. 싫어도 가야 하니까."

미나가와는 가는 데마다 똑같은 질문을 받는 터라 귀찮으면서도 우쭐한 듯한 표정으로 대답했다.

"알아도 말하지 못하는 상황이야. 모스크바의 지령이니까."

"모스크바의 지령이라……."

가지는 입술을 앙다물었다. '모스크바의 지령'엔 천근의 무게가 있다.

사내들은 '칙명'의 속박에서 '모스크바의 지령'이라는 터무니없는 중량 밑으로 옮겨간 모양이다.

"모스크바의 지령이 당신에게는 그렇게 중요한가?"

나루토의 수염이 덥수룩한 얼굴이 노기를 띠었다.

"알면 말해줘도 되잖아."

"쓸데없는 말은 너희들한테도 도움이 안 돼!"

미나가와도 성난 기색을 나타냈다.

"이것저것 따지고 불평해봤자 가는 데까진 가는 거니까."

"포로한테는 민주주의를 적용하지 않나?"

가지가 그렇게 말하자 미나가와는 가지의 얼굴을 머릿속에 새겨두겠다는 듯 뚫어져라 한 번 쳐다보고는 그대로 가 버렸다.

이동이 시작되었다. 소련군 장교 한 명이 선두에 서고 열 명쯤 되는 경계병이 측면과 후미에 붙은 길고 난잡한 행렬이 흙먼지를 일으키면서 걸었다. 양떼보다 순종적이었다.

'관동군 정예요원'들은 어느 한순간에 완전히 거세된 것이다. 누구나 운명을 받아들인 것은 아니다. 맹종하고 있을 뿐이다. 만약 이 행렬 속에 훌륭한 민주주의자나 사회주의자가 있었다고 해도 그는 이렇게 걷는 것에 만족을 느끼지도 않았을 것이고, 목적지에 희망을 걸지도 않았을 것이다. 즉, 이것이 포로다.

방향은 북쪽이 아니었다. 남쪽이었다. 성미가 급한 자는 시베리아행은 면한 것 같다며 좋아했다. 철도가 남쪽에 있었으니까 시베리아와는 반대 방향인 남쪽으로 가는 것이 오히려 시베리아에 가까워지는 것인지도 모르고…….

맨손이지만 무기력한 행군은 완전군장 때보다 더 피곤했다. 체력의 불균형도 심했다. 설사로 고통스러워하는 자가 있는가 하면 감기에 걸린 자도 있었다. 행렬은 길어졌다 짧아졌다 하면서 잠깐의 휴식도 없이 걸었다. 경계병들은 가벼운 걸음으로 걷고 있는데 포로들은 다리를 질질 끌며 힘겹게 걷고 있는 것은 반드시 이민족 간의 체력적인 차이 때문만은 아니다. 승자와 패자는 이미 생리적인 기능에서 하늘과 땅의 차이가 나 버린 것이다.

체력이 약한 자는 낙오하다시피 뒤처졌고, 설사를 하는 자는 용변을 보기 위해 뒤처졌다. 그때마다 소련군 병사의 "다와이!" 소리에 재촉당했다.

데라다의 다리가 휘청거리기 시작했다. 창백한 얼굴에는 식은땀이 배어나왔고, 입으로 숨을 쉬고 있다. 어깨 부상에도 악착같이 걷던 때의 모습은 전혀 찾아볼 수 없었다. 가지와 나루토가 데라다를 양쪽에서 부축하고, 세 사람은 점점 대열 후미로 뒤처졌다.

"업을까요?"

나루토가 가지에게 말했다. 입을 벌리고 있던 데라다는 급히 입을 굳게 다물며 고개를 가로저었다. 가지도 고개를 가로저었다.

"어디까지 갈지 몰라. 네가 지쳐. 데라다는 견뎌낼 거야, 그렇지? 도저히 못 가게 되면 내가 함께 남을게."

마침내 맨 끝으로 처졌다. 흙먼지가 자욱하게 일어나는 길을 길게 늘어진 대열이 간다. 뒤돌아보니 길가 여기저기에 사내들이 엉덩이를 까고 웅크리고 앉아 있다. 경계병 둘이 길 한가운데에 서서 기다리고 있다. 이 또한 인내심이 필요한 일이다. 설사를 하고 있는 포로는 수십 명에 달한다. 이들이 번갈아가며 낙오하여 엉덩이를 드러낸다. 병사들은 인내심이 한계에 달하면 소리를 지르고, 그래도 안 되면 총을 휘두른다. 화가 막 끓기 시작할 때 변의를 느끼는 자야말로 불운한 자다.

한 사내가 총에 얻어맞고 꽤나 위협을 당한 모양이다. 무릎까지 내린 군복 바지를 끌어올릴 여유도 없이 더러운 엉덩이를 드러낸 채 대열을 쫓아갔다. 뛰는 바람에 또 갑자기 똥이 마려웠는지 대열을 따라잡지도 못하고 길가의 이미 추수를 끝낸 밭으로 뛰어 들어가 주저앉았다가 병사가 오는 것을 보고는 10미터가량 뛰어가서는 또 주저앉는다. 그는 과감히 용단을 내려서 천천히 볼일을 보든가, 질질 싸면서 행군을 함께하든가, 어쨌든 결단을 내려야 하는 상태였다. 그러나 그는 그 어느 쪽으로도 결단을 내리지 못하고, 여기저기 피똥을 흘리면서 몇 초 동안의 짧은 휴식을 훔치고 있었다. 연이어 몇 명의 사내가 똥을 싸는 것을 기다려야 했던 경계병이 인내의 한계에 도달했다고 해도 무리는 아닐 것이다. 이 경계병은 뛰어다니면서 용변을 보는 한 일본인을 보며 딱하기도 하고, 화가 나기도 했을 것이다. 그에게 뛰어가서 냅다 걷어찼다.

벌렁 나자빠진 사내의 엉덩이를 가지가 보았을 때 마침 데라다의 몸도 심하게 흔들리면서 힘을 잃은 무릎이 땅바닥에 닿으려고 했다.

"정지!"

가지는 그 순간 정지가 필요하다는 것 외에는 아무것도 생각하지 않고 소리쳤다. 지칠 대로 지쳐 있던 사내들은 뒤에서 들린 소리를 조금도 의심하지 않고 기다렸다는 듯이 앞으로 전달했다.

"정지!"

같은 소리가 몇 번 거듭되면서 앞으로 전달되었고, 약 1개 중대 정도의 대오가 멈췄다. 거기쯤부터 줄 사이에 앞뒤로 간격이 벌어져 있었는지 앞에서 가던 자들은 뒤를 돌아보며 걷다가 역시 스무 걸음도 채 못 가서 "정지다!" "정지다!"라고 소리치며 반신반의하면서 걸음을 늦추다 멈춰 섰다.

후미의 경계병은 부대 정지가 앞에서 온 전달인 줄 알았다. 그런데 길게 이어져 있는 행렬이 후미의 4분의 1쯤을 띄엄띄엄 남겨놓고 전진하고 있는 것을 보자 경계병은 소리를 지르며 정지한 대열을 움직이게 했는데, 그제야 앞에서 가던 행렬은 후미의 이상을 깨닫고 정지했다.

이번에야말로 진짜 정지한 것이다. 경계병 둘이 앞쪽으로 달려갔다. 가지는 불쌍하기도 하고 우스꽝스럽기도 한 설사 환자와 데라다의 몸에만 신경 쓰고 있어서 사태가 의외로 커지고 있는 것을 몰랐다.

앞에서 지휘관이 왔다. 소집장교로 보이는 연배였다. 붉은 얼굴이 노기로 가득 차 있다. 포로에게 지휘권을 침해당하다니 도저히 참을 수 없었을 것이다.

"통역! 통역!"

지휘관은 통역인 미나가와를 불렀다. 달려온 미나가와는 지휘관이 말하는 것을 들으면서 낯빛이 달라졌다.

"함부로 군율에 반항하는 자는 총살에 처한다. 지휘관에게는 그런 권한이 있다. 그렇게 말하고 있다. 누가 이런 장난을 친 거야?"

"크또(누구냐)?"

지휘관이 날카롭게 소리쳤다.

"누구냐?"

대오는 먼지를 뒤집어 쓴 채 잠자코 있다가 잠시 뒤 "뒤에서 그랬다." "뒤야!" "누구냐? 장난이나 치고." 하고 부글부글 거품이 일듯이 말하기 시작했다.

"나오지 않으면 전부 다 처벌받는다."

미나가와가 말했다.

"지휘관이 단단히 화가 났다. 범인이 나서지 않으면 전원이 사흘 동안 단식 노동이라고 한다. 나와! 누가 그랬어?"

"네가 그랬잖아!"

가지 앞에 있던 사내가 뒤돌아보았다.

"나가. 시치미 떼지 말고 나가라고!"

가지는 시치미를 뗀 것이 아니었다. 얼굴은 이미 흙빛이 되어 있었다. 소동이 시작되었을 때부터 가지는 자기가 했다고 나서려고 했지만 나설 수가 없었다. 그때 와타라이의 군도 앞에 나섰을 때보다 지금이 더 두려운 것은 왜일까? 공포의 껍질을 깨고 정열이 솟아나오지 않는 것은 뭣 때문일까? 가슴속은 이미 얼어붙었고, 피가 그 벽에 쿵쿵 소리를 내고 있었다.

가지가 앞으로 나선 것은 자신이라고 밝혀야 할 의무감이 이겼기 때문이 아니라 기다렸다는 듯이 정지해놓고 이제 와서 그를 버린 사내들을 향한 원망 때문이었다.

"……나다."

거의 들리지 않는 소리로 그렇게 말했다. 미나가와의 표정이 가지의 눈앞에서 피부를 바꿔 붙인 것처럼 달라진 것은 앞으로 나선 자가 출발하기 전에 잔소리를 늘어놓던 사내였기 때문이다. 이놈인가? 이놈이면 동정할 필요가 없다!

반대로 가지는 장교 옆에서 당장에라도 행동으로 옮길 것 같은 자세를 취하고 있는 병사가 어제 초원에서 쏴죽이겠다고 자신에게 총을 들이댔던 자라는 것을 알고 갑자기 온몸이 경직되었다. 아니, 경직되었다기보다도 자포자기가 되었다는 것이 맞을지도 모른다.

"왜 정지시켰나?"

장교가 미나가와의 입을 통해 말했다.

가지의 희미한 목소리가 대답했다.

"정지시킬 생각은 없었소. 정지할 줄도 몰랐소. 정지하길 바란 것은 사실이오. 정지한 것은 모두가 정지하고 싶었기 때문이라고 생각하오."

"정지할 필요가 있는지 없는지는 지휘관이 판단한다. 네가 한 짓은 지휘에 대한 반항이다."

가지는 지나온 길 쪽을 가리키며 이번엔 단단히 마음먹은 듯한 목소리로 미나가와에게 말했다.

"설사가 나서 뒤처진 자가 발길질을 당해도 정지할 필요가 없었는지 물어봐주게. 지휘관은 선두에 있어서 후미를 잘 몰라. 설사 때문에 병사들에게 걷어차이면서 내몰린 자들이 얼마나 되는지 조사해주길 바란다. 그렇게 말해줘."

미나가와가 지휘관을 보고 이따금 가지 쪽을 턱으로 가리키면서 말하는 것을 듣고 지휘관이 병사들에게 뭐라고 말했다. 해바라기 씨를 먹고 있던 병사들이 가지 쪽으로 날카로운 시선을 보냈다.

"너희들은 포로에 지나지 않는다."

지휘관이 말투를 바꿔서 말했다.

"군율에 반항한 포로에게는 뭐가 기다리고 있는지 아나?"

미나가와가 통역하기 전에 지휘관의 위엄이 느껴지는 말투가 가지에게 새로운 공포심을 불러일으켰다.

사과할까? 이렇게 사태가 커질 줄 모르고 경솔하게 굴었다, 이번만 용서해주길 바란다. 가지가 만약 러시아어를 할 줄 알았다면 그렇게 말했을지도 모른다. 하지만 미나가와에게는 말하는 것이 싫었다. '모스크바의 지령'을 '칙명'인 양 받들고 있는 자에게 말하는 것이. 가지는 이 사내가 진정한 '데머크래트(민주주의자)'라고는 생각하지 않았다. 저 병사도 그렇다.

"……모른다."

미나가와가 지휘관에게 잠시 뭐라고 말하고 나서 가지에게 말했다.

"용서해달라고 부탁했어. 이번뿐이니까 알아서 해!"

부탁 같은 건 해주지 않아도 됐다. 그보다도 너한테 물어보고 싶구나. 소련군은 포로에게 볼일도 못 보게 하나? 그렇다면 일본군과 뭐가 다르지? 저 병사에게도 말해주어라. 소련군 병사라면 당연히 총보다 강력한 무기를 머릿속에 지니고 있는 것이 아니었나? ……그러나 가지는 그렇게 말하지는 않았다. 미나가와 쪽으로 감사의 마음을 담아 고개를 끄덕이고 있을 뿐이었다.

지휘관이 뭐라고 말하면서 쓴웃음을 지었다. 그것을 듣고 있던 미나가와가 몇 번이나 고개를 끄덕이며 생글생글 웃었다. 미나가와는 그 웃음을 거두고 진지한 표정으로 가지에게 말했다.

"지휘관이 말하기를 파시즘의 사무라이가 아직도 살아 있다, 이런 놈들은 비 오는 날 먼지가 나도록 두들겨 패줄 필요가 있다더군. ……널 두고 하는 말이야."

가지의 마음속에서 갑자기 거문고 줄이 하나 끊어진 듯한 기분이 들었다. 이때부터 귓속에서 불협화음이 울리기 시작한 것 같았다.

지휘관은 통역을 데리고 전방으로 뛰어갔다. 그 병사가 가지 옆으로 다가와서 위협하듯 주먹을 휘두르고 한마디 했다.

"개자식!"

가지는 러시아어를 감으로 그렇게 들었다.

대열이 움직이기 시작했다. 가지는 자기 조로 돌아왔다. 데라다가 말했다.

"죄송합니다. ……힘내겠습니다."

가지는 계속 불협화음을 들었다.

파시즘의 사무라이? 내가? 저 자식이 러시아에서 태어났다고 인간적으로 우월하다고는 할 수 없다. 그럼 내가 잘못했나? 어디서지? 꼴사납게 엉덩이를 까던 저자는 왜 잠자코 있었지? 이 자식들아, 너희들이 날 팔았구나! 좋다. 난 이제부터 아무 말도 않고 해주겠다. 그런데 뭘? 두고 봐라, 파시즘의 사무라이가 무엇을 하는지. '파시스트' 쪽이 '데머크래트'라면 어떡할 테냐?

기라가 어느 틈에 가지 쪽으로 내려와서 웃으며 말했다.

"파시즘의 사무라이라 좋겠어?"

"닥쳐!"

가지가 잘라내듯이 나지막하게 말했다.

31

어마어마하게 큰 비행기 격납고가 수용소였다. 콘크리트 위에 짚을 깔아놓았다. 마구간에도 이것보다 많은 짚이 깔려 있다는 것을 사내들은 알고 있다. 그래도 그들은 기뻤다. 지붕이 있고, 벽이 있다. 무엇보다도 여긴 아직 시베리아가 아니었다. 거기는 가지 일행이 무장해제를 당한 지점에서 별로 멀지 않은 철도 연변의 교외였다.

이곳에 일본인이 경영하던 펄프 공장이 있다. 그 공장의 기계 설비를 철거하는 작업에 동원된 2,000명 남짓의 포로들을 위한 수용소다. 그 작업이 끝나면 사내들은 마침내 북쪽으로 끌려가서 국경을 넘어 시베리아로 갈 것이다. 그것은 거의 확정적이다. 하지만 아직 여기는 시베리아가 아니다. 사역 작업 중에 소련과 일본의 교섭이 타결될지도 모른다. 사내들은 실낱같은 희망을 남겨놓고 있었다.

배식은 좋지 않았다. 하루에 양손으로 가볍게 떠낸 정도의 수수와 어쩌다 얇은 흑빵 한 조각이 추가된다. 일주일에 작은 숟가락 하나 정도의 소금, 그것과 거의 같은 양의 설탕. 이 외에는 극소량의 소련제 싸구려 담배가 기호품이라기보다도 심심풀이 땅콩으로 배급된다. 이것이 전부다.

먹어봐야 배만 더 고프다는 탄식이 나왔다. 식료품이 충분한 것은 설사 환자뿐이다. 소련군도 그것을 모르는 바는 아니었다. 알고는 있었지만 식료품의 절대량이 부족했고, 조달 방법도 결코 원활하지만은 않은 것 같았다. 포로들 대부분이 소련을 원망하며 투덜거렸다. 그러나 투덜거려봐야 배가 부를 일은 절대로 없다는 것을 알자 먹을 만한 것을 찾아다니기도 하고, 남의 것을 슬쩍하는 데 전념하게 되었다.

노동은 식량 사정과는 별개로 계획되어 있었다. 일정 기간 내에 기계와 자재 설비를 철거하여 본국으로 반입하라는 '모스크바 지령'은 포로의 생리에 노동을 맞춘 것이 아니라 철거 작업의 필요도에 노동을 맞추고 그것에 포로의 생리를 종속시키는 것처럼 보였다.

포로들은 대개 아침 6시에 격납고에서 끌려나와 저녁 6시에 돌아왔다. 때에 따라서는 새벽 4시경에 소집되어 밤 8시가 지나도록 작업을 하는 경우도 종종 있었다. 그렇다고 해서 포로들에게 가혹하게 사역을 시킨다고도 할 수 없었다. 이 기간 포로들의 노동은 대개 대충대충 하는 정도였다.

포로들은 넓은 작업장 여기저기에서 감시병의 눈을 속였다. 지난날 역경 속에서 고난의 세월을 보냈던 중국인 쿨리苦力(제2차 세계대전 전의 중국과 인도의 노동자-옮긴이)들이 그러했듯이 양지 바른 곳에서 움직이지 않고 가만히 있는 것을 좋아했다. 감시병이 알아차리고 호통을 치면 그제야 꾸물꾸물 움직이며 일하는 척하지만 어느새 다시 양지 바른 곳을 찾아 모여든다.

매일이 그런 일상의 반복이었다. 지난날 자기들은 '제국군인'이었으니까 소련을 위해서는 일할 이유가 없다는 식의 확실한 의지를 태업의 근거로 삼는 것이 반드시 맞는 것 같지는 않았다. 협력과 비협력에 대한 의식의 차이가 만약 노동이라는 행위에 관여한 적이 있다면 그것은 훗날 노동이 좀 더 조직화되고, 다른 한쪽에서는 노동조건이 좋든 나쁘든 거의 고정화되고 나서다.

격납고로 옮겨졌을 당시에는 대체로 의식의 내용이 분리되지 않은 상태였다. 포로들은 그저 배가 고프고 무기력했다. 체념할 기력도, 반항할 기력도 없었다. 하물며 적극적으로 노동할 의욕 따위는 있을 수가 없었던 것이다.

격납고 뒤쪽에 있는 공터에는 포로들이 낡은 양철판이나 나무 조각 따위로 만든 작은 취사장이 모여 있었다. 자연스럽게 그 취사장의 중심이 된 사내가 또 최저단위의 작업 조장도 겸하게 되었다. 포로를 관리하는 쪽에서도 그 단위를 기본으로 한 대강의 군대 조직을 부활시켜서 노동을 지휘하겠다는 방침을 세웠다. 좋든 나쁘든 작업을 서두르기 위해서는 그 방법밖에는 없는 듯했다.

어디선가 끌려온 장교 포로가 열대여섯 명 있었다. 하사관은 수십 명이나 되었다. 하사관이 몇 개의 취사장 단위를 묶어서 장교의 지휘 하에 들어갔다. 장교 중에서 최상급자는 노게라는 초로의 예비역 소령이었는데, 그가 총괄하여 감시반장인 젊은 소련군 하사관의 지휘를 받는다.

이렇게 해서 지휘계통은 일단 질서가 잡혔지만, 가령 가지처럼 수십 일 동안 어떤 실력을 행사하며 자주적으로 활로를 개척해온 사내는 이 제도의 부활을 보고 또다시 군대로 끌려 들어온 것 같아서 기분이 언짢아지는 것을 피할 수가 없었다.

노게는 포로들을 전부 모아놓고 이렇게 말했다.

"불초 노게가 금일부로 철거 작업을 지휘하게 되었다. 우리는 전세가 불리하여 패전의 비운을 맞게 되었지만, 우리의 조국이 멸망한 것은 아니라는 것을 제군들은 명심해주기 바란다. 우리는 언젠가 다시 조국 땅을 밟을 것이다. 그때까지는 모두들 건강 유지에 유의하고, 견디기 어려운 일을 견디고 참기 어려운 일을 참으며 조국 재건의 날을 기약하도록……."

사내들이 기침소리 한 번 내지 않고 듣고 있는 것은 '패전의 비운'을 확실히 자기 것으로 짊어지고 있기 때문이다. '조국 재건을 기약하는' 노게의 의도가 어떤 것인지는 분명하지 않았지만 '다시 조국 땅을 밟기' 위해 노게가 필요하다고 생각한 것은 바로 그 다음 날부터 언행으로 나타났다.

노게는 하사관들을 독려하여 포로들의 무기력한 태만을 엄하게 질책하기 시작했다.

"어버이의 마음을 자식은 모른다더니 그렇게 게을러 터져서 뭐가 되겠느냐? 소련 놈들에게 일본인이 멸시당할 뿐이다. 그렇지 않나? 일본인은 절도를 중시하는 민족이다. 멸시당하는 것을 죽기보다 두려워한 민족이었다. 알겠나? 너희들은 병사들에게 기합을 넣어서 할당된 작업을 완수하게 해라. 소련 놈들이 과연 일본인은 훌륭한 민족이라고 생각할 수 있게 말이다. 그렇게 하면 난 소련군 장교와 대등하게 협상을 벌여서 반드시 너희들의 처우를 개선해줄 것이다. 너희들 하사관은 군의 중추였다는 것을 잊어서는 안 된다. 알겠나? 따라서 이 집단생활을 하면서도 소련군 장병에게 우리의 진가를 확인시켜주고 존중받을 수 있도록 해야 한다. 우리가 비록 패했을지라도 자부심을 갖고 귀국할 수 있느냐 없느냐는 너희 하사관들의 노력 여하에 달려 있다고 생각해주기 바란다."

 노게에게 정치가적인 기질이 약간은 있었는지도 모른다. 장교들은 장교식을 먹으며 빈둥거리면서도 하사관들을 움직일 수 있었던 것은 노게의 수완이 주효했다.

 그러나 병사들은 노게의 뜻대로 움직여주지 않았다. 그들은 심각할 정도로 자포자기하고 있었기 때문에 심리적으로 무정부 상태를 좋아했다. 첫째, 장교가 국제법에 따라 자기들에 비해 좋은 식사를 배급받고 있는 것이 마음에 들지 않았다. 둘째, 그럼에도 불구하고 그들은 아무 일도 하지 않는다는 것이 몹시 비위에 거슬렸다. 셋째, '공산주의 국가가 차별대우를 하는' 것이 심사를 뒤틀리게 했다. 그 때문에 하사관들이 아무리 호루라기를 불며 다그쳐도 좀처럼 움직이지 않았다. 그것이 하사관들을 자극해서 이번엔 하사관들이 필요 이상으로 용을 쓰게 되었다.

 가지 그룹은 다른 그룹과 섞여서 유황창고에서 일했다. 펄프 제조의 어느 과정에서 쓰이는지 유황 덩어리를 넣은 마대가 산처럼 쌓여 있는 것을 구내 선로에 대기하고 있는 소련군 화물열차에 싣는 작업이다. 선로까지는 멀고 마대는 무거웠다. 게다가 창고 안은 밟혀서 부서진 유황 가루가 날아다니며 눈과 코를 자극했다.

 포로들은 하루의 작업량이 정해져 있는 것이 아니었기 때문에 한 자루씩 운반하고 나면 다시 창고 안으로 들어가지 않고 감시병의 눈을 피해서, 그것도 되도록 양지 바른 담벼락을 골라 시간을 보냈다.

무슨 일을 시키든지 아무것도 하지 않고 하루를 보내는 것을 일과로 삼고 있는 기라는 묵묵히 일만 하는 가지의 성실함을 비웃었다.

"네 어머니나 마누라한테 보여주고 싶다. 불쌍해서 눈물이 다 날 지경이군. 넌 시베리아에 가면 열성분자로 추천받아서 '조국 땅을 밟는' 선발대가 되려는 속셈이지? 노게가 이제 곧 널 눈여겨보고 모범적인 포로로 추대하겠군. 하지만 말이야, 가지. 그런 식으로 나가다간 넌 소련 땅을 밟기도 전에 닳아 없어질 거다. 열심히 일하고 있는 네 뒤에서 편하게 놀던 놈이 그때 약삭빠르게 대가리를 들이밀지도 몰라."

"그놈이 너냐?"

가지는 네 번째쯤 되는 마대를 끌어당겼다.

"똑똑한 척하지만 바보야, 넌! 인텔리의 자격 제1조, 야유적일 것. 제2조, 무위無爲를 목숨처럼 여긴다. 낡고 곰팡이가 핀 사상이지. 이제 곧 무위의 벌레에 파 먹혀서 오줌을 누는 것도 똥을 싸는 것도 귀찮아질 거다. 그리고 그것을 깨달았을 때는 이미 산송장이지. 고골리(1809~1852, 소설가, 극작가, 러시아 리얼리즘의 시조 – 옮긴이)도 너 같은 놈은 상대하지 않을 거다."

말하고 싶은 만큼 말하고 나서 마대를 둘러메고 걷기 시작했다. 그는 자신이 일하고 있는 이유를 알고 싶었다. 무기력한 무위로만 일관하고 있는 기라보다도 가지의 생활방식이 옳다는 것만은 확실하다. 하지만 형편없는 배식에도 불구하고 왜 일하고 있느냐고 묻는다면 선뜻 대답할 수가 없다. '조국 땅을 밟기' 위해서는 아니다. 미치코조차 어떻게 되었는지 모르는 지금은 조국 땅을 빨리 밟고 싶은 마음 같은 건 없다. 그를 키워준 '조국' 따위 심리적으로는 그 존재조차 없었다. 기쁨이 아니라 괴로움의 피로 이어진 민족이 있을 뿐이다.

지금으로서는 '조국의 재건'에 참여하기에 앞서 자기 자신과 자신의 생활을 재건하는 데 몰두하고 싶은 것이 솔직한 심정이다. 그 마음과 이렇게 포로의 노동에 종사하는 것이 어딘가에서 이어질 듯하면서도 좀처럼 이어지질 않는다. 이것이 자신을 개조할 좋은 기회일지도 모른다는 생각은 들기 시작했다. 그렇다고 '소련 동맹의 사회주의 건설에 참여'하는 것에 열정을 느낀다는 식으로 말한다면 그것도 터무니없는 거짓말이다.

과연 소련 동맹이 해낸 역사적인 역할의 위대함은 트집 잡을 여지조차 없다. 만약 소련 동맹이 없었다면 가지 따위는 군국주의하에서 '닳아 없어져버렸을' 것이다. 이것은 탈영한 신조와 초년병 시절에 서로 이야기를 주고받던 무렵부터의 거의 유일한 구원의 희망이었다. 하지만 그것과 지금 이렇게 그 소련 동맹의, 신조의 말을 빌리면 '약속의 땅'인 나라의 포로가 되어 바람이 불어대는 초원에서 엉덩이를 드러낸 채 체력의 등급이 매겨지고, 비인격적인 노동 도구가 되어 있다는 것과는 차원을 달리 하는 것 같다.

그는 과거에 대한 보상을 하지 않으면 안 된다. 그러고 나서 새롭게 재출발해야 한다. 하지만 동시에 그가 보고 들은 범위 내에서의 소련군 병사의 비행에 대해서는 설명을 요구할 자격이 없다고는 생각하지 않는다. 지금까지 본 바로는 훌륭한 군대라고는 생각할 수 없었던 것이다. '약속의 땅'에서 온 희망의 군대라고는.

그렇다면 왜 이리도 '우직하게' 일하는 걸까? 속죄는 아니다. 헌신도 아니다. 감시의 눈이 두려워서도 아니다. 반드시 무위를 싫어하는 성격 때문만도 아닌 것 같다. 행동 속에서 뭔가 미래의 가능성을 끄집어내려고 한 것에 불과했는지도 모른다.

선로에 있는 화물열차까지 가면서 가지는 몇 번이나 발이 걸려 넘어질 뻔했다. 정신을 차리고 생각해보니 가슴이 서늘해지는 일이지만 지구력이 놀라울 정도로 떨어져 있었다. 이번이 고작 네 번째다. 벌써 숨이 차고, 입이 마르고, 눈앞이 캄캄해졌다. 가지는 마대를 내던지고 숨을 돌렸다. 뒤에서 조금 떨어져서 나루토가 오고 있었다. 가지보다 몸도 크고, 힘도 센 나루토조차 마흔에 가까운 나이 탓인지 숨을 헐떡이며 눈이 튀어나올 것 같은 표정이었다. 이런 상태면 보통 체력을 가진 사람은 서너 번이 한계일 것이다.

나루토는 가지 옆까지 오자 충혈된 눈으로 화물열차 쪽과 가지를 보며 역시 마대를 내던졌다.

"배가 고파서 죽겠습니다."

"정말 배가 고프구나."

가지는 서글프게 웃었다. 벌써 점심때다. 포로는 아침저녁 두 끼뿐이다. 그것도 부식물이 없는 수수다. 항상 배가 고프다. 그래서 대부분의 포로들에겐 점심 휴식시간이면 구걸을 하러 다니는 것이 일과가 되었다.

"이것만 마무리하자."

"어쩔 수 없지요. 해볼까요?"

나루토가 마대를 둘러메는 것을 도와주었다.

"가지 씨는 괜찮겠습니까?"

"글쎄. 난 너보다 열 살이나 젊으니까."

괜찮지는 않았다. 허리를 들 수가 없었다. 힘을 주면 비지땀만 흐를 뿐이고, 힘은 한 번 줄 때마다 약해진다. 다시 숨을 들이마시고 이번엔 마대를 휘두르듯이 반동을 주었다. 겨우 어깨까지 올라갔을 때 이번엔 몸이 반동으로 휙 돌아갔다. 뒹구는 바람에 남아 있던 힘마저 전부 날아가 버린 것 같다. 마대가 아무리 무겁다고 해도 자기 몸무게보다는 조금 가벼울 것이다. 서글펐다. 이래서야 언제까지 계속될지 모르는 포로생활을 견뎌낼 수 있을까?

가지의 몸이 팽이처럼 돌더니 쓰러지는 것을 화물열차 위에서 웃으며 보고 있던 병사가 뛰어왔다. 너와 저자는, 하고 병사가 나루토 쪽을 가리키며 "하라쇼 라보따(훌륭한 일꾼이야)."라고 말했다. 계속해서 나르는 자가 그들 외에는 없었기 때문에 병사는 두 사람의 얼굴을 기억한 모양이다. 이제 쉬어도 된다는 듯한 표정으로 가지를 본 그 병사가 가지의 마대를 둘러메더니 혀를 내두를 정도로 가볍게 가지고 갔다.

가지가 화물열차까지 갔을 때 그는 화물열차 위에서 가벼운 몸놀림으로 실어놓은 짐을 정돈하고 있었다. 가지와 나루토를 내려다보며 이제 점심이니까 밥을 먹으라는 것인지 "쿠스, 쿠스(먹어, 먹어)."를 손짓과 함께 연발했다. 이 병사는 포로에겐 점심밥이 없다는 것을 모르는 모양이다.

"쿠스, 쿠스, 네뜨다(음식물 없다)."

수염이 덥수룩한 나루토의 얼굴이 서글픈 듯 웃었다.

그러자 병사는 정말로 놀란 듯한 표정으로 양손을 벌리고 어깨를 움츠리며 고개를 가로저었다. 참 안됐구나. 뭐라도 해주고 싶은데 여기엔 아무것도 없다. 그렇게 말하고 있는 것 같았다. 그러고 나서 마대를 밟고 서서 열심히 손짓을 해가며 말하기 시작했다. 바보처럼 올려다보고 있는 두 포로에게는 그것이 이렇게 들렸다. 아니, 보였다.

"나중에 여기로 한 번 와봐. 친구가 먹을 걸 가지고 올 거야. 나눠줄 테니까 받으러 와. 알았나?"

두 사람은 다시 바보처럼 웃으며 고개를 끄덕이면서 돌아갔다.

"……나중에 또 가 볼까요?"

나루토가 물었다.

"그만둬. 지금 받았다면 모를까 나중에 또 가면 웃음거리밖에 되지 않을까 걱정이야."

그러나 가지는 공복 자체가 지금 따뜻한 햇볕에 만져지는 듯한 느낌이 들었다. 바냐인지, 알료샤인지는 모르지만 지금 본 바로는 그와 자신은 같은 인간인 것 같았다. 이런 느낌은 가지가 전쟁 속에서 그들과 접촉하게 된 이래로 처음이었다.

32

　그날은 어쨌든 먹을 것과 인연이 있는 날이었다.

　점심 휴식시간에 가지와 나루토는 넓은 구내에서 아직 간 적이 없는 쪽으로 가 보았다. 건물 사이에 있는 공터에 다른 작업반 사람들이 수십 명이나 둥근 원을 만들고 무언가를 둘러싸고 있었다. 가까이 가서 보니 그들은 저마다 손잡이 끈이 달린 빈 깡통을 들고 있었다. 그리고 그 안에서는 소련군 병사들이 점심을 먹고 있었다.

　포로들은 아무 생각도 없는 듯했다. 오로지 어느 병사가 먹던 것을 남길지를 주의 깊게 관찰하고 있을 뿐이었다. 병사들 중 누군가가 한 조각의 흑빵이나 감자 한 알이라도 던져준다면 필시 수십 명이 달려들어서 먼저 차지하려고 싸울 것이다. 포로들에 둘러싸인 병사들은 먹고 떠들면서 인간 울타리를 보고 있었다.

　"가자, 나루토."

　가지는 나루토의 팔을 잡아당겼다. 1분만 더 있었다가는 가지도 어느 병사가 음식을 남기는지를 총의 조준점을 맞추는 정확한 눈으로 자세히 관찰하게 될 것 같았다.

　"……야마다 오토조山田乙三(제2차 세계대전 당시 관동군 총사령관 – 옮긴이)에게 보여주고 싶군. 저게 관동군의 말로야."

　"……어쩔 수 없죠."

　나루토가 잔뜩 풀이 죽어서 말했다.

"마누라가 지금의 이런 비참한 내 모습을 보면 울 거예요. 도편수지만 살림은 남부럽지 않게 풍족했거든요. 그러던 내가 뭐 좀 얻어먹을 게 없을까 하고 침을 질질 흘리고 있으니……."

"나도 아내한테 들킨 것 같은 기분이 들어."

가지는 눈앞의 허공에 미치코를 그려보고 있었다. 비굴하다고 해도, 서글프다고 울어도 이것이 포로의 생활이다. 내일 내가 저렇게 서 있지 않는다고 누가 단언할 수 있겠는가.

"나 같으면 주기를 기다리지 않고 쓰레기통을 뒤지겠어."

그런 거야, 미치코. 내가 지금 생각하고 있는 것이 바로 그런 거야. 당신이 아니란 말이야.

"……썩은 거라도 주워서 먹겠어."

미치코, 당신은 그래도 날 경멸할 거야?

다른 건물 옆에서는 남자 병사 한 명과 여자 병사 세 명이 나무를 자르거나 깎고 있었다. 여기에 포로들이 모여 있지 않은 것은 아직 식사할 기미가 보이지 않기 때문일 것이다. 남자 병사는 목공병인 것 같고, 여자들은 그의 지시에 따라 사내들이나 하는 힘든 일을 하고 있었다.

톱질을 하는 여자 병사의 잘 발달한 엉덩이가 힘을 줄 때마다 힘차게 흔들리는 것을 가지는 거의 감탄하듯 바라보고 있었다. 팽팽하게 부푼 엉덩이의 살집이 차라리 부러웠던 것이다. 사내처럼 일하고, 야수처럼 거침없이 욕정을 발산하며 부끄러워하지 않을 것이다. 노동이 전혀 과중해 보이지 않는다. 그 큼직한 엉덩이로 생활을 깔고 앉아 있는 것 같다. 도편수인 나루토는 직업이 직업인지라 가지처럼 여자의 엉덩이는 보고 있지 않았다.

"나라는 달라도 목재를 다루는 방법은 같네요."

그러나 엉덩이는 달라, 엉덩이는! 가지는 소리를 내지는 않았지만 확실히 그렇게 말했다. 톱이나 자귀를 쓰는 방법 같은 건 아무래도 상관없다. 그러나 거칠게 짠 작업복 바지의 실밥이 터져 나갈 것처럼 멋진 여자의 엉덩이가 자귀질이나 톱질의 지지대가 되고 있는 것은 아무래도 상관없지는 않았다. 이는 쇠약해져가는 가지의 생명이 뭔가 생기에 넘치고 발랄한 것을 동경하고 있는 것이 틀림없었다.

옆에 있는 천막 안에서 다른 여자의 목소리가 나자 일하고 있던 사내와 여자는 거의 동시에 도구를 내려놓았다. 톱질을 하던 여자가 허리를 펴고 이마의 땀을 닦으면서 가지와 나루토 쪽을 돌아보았다. 젊고 붉은 얼굴의 못생긴 여자였다.

처음엔 의아한 표정이던 그녀가 하얀 이를 드러내며 싱긋 웃었다. 그러고는 천막을 향해 맑은 목소리로 말했다. 가지는 그녀의 아름다운 목소리만으로도 거의 연모라고 해도 좋을 답답함을 느꼈다. 이것은 물론 지금 본 큼직한 엉덩이와도, 활기찬 노동과도 관계가 있었다. 가지의 내면에 있는 굶주림과도, 고독과도 더욱 깊은 관계가 있을지 모른다.

"······드라스찌(안녕하시오)."

가지는 거의 들리지 않을 정도로 희미하게 중얼거렸다. 당신을 보게 해주시오, 아가씨. 당신을 보고 있는 것만으로도 기분이 좋소. 당신은 살아 있어요. 나도 당신처럼 활기차게 살아보고 싶소.

그녀는 한 번 더 웃더니 아무런 거리낌도 없이 엉덩이를 흔들어대며 천막 쪽으로 갔다. 곧이어 두 여자가 세면기 같은 큰 용기를 하나씩 들고 나왔다. 가지가 보았던 여자 쪽 그릇에는 흰 쌀밥이 수북하게 담겨 있었다. 밥을 지어서 버터 같은 것으로 볶았는지 김이 모락모락 나면서 노르스름하게 윤기가 흐른다.

이젠 안 되겠다, 가야지. 가지는 속으로 확실히 그렇게 생각했다. 그러나 가지의 눈은 그의 찰나적인 연모의 대상에서 떠나 산처럼 쌓여 있는 밥을 보고 있었다. 저 근사한 생명 덩어리 같은 여자의 엉덩이조차 그 밥에 흐르는 윤기와 더운 김에 가려 흐려지는 것은 어떻게 된 일일까?

가지는 역시 밥을 뚫어지게 보고 있던 나루토의 팔을 강하게 잡아당겼다.

"가자!"

여자가 쐎게 불러 세운 것은 두 사람이 등을 돌렸을 때였다. 뒤돌아보자 그녀는 큰 주걱으로 밥을 듬뿍 푸고 있었다. 주겠다는 것이다. 나루토는 가지를 보았다. 가지는 망설였다. 그러나 그 망설임은 무의미했다. 둘 다 모르고 있었지만 포로 몇 명이 냄새를 맡고 어느새 와 있던 것이다. 나루토가 가지의 안색을 살피고 용기를 내어 받으러 나가는 것보다 먼저 검은 바람처럼 신참자들이 달려들었다. 먼지가 일어날 정도로 맹렬한 기세였다.

여자는 한쪽 팔로 막으면서 날카롭게 소리쳤다. 너희들이 아니야! 그렇게 말했을 것이다. 그러나 결국은 가지에게만 준다고 한정한 것도 아니다. 여자는 귀찮아진 것이 틀림없다. 앞다투어 내미는 빈 깡통 하나에 그 밥을 쏟았다. 깡통이 흔들리며 밥 한 덩어리가 땅바닥에 떨어졌다. 두 명인가 세 명의 사내가 그 밥을 먼저 주우려고 아귀다툼을 벌였다.

"요뽀이마찌(염병할 놈들)!"

남자 병사는 먼지를 일으킨 것에 화가 났는지 숟가락을 든 손을 격렬하게 흔들며 소리쳤다.

"다와이!"

사랑은 끝났다. 구경도 끝났다. 가지는 백치 같은 표정으로 걸어갔다.

"미안, 나루토. 나도 이제 늙었나 봐."

맞으면 즉각 반응을 보이던 몸도 아주 둔해져 있었다. 그것이 꼭 몸 때문만은 아니라 마음 때문이기도 하고 저 여자에게 한때나마 걸어보았던 꿈 때문이기도 하다는 것은 나루토에게 말할 기분이 아니었다.

"저 아귀 같은 놈들!"

나루토가 중얼거렸다.

"체면이고 뭐고 없군."

두 사람의 다리는 저절로 선로 쪽으로 가고 있었다. 그것을 깨닫고 나루토가 말했다.

"역시 그 화물열차로 가 볼까요?"

"안 가. 이미 늦었어. 먼저 온 손님이 천 명은 될 거야."

선로는 몇 개나 되었지만 어느 것이나 화물열차로 막혀 있었다. 휴식 시간이라 인적도 없고 조용했다.

두 사람은 선로 사이의 땅바닥에 피곤한 몸을 눕혔다. 여기라면 화물열차에 막혀 있으니까 낮잠을 좀 자도 들키지 않을 것이다.

"요뽀이마찌!"

나루토가 갑자기 러시아인 흉내를 내며 말했다.

"좀 보세요. 어느 열차나 전리품으로 가득 차 있어요. 이 새끼들, 닥치는 대로 쓸어가는군. 기계류 같은 거면 몰라도 양철 지붕까지 벗겨 가네요. 소련이 그렇게 가난합니까?"

"독일과의 전쟁으로 모든 것이 파괴되어서 물자가 심각하게 부족한 것은 사실일 거야."

가지는 양쪽에서 차체로 구분된 하늘을 보며 말했다.

"그러나 이렇게 철저한 철거작업은 오히려 훌륭하다고 생각해. 다른 나라 사람들이 뭐라고 하든 신경 쓰지 않고 소련은 국력을 회복하는 것이 급선무라고 믿고 있어. 체면이고 평판이고 아랑곳없다는 거야. 남의 사정도 개의치 않아. ……본래 이것들은 중국이 배상으로 받아야 할 것들일 텐데 이렇게 서둘러서 가져가는 것을 보면 중국은 좀 참으라는 걸까? 나중에 메꿔주겠다는 구실로……."

가지는 입을 다물었다. 배가 고파 땅에 누워서 뒹구는 것밖에 할 수 없는 포로가 대국 간의 협상이 있었는지 없었는지를 생각해본들 소용

없는 짓이다. 그렇게 생각하자 갑자기 마음속에 진공의 단층이 생긴 것 같았다.

감청색 하늘 외에는 아무것도 보이지 않는 공간을 한참 동안 가지의 눈이 기어 다니고 있었다. 시베리아로 이어지고, 미치코가 있는 쪽으로도 펼쳐져 있는 맑게 갠 하늘의 어느 한 점에 시선을 고정시켜보아도, 그리고 무언가를 생각해보아도, 지금의 처지가 달라질 리는 없다. 인생은 그들을 뿌리치고 가 버렸다. 바로 그들이 그 꼬리라도 붙잡으려고 했을 때.

"지금 생각난 건데……."

가지의 목소리에 나루토가 고개를 돌려서 보자 가지는 눈을 감고 있었다.

"내일부터 매일 작업하러 나올 때 환자를 한 명씩 만들어서 남겨두고 올까 싶다. 격납고 주변에 막사가 많잖아? 잔류한 사람은 막사 주위를 꼼꼼히 돌며 쓰레기통을 뒤져서 조금이라도 먹을 게 되는 걸 찾는 거야. 홍당무 꽁다리든 뭐든 상관없어. 배급식에 섞어서 끓여 먹으면 돼. 그렇게라도 하지 않으면 다들 뻗어버려. 이 상태로는 겨울을 넘기지 못해. 너나 나도 마찬가지야."

살아야 한다, 살아남아야 한다. 포로의 신세에서 벗어날 때까지 살아 있어야 한다. 가지는 주먹으로 몇 번이나 땅바닥을 두들겼다.

"……먹음직했어, 그 밥. ……하지만 자비는 바라지 말자."

그 여자가 주려고 한 것만으로도 만족하고 싶었다. 거기엔 밥 외에도 뭔가가 있었다. 산다는 것의 달콤한 향기 같은 것이.

"……오늘은 천사가 미소를 지었어."

가지는 꺼칠꺼칠하게 마른 소리로 웃었다.

두 사람이 누워 있는 발 쪽에서 유개화차의 문이 열리고 거구의 사내가 나타나더니 두 포로를 보고는 빙그레 웃었다. 그러고 나서 유유히 가랑이를 벌리고 오줌을 누기 시작했다. 정면으로 보인다. 보는 쪽에서도 별로 이상할 게 없다는 듯 태연하게 본다. 오줌을 다 누고 나자 거구의 사내는 오줌 방울을 털고 만족스러운 듯 씩 웃었다. 어때, 어마어마하지? 그렇게 말하는 듯했다.

사내는 안으로 들어갔다가 금방 다시 나타나서 손에 든 크고 네모난 검은 것을 가지 쪽으로 내밀었다. 그것이 온전한 한 개의 흑빵이라는 것을 알았을 때 가지의 반응은 이번에야말로 민첩함 그 자체였다.

거구의 사내는 한쪽 눈을 끔벅이며 그 빵을 옷 속에 감추라는 시늉을 했다. 가지가 그대로 하자 거구의 사내는 잘 처리하라는 듯 다시 한 번 눈을 끔벅였다.

"스파시바(고맙소)."

가지의 입이 저절로 움직이고 있었다. 자비라고 특별히 거절하지는 않았던 것이다. 아니, 그러기는커녕 빵을 품고 있는 가슴이 급속도로 부풀어 오르고 있었다.

"가자, 나루토. 가서 다른 사람들을 기쁘게 해주자."

그렇게 말하고 나서 가지는 오랜만에 큰 소리로 웃었다.

"저 자식, 빵을 준 건 고마운데 더러운 거시길 쥐었던 손으로 줄 건 뭐야?"

두 사람은 눈을 의심할 만큼 가벼운 걸음으로 유황 창고 쪽으로 갔다.

33

그 다음 날부터 가지의 조에서는 매일 한 명씩 '병결'을 냈다. 감시병은 인원 파악을 꼼꼼하게 하지 않았지만, 성가신 것은 하사관 포로였다. 그들은 출발 전에 일일이 번호를 부르게 하며 점호를 했다. 그래도 처음 얼마 동안은 가지 조의 '병결'을 의심하지 않았다. 진짜 환자가 나오기 시작했기 때문이다.

가지는 '병결'로 대개 데라다를 남겼다. 데라다는 실제로도 몸이 좋지 않았지만, 그 정도 환자는 그 말고도 얼마든지 있었기 때문에 편애한다는 소리를 들을 수도 있었다. 그러나 이 '병결'이 먹을 것을 구해 와서 아무도 없는 동안 말 그대로 개인의 배만 채운다면 의미가 없었기 때문에 믿을 수 있는 사람이 아니면 안 되었다.

'병결' 환자는 막사 주위를 돌아다니며 여러 가지 먹을 것을 모았다. 감자 껍질, 홍당무 조각, 양배추 뿌리, 국물을 우려내고 버린 찌꺼기, 흐물흐물해져서 곰팡이가 슬기 시작한 빵 부스러기 등, 뭐든지 전에는 식료품이었던 것은 지금도 식료품이었다.

사역을 마치고 돌아온 사람들은 '쓰레기통 잡탕'에 입맛을 다시며 배를 채울 수 있었다. 자연스럽게 가지의 취사장은 활기를 띠게 되었다. 다른 조에서도 제각기 찾아다 먹었지만 가지의 조처럼 계획적이지는 않았기 때문에 가지의 취사장에 부러움과 질투의 시선을 보냈다.

데라다는 거의 하루 종일 더러운 곳을 뒤지고 다니거나 물일만 해야 했기 때문에 손이 엉망으로 짓물렀으나 만족스러운 듯했다. 불과 반년 전까지만 해도 군국주의의 어린 싹이었던 소년이 지금은 열 명 남짓한 사내들의 생명을 부양하는 역할을 하고 있는 것이다.

가지는 모닥불에 비친 데라다의 트고 갈라진 손을 보고 초년병 시절에 자신의 손이 어느 손가락이나 두 번째 마디까지 세로로 갈라져 있던 것을 떠올렸다. 그렇게 불합리했던 병영생활이 지나고 보니 차라리 편했던 것처럼 느껴지는 것은 왜일까? 잘 버텨냈다는 자기만족이 그렇게 느끼게 했는지도 모르고, 지금은 결코 잘 버티고 있다고는 생각할 수 없는 것이 그렇게 느끼게 했는지도 모른다. 가지는 아직 현재를 살고 있는 데 불과한 것이다. 앞으로의 미래를 가지의 육체는 피하려고 하고 있다.

"쓰레기통 뒤지는 것도 힘들지?"

가지가 그렇게 말하자 데라다는 갈라진 자신의 손을 보며 웃었다.

"물이 스며들 때는 그런 생각이 듭니다. 물이 많이 차가워졌어요. 이제는 얼음장 같습니다. 하지만 모아온 음식물들을 다 씻고 나면 뭐라고 해야 좋을까요, 만족감 같은 걸 느낍니다. 이걸로 모두들 내일도 괜찮겠구나 하고요. 군대에 있었을 때 저는 아무것도 몰랐어요. 상등병님이 무슨 말을 하든 상급자니까 어쩔 수 없다고 생각하고 말았죠. 전투가 벌어지기 전날 밤에 제가 상등병님한테 대들었죠?"

가지가 고개를 끄덕였다.

"상등병님이 말했어요. 넌 바보라고. 전 바보라도 비국민은 아니라고 생각하며 듣고 있었습니다. 그러고 나서 이번 전투에서 죽는 것은 개죽음이라고 하셨습니다. 기억하십니까? 전 기억하고 있습니다. 너도 이제 그걸 알게 될 거다. 자기 목숨을 지키기 위해서만 싸워라. 분전해라. 겁이 나는 걸 깨닫는 순간 필시 그것이 마지막일 거다. ……시간이 한참 흐르고 나서야 그걸 알았습니다. 그 말씀 그대로였습니다. ……꽤 많이 걸었어요. ……이런 비참한 상태가 될 줄 알고 걸었던 건 아니었지만 그래도 좋습니다. 전 살아간다는 것이 어떤 것인지 알기 시작했으니까요. 학교에서 바로 군대로 오는 바람에 세상일 같은 건 아무것도 모릅니다. 여기가 인생의 출발점인 셈이죠. 밑바닥이니까요. 여기에서 더 내려갈 곳은 없으니까요. 마음이 편합니다. 꺾이지 않으려고 버티다 보면 위로 올라가겠죠."

가지는 잠자코 있었지만 얼굴엔 미소를 띠고 있었다. 소령의 아들이 이해한 소박한 인생론이 거꾸로 자신을 가르치고 있는 듯했다. 여기가 인생의 출발점입니다. 어중간한 지식이나 사상으로는 여기가 인생의 출발점이라고는 생각할 수 없을지도 모른다.

"오늘 밤엔 꼬맹이가 꽤 말이 많군."

잡탕을 몇 그릇째 비우며 기라가 말했다.

"취사 당번은 말이 많아지나 봐. 군대에서도 그랬지만 말이야. 배식이 끝나고 나면 재잘재잘 계집 이야기나 하고. 인생철학이라니 참 드문 일이야."

"그런 소릴 할 거면 교대해도 돼."

데라다가 정색하고 말했다.

"매일 내가 남으니까 누군가는 불평할 거라고 생각했어. 내일부터는 당신이 남아. 난 작업장에 나갈 테니까."

"신경 쓰지 마, 이자가 뭐라고 하든."

가지가 데라다에게 말했다.

"남이 진지하게 생각하거나 말하거나 하면 비아냥거리는 게 이자의 버릇이니까."

"나쁜 버릇이에요!"

데라다는 그래도 진정되지 않았다. 혼자서만 편하게 지낸다고 여겨지는 것은 어처구니가 없는 일이다. 이어서 뭔가를 말하려고 했을 때 가까운 어둠 속에서 주위를 뒤흔드는 듯한 노랫소리가 일어났다. 소련군 병사들의 합창 소리다. 그들은 종종 노래를 부른다. 그리고 멋있게 부른다. 성량이 풍부할 뿐만 아니라 때로는 가냘프게 떨며 어둠의 고요 속으로 꺼져 들어가듯 흐느껴 운다. 그 뒤를 이은 제창은 씩씩하고 장중하면서도 은은히 밤하늘을 울린다. 그들은 승리의 애환을 노래하고 있는지도 모른다. 그들은 고향을 그리는 애타는 마음을 호소하고 있는 것 같기도 하다. 그들은 오늘 하루를 끝내고 오늘과 내일 사이에 생명의 무지개를 걸어놓으려고 하는 것인지도 모른다.

　노랫소리가 사라졌을 때 모닥불 옆에 있던 사내들은 방심상태에 있었다. 다른 말로 하면 그들 하나하나가 제각기 어떤 하나의 점에 마음을 모으고 있었다고 할 수 있다.

　"……저놈들은 노래하고 싶어질 만한 삶을 살고 있군."

　가지가 기대고 있던 불에 탄 양철 벽에서 몸을 일으키며 그렇게 말했다.

　"먹고 자는 것 외의 것 말이야. 군대 외의 것 말이지. 그런데 일본 군가와 왜 저렇게 다른 걸까? 우리는 교가, 응원가, 군가가 온통 규칙투성이잖아? 아니면 경박한 유행가이고. ……저런 노래를 듣고 있으면 좋은 놈들일 것 같다는 생각이 들어."

　가지를 향해 총을 쏘겠다고 위협한 놈조차 말이다. 그 설사 환자를 발길질한 자도 지금 저 노래를 부른 자들 중에 있을 것이다.

　포로들은 하나둘 일어나기 시작했다. 불은 꺼져가고 있었지만 새로 땔나무를 구해오는 것도 귀찮았던 것이다. 이제는 격납고에 들어가 지푸라기 위에서 자는 일만 남았다. 빛바랜 아침이 맞으러 올 때까지.

　뒷정리를 하면서 데라다가 말했다.

　"다른 조에서도 우리를 따라 하기 시작한 것 같습니다."

　"병결을? ……그렇겠지. 그렇게밖에는 할 수 있는 방법이 없을 테니까."

　"그건 그렇지만 다들 나가고 나면 병결이 늘었다고 하사관 같은 놈들이 로스케와 함께 병결 환자들을 몰아대니까 그렇죠. 그들을 잡아다 병원에 집어넣는 것 같습니다. 저는 이리저리 피해 다니고 있지만."

"병원에 가는 게 너한테는 편해."

"전 병원에 안 갑니다. 끌려 들어가면 바로 도망쳐 나올 겁니다. ……그건 그렇고 오늘 말이죠, 병결 환자들을 내몰던 자가 아무래도 그놈 같았습니다. 멀어서 확실치는 않지만."

"누구?"

"기리하라 말입니다."

가지의 무릎이 들썩였다.

"그 새끼가?"

그렇게 중얼거릴 때까지 잠깐 시간이 있었다.

숲속의 빈 막사에서 쫓겨난 세 사내가 가지 일행과 비슷한 코스를 밟았다면 여기에 와 있을 수도 있는 일이다.

"……괜찮겠습니까, 상등병님?"

데라다가 염려하는 것은 일대일의 힘의 관계가 아니다. 군대조직이 부활하고 있기 때문이다. 상대는 하사관이다. 일반 병사보다 우위에 있는 것을 소련군도 묵인하고 있다.

"괜찮아."

나루토가 가지를 대신해서 말했다.

"여기서 저놈들이 뭘 할 수 있겠어?"

가지는 잠자코 어둠을 향해 고개를 돌리고 있었다. 그 불쌍한 남매

때문에 화를 못 이기고 휘두른 개머리판의 일격이 여기에 와서 어떤 결과를 초래할지는 예측할 수 없었다.

잠시 후에 가지가 내뱉듯이 말했다.

"기리하라가 데머크래트인 척한다는 거군. 소련군들은 누가 무슨 짓을 했는지 모를 테니까."

34

그 다음 날 아침, 어둠의 끝자락이 남아 있는 동안 부대 편성을 다시 하여 거의 절반에 가까운 인원이 격납고에서 기차역 쪽으로 나갔다. 다른 작업장으로 간다는 것이었지만 아무도 그것이 시베리아로 보내지는 것이 아니라고 믿는 사람은 없었다.

남겨진 자들은 행운을 주운 듯한 기분도 들었고, 나중에 더 혹독한 곳으로 끌려갈지 모른다는 불안도 느꼈다. 어디로 가는지 예상할 수도 없다면 운명에 맡기는 수밖에 없다. 운명은 다가오고 있다. 가지는 차라리 가 버리고 싶은 기분도 들었다. 피하려고 하니까 늘 겁을 먹고 있어야 한다. 걸음을 내디디고 나면 각오도 달라질 것이다. 아무튼 '약속의 땅'은 있을 것이다. 수만 명이나 실려간 땅에서 가지가 살지 못할 것도 없다. 가서 일하고, 실제로 확인해본다. 그곳이 신조와 그가 서로 이야기한 '약속의 땅'인지 어떤지를.

그날 아침, 작업을 나가기 위해 정렬하기 전에 가지는 격납고에서 멀리 떨어진 막사 쪽으로 소련군 병사 하나가 소를 끌고 가는 것을 보았다. 근처 농가에서 징발한 것이리라. 야윈 일소였다. 가지는 멍하니 허공을 바라보고 있는 사내들을 보고 데라다와 나루토를 손가락으로 불렀다.

"오늘은 병결이 둘이다. 데라다, 넌 늘 저 근처까지 가나?"

가지는 병사와 소의 모습이 작아져가는 쪽을 가리켰다.

"가끔 갑니다. 곧장 가면 눈에 바로 띄어서 이쪽에 가까운 막사로 먼저 갔다가 일부러 어슬렁거리며 갑니다."

"저 소 말이야, 틀림없이 소련군 놈들이 잡아먹을 거야. 가서 내장을 전부 받아와. 한 짐 될 테니까 거적이든 뭐든 찾아서."

추운 듯 콧물을 훌쩍거리며 나루토가 빙그레 웃었다.

"소 내장만 해도 훌륭하지요. 울타리 옆까지 냇물이 흐르니까 내장 안의 것들을 씻어내면……."

"부탁해. 다와이에 걸리지 않도록 조심하고."

믹대한 지방 공급원이다. 가지 조의 사내들은 죽은 소에 의해 구원받을 것이다. 가지는 두 사람에게 몸을 잘 숨기라고 눈짓으로 말하고 포로들이 정렬하기 시작한 비행장 쪽으로 갔다.

그날은 '시베리아행'이 있었기 때문에 작업 정렬이 어수선했다. 지금까지 가지가 속해 있는 작업조를 관리하던 하사관은 성격이 온순해서 감시병이나 장교 포로의 모습이 나타나지 않는 한 거의 잔소리를 하지 않았는데, 이자가 시베리아 조에 편입된 모양이다. 지휘자가 없는 것을 틈 타 언제까지고 정렬을 끝내지 않는 이 집단 쪽으로 비행복을 입은 젊은 장교가 왔다.

"인원은 이상 없나?"

맨 앞에 서 있던 가지가 즉각 대답했다.

"이상 없습니다."

"그럼 출발해. 어물거리다간 로스케가 시끄럽게 굴 거야."

엉기적엉기적 걷기 시작했다. 잘된 것 같다.

가지는 '하라쇼 라보따'답게 열심히 일했다. 게으름을 피우고 있는 동료에게는 이렇게 말했다.

"오늘 밤엔 특별 배식이 있으니까 좀 더 열심히 해."

그러자 기라가 싱글거리며 말했다.

"하사관이 없어져서 잘됐다 싶었더니 오늘 밤엔 네가 하사관으로 승격하는 거냐?"

일하는 자와 일하지 않는 자 사이에는 목적의 유무와는 상관없이 대립각이 생긴다. 같은 솥에 있는 밥을, 이런 경우는 같은 석유통의 잡탕을 먹는 데서부터 생기는 모양이다.

"싫어. 너무 똑똑해지는 건."

기라는 게으름을 피우고 싶어 하는 군중심리를 등 뒤로 의식하며 말을 이었다.

"네가 열심히 일하는 것은 상관 않겠지만, 우리가 어떻게 하고 있든 내버려뒀으면 좋겠어. 너한테 손해는 안 될 거야. 네가 더 눈에 잘 띄게 될 테니까."

"하지만 모두한테 손해가 된다는 게 문제지."

가지가 응수했다.

"우리가 무장해제를 당한 날 도망가거나 하면 모두에게 영향이 미친다고 한 건 너였지? 오늘은 그걸 돌려주지. 너무 농땡이를 부리다 주목을 받으면 병결도 못 내. 시장함을 느끼는 건 나뿐만이 아닐 거야."

"……특별 배식이란 게 뭐지?"

누군가가 물었다.

"지방과 단백질이다. 일주일은 거뜬히 버틸 수 있을 거야. 몸을 움직여서 기분을 바꿔봐."

가지는 많은 말을 하지 않고 일하기 시작했다. 대부분의 사람들은 마지못해하면서 몸을 움직이기 시작했다. 가지는 지금까지 거짓 약속을 한 적이 없었기 때문에 믿는 마음이 생겼을 것이다.

그 대신 다들 너무 지쳐버려서 점심 휴식시간이 끝난 것을 알리는 사이렌이 울려도 움직이려고 하지 않았다.

가지는 몹시 못마땅했다. 건강한 사람이 환자들만 있는 곳에서 느끼는 혐오감과 비슷하다. 우울해진다. 하지만 그들을 향해 일하라고 말할 권리는 없다. 일해달라고 부탁할 이유도 없고, 방법도 없다. 어정쩡한 이치를 대며 설득해봐야 소귀에 경 읽기밖에 안 될 것이다.

'평화에 대한 공헌'도, '인간 해방'도 지금 이 자리에 있는 사내들의 영혼을 끌어당기지는 못한다. 우선, 전쟁은 끝났지만 평화가 어디에 있는지 모른다. 인간 해방이라는 것은 포로 노동이라는 부역을 지불해야만 하는 것일까? 속죄를 위해서라면 소련보다도 중국에게 지불해야 할 것이다. 그런 말을 들으면 반박할 말이 없다. 이곳엔 아직 민주화의 토대도 없고, 합리화의 실마리도 없다. 승자의 '정치적 필요'가 모든 것을 우선하고 있는 것은 분명하다. 어쨌든 이런 시기를 살아서 견뎌내야 한다. 위축되어서 동면하는 식의 방법이 아니라 자주적인 행동으로 제한된 조건 속에서 최선의 것을 선택할 필요가 있다.

그런 이치조차 받아들이려고 하지 않는 자가 많은 것이다. 가지는 공연히 화가 치밀었다. 누구의 간섭도 받지 않고 자기 혼자서 살아가겠다는 마음을 갖지 않는 것이 서글펐다. 속이 상하지만 그들을 생각하지 않고는 자신도 살아갈 수 없다는 것을 자각하고 있기 때문에 더욱 속이 상한다.

마음대로 해라. 나도 나만 생각할 테니까.

포로들은 오늘 아침의 비행복을 입은 장교가 오는 것을 봤지만 모른 척하고 있었다. 작업 개시다. 사이렌이 울린 걸 모르나? 그런 소리를 하면, 네? 그랬습니까? 사이렌이 울렸나요? 자넨 들었나? 난 전혀 몰랐어. 그렇게 말하고 아무 일도 없었다는 듯 주변을 어슬렁거리면 된다.

장교는 그렇게는 말하지 않았지만 사내들의 모른 척하는 태도에 감정이 상했다. 전 같았으면 그들은 먼저 본 자가 "차렷!" 하고 구령을 붙이고 모두가 거수경례를 했을 것이다. 그는 약간 창백해진 얼굴로 창고로 들어섰다. 창고 안에서도 일고여덟 명의 사내가 마대에 앉아 있었고, 가지는 옮길 마대에서 유황 덩어리를 바닥에 쏟고 있었다.

"뭘 하고 있나?"

장교의 목소리에 가지는 동작을 멈췄지만 상대의 아직 별로 더러워지지도 않고 따뜻해 보이는 비행복을 보고 있을 뿐 대답하지 않았다.

"뭘 하고 있었냐고?"

장교의 목소리가 날카로워졌다.

"이 조의 지휘자가 누구냐?"

일을 하는 척하던 사내들에게 묻자 한 명이 퉁명스럽게 대답했다.

"지휘자라고 정해놓은 사람은 없습니다. 주로 나서는 사람은 그 사내입니다만."

장교의 시선이 가지에게 돌아왔다.

"너희들, 반장이 없는 틈을 타서 농땡이를 부리다간 로스케한테 된통 당하게 돼."

"일하고 있었습니다, 우린."

다른 사내가 입을 삐죽이며 말했다.

"뭣 하면 장교님이 짊어져보시죠."

또 다른 자가 말했다.

"작업이 고된 건 여기뿐만이 아니야!"

장교가 눈썹을 실룩거리며 말했다.

"넌 뭘 하고 있는 거야?"

"옷을……."

가지가 잠에 취한 듯한 목소리로 말했다.

"이 마대로 만들려고 합니다."

"로스케한테 들키면 어쩌려고 그래?"

"잔소릴 하면 제가 설명하겠습니다."

가지의 목소리는 더 이상 잠에 취해 있지 않았다.

"그들도 잔소리 같은 건 안 할 겁니다. 제대로 갖춰서 옷을 받은 자들도 많지만 우린 하계용 군복이고, 전투 때부터 입던 옷이니까요. 추위에 가장 먼저 혼이 나는 건 고생을 가장 많이 한 자들이지요. 당신 복장은 훌륭합니다. 마대 따위는 필요 없겠네요."

장교는 악담을 듣고도 흥분하지 않으려고 애쓰고 있는 듯했다.

"나쁜 말은 하지 않겠다. 원래대로 돌려놔. 비록 마대에 지나지 않더라도 전리품을 훔쳤다면 그냥은 넘어가지 않을 거다. 일본인의 체면에도 문제가 돼."

"내버려두시지요. 이제 일주일만 지나면 물도 얼어붙습니다. 이런 것이라도 입지 않는 것보다는 낫겠죠. 난 다른 사람에게도 권할 생각입니다."

"너 때문에 전원이 의심받게 되면 어쩔 거야? 그래도 상관없나?"

"……전원이 아니라 노게 씨나 당신이겠죠."

가지는 마대 한 장을 정성스레 접어서 옆에 놓았다.

"난 이걸 입고 다닐 겁니다. 아래위로 한 장씩이요. 좀 더 추워지면

한 장 더 입을지도 모릅니다. 누가 방한복을 지급해준다고 보장해줬습니까?"

장교는 더 이상 아무 말도 하지 않고 나갔다. 가지는 더러운 기분을 애써 떨쳐버리려는 듯 접어놓은 마대를 다시 펴서 보았다. 자루 밑을 자르면 스커트가 되고 양 옆에 구멍을 내면 블라우스다. 끈 같은 걸로 허리띠를 삼아 맨다. 이것으로 영락없는 거지꼴이 된다. 가지는 쓴웃음을 지었다. 마리노프스키가 와봐라, 날 탓할 수 있겠는지.

양철 조각으로 마대에 구멍을 내기도 하고 자르기도 했다. 입고 새끼줄로 허리띠를 했다. 걸어보니 마대 끝자락이 무릎에 걸렸다. 타이트한 스커트다. 양 옆을 중국옷처럼 찢었다. 그렇게 하자 움직임이 자유로워졌다. 따뜻해졌는지 어떤지는 모르겠다. 그래도 좀 더 추워지면 입지 않은 것보다는 틀림없이 나을 것이다.

그 모습으로 일하기 시작했다. 소련군 병사는 아무 말도 하지 않았다. 좋은 옷을 입고 있는 포로들은 해괴한 거지꼴을 보고 싱글싱글 웃었지만, 닳고 닳은 누더기 옷을 입고 있는 자들은 웃지 않았다. 누가 어떤 꼴을 하고 있든 이들을 웃게 할 수는 없었다.

가지는 매일 한두 장씩 가지고 와서 데라다에게도 입히고, 침구도 만들려고 생각했다. 어쨌든 살기 위해서는 어떤 일이든 사양하지 않을 생각이었다. 그 대신 일할 것이다. 하는 일 없이 쇠약해지거나 죽음을 기다리는 짓 따위는 하지 않을 것이다. 가지는 하루 종일 일했다.

취사장에서는 데라다가 걸쭉한 잡탕을 만들어놓고 기다리고 있었지만 나루토는 없었다. 가지가 물어보기도 전에 데라다가 말했다.

"역시 그놈이었습니다!"

가지의 표정이 경직되었다.

"그놈이 오늘 병결이나 농땡이를 부리는 자들을 잡아서 기차역인가 어딘가로 끌고 갔습니다. 저는 피했지만 나루토는 로스케와 그놈한테 붙잡혀서 환자라고 주장하며 사역에 나가지 않았습니다. 그랬더니 병원에 강제로 끌려갔습니다. 병에 걸리지 않았으니까 금방 돌아오겠거니 생각했는데…… 어떻게 됐을까요?"

데라다가 용케 피할 수 있었던 것은 포로들을 잡으러 다니는 동안에만 피해 있으면 감시병과 일반병 사이에는 횡적인 연락이 없으므로 일반병은 남은 포로에게는 남을 만한 이유가 있다고 생각하고 있기 때문이라고 한다.

"……나루토는 나이가 있으니까 뭔가 생각하는 것이 있을 거야. 꾀병을 부려서라도 병원에 들어갔겠지."

가지는 그렇게 말했지만 기리하라가 여기에 있는 것이 사실이고, 하사관 행세를 하며 감시병에게 아첨하고 있다면 마음을 놓을 수 없다고 생각했다. 자신이 저지른 짓 따위는 개의치 않는 자다. 선천적인 자기편의주의자다. 영혼을 팔아버리는 것쯤은 대수롭지 않게 생각할 것이다.

기름이 둥둥 뜬 잡탕에 사내들이 입맛을 다시고 있을 때 가지는 모래알을 씹듯이 먹고 있었다. 맛이 없는 것은 아니었다. 뱃속이 먹을 것을 원하고 있었다. 그러나 마음은 다르다. 무겁고, 딱딱하고, 날카로워져 있었다.

모두가 한창 먹고 있을 때 어지러운 발자국 소리가 격납고를 돌아 취사장 쪽으로 다가왔다. 다른 작업반이 돌아온 모양인데, 목소리가 밝은 것을 보니 뭔가 수확이 있었던 게 틀림없다.

잠시 후에 발소리 하나가 가지 조가 있는 자리 옆에서 멈췄다.

"이 근처였어……."

누군가가 중얼거리면서 모닥불 불빛 아래로 얼굴을 들이밀었다.

"그 곰 같은 놈이 여기 있었지, 수염투성이의……."

그렇게 말하고 나서 가지와 정면으로 시선이 마주쳤다. 기리하라다. 빙그레 웃는 여유가 있었던 것은 기리하라가 자신이 유리한 입장이라는 것을 알기 때문이다.

"보고 싶었는데 이렇게 다시 보게 되는군."

"……꼴도 보기 싫은 낯짝이다."

가지는 이 몇 초 동안에 생각을 굳혔다. 상대를 회나게 해서 지금 당장 소동을 일으키면 사태는 간단히 수습될 것 같았다. 그런 마음이 이렇게 말하게 했다.

"강도강간의 상습범이 이런 데서 어물거리고 있어도 괜찮을까?"

기리하라는 역시 쉽게 걸려들지 않았다.

"네 덕분에 난 그 뒤에 바로 포로가 되었다. 머리는 쓰기에 달렸지.

그 덕에 난 그럭저럭 열성분자가 되었어, 이 기리하라 씨가 말이야. 너희들이 지저분한 몰골로 나타나기 전부터 난 여기에 있었다."

"……후쿠모토와 히키타는 어떻게 됐나?"

"갔지."

만족스러운 듯 웃은 것은 약삭빠르게 처신한 기리하라만이 시베리아행을 면했다는 의미다.

"오늘 아침에…… 이름이 뭐였더라, 그 덩치 큰 놈 말이야. 그놈한테 들었는데 네가 조장이라면서? 여기선 산적 두목은 통하지 않는 줄 알아라. 그건 그렇고, 그 덩치 큰 놈, 상당히 멍청하더군. 기차역 사역에 나가면 오늘은 쌀과 설탕을 받았을 텐데, 꾀병을 부리기에 병원에 처넣었지. 꾀병이 들통 나면 소련군은 용서하지 않거든."

기리하라의 눈이 가지에게서 떨어져 포로들을 한 번 둘러보고 나서 불 위에 걸려 있는 잡탕 통에 고정되었다. 그곳으로 다가가서 잡탕을 떠서 보고는 씩 웃었다.

"내일부터 이 근처를 주의해서 봐야겠군. 너희들이 너무 쓸데없는 재주를 부리지 못하게 말이야."

기리하라는 불 옆에서 떠나며 한마디 덧붙였다.

"가지, 이번엔 내 차례다."

가지는 기리하라가 멀어져가는 발소리를 가만히 듣고 있었다. 그 소리는 기껏해야 대여섯 걸음 만에 들리지 않게 되었을 텐데, 언제까지나 들리는 것 같았다. 충분히 만족한 사내의 발소리다. 기리하라는 교묘하게 소련군에 대한 '충성'을 가장하고 있다. 소련군 병사도 그런 자를 이용하는 것이 편리할 것이다.

'저 자식의 가면을 벗길 때까지는 나도 살아 있어야 해……'

가지는 그렇게 생각한 것을 입 밖으로 냈는지 안 냈는지조차 기억에 없었다.

35

며칠이 지나자 추위가 갑자기 심해졌다. 작업하러 나가는 사내들의 발밑에서 대지가 우지직우지직 소리를 냈다. 얼기 시작한 것이다. 해가 뜨자 추위는 아직 그렇게 심하게 느껴지지는 않았지만 그것도 이제 얼마 남지 않았다. 겨울이 사내들의 쇠약해진 몸에 손톱을 박고 가차 없이 파고들 것이다.

그날 휴식시간에 가지는 노게에게 불려갔다. 목재를 쌓아놓은 양지바른 곳에서 노게는 일고여덟 명의 장교들과 햇볕을 쬐고 있었다.

"넌…… 아, 너라고 부르는 게 기분 나쁘면 자네는…… 입버릇이 돼서 원. 민주주의의 세상이 된다니 고쳐야지."

노게가 싱글싱글 웃으면서 말하기 시작했다. 마대를 입고 있는 가지를 보고도 이상해하는 표정은 아니었다.

"일은 잘하지만 고의로 사보타주를 시킨다는데 정말인가?"

"사보타주가 아니라 병결입니다. 고의는 아닙니다. 부득이했습니다."

"사보타주가 됐든 병결이 됐든 상관하지 않겠네. 고의로 그랬든 부득이하게 그랬든 상관없어. 하지만 곤란하네, 그건. 소련군 장교가 펄쩍 뛰며 분개하고 있다는 거야. 뭐, 자네 조뿐만 아니라 요즘 환자가 부쩍 늘긴 했지. 무리도 아니지만 저들은 그렇게 생각해주지 않아. 이 일대의 작업을 겨울이 오기 전에 끝내야 하는데 능률이 전혀 오르지 않는다고 분개하고 있는 것 같네. 아니, 같은 게 아니라 내게도 잔소리를 했어. 장교라지만 내 자식 같은 애송이지. 그 애송이가 말이야, 이렇게 간단한 작업도 사보타주를 한다면 시베리아로 보내고 나서는 가장 북쪽의, 한 번 가면 돌아올 수 없는 곳이 있다는데, 거기로 보내겠다고 협박하더군. 종신형을 받은 소련인들이 가는 곳인 모양이야. 나도 생각이 많아지더군. 자식 같은 애송이한테 욕을 듣는 거야 뭐 괜찮지만, 많은 동포의 장래가 암담해지는 것 같아서……."

노게가 가만히 가지의 변화를 관찰해보았지만 가지는 그저 목석처럼 서 있을 뿐이었다.

"어찌 생각하나?"

"……어떻게도 생각하지 않습니다."

가지가 얼굴과 마찬가지로 표정이 없는 목소리로 대답했다.

"시베리아에서 포로의 노동력 배치 계획은 정해져 있을 겁니다. 그곳에 와 있는 장교는 지령의 집행기관에 지나지 않습니다. 어디로 끌려가든 어쩔 수 없죠. ……특별히 절 부르신 이유는 무엇입니까?"

"사보타주를 중단해주게."

"동포의 장래가 암담해지기 때문입니까?"

가지는 우울한 웃음을 흘렸다.

"전 또 사회주의 강의를 듣는 줄 알았습니다. 그랬다면 전 난처했겠죠. 사회주의를 반대하고 싶지는 않으니까요. 하긴 주의야 어떻든 인간에게 해가 되는 일에는 반대하지만요. ……충고는 고맙지만 저는 제 방법을 바꿀 마음은 없습니다."

다른 장교들은 화가 치미는 것 같았다. 각자의 자리에서 몸을 들썩였다. 노게는 가볍게 고개를 끄덕였을 뿐이다.

"……자네는 장교였던 사람에게 대드는 것에 흥미를 갖고 있는 모양이군. 그 마대로도 나가누마 공군 중위를 끽소리도 못하게 했다지?"

"흥미가 있는 것은 아닙니다. 필요가 저에게 그렇게 시켰을 뿐입니다. 지금 같은 경우도 그렇습니다. 저는 소련군이 포로들에게 배식해주는 것이 결코 좋다고는 생각하지 않습니다만, 심각하게 잘못되었다고도 생각하지 않습니다. 객관적으로 보면 형편없이 나쁘겠지만 실제로는 그렇게밖에 할 수 없을 겁니다. 할 수 있으면 더 해주겠죠. 그렇게 생각하고 싶습니다. 하지만 그렇게 될 때까지 우린 견딜 수가 없습니다. 체력을 소모하지 않고 여기까지 온 자와 꽤 소모한 자 사이에는 큰 차이가 있으니까요. 소련군은 지금 현재 일본인 포로에게 전 소속 부대의 계급을 적용하고 있는 것 같으니까, 당신들의 힘으로 우리가 안심하고 충분히 먹을 수 있게 해준다는 보장이 있다면 저는 제 생각을 바꾸겠습니다. 어떻습니까, 그 점은?"

"……나 역시 포로일세."

노게의 얼굴에 초조한 빛이 언뜻 스쳤다. 이런 놈이 있으니까 곤란하지. 노게는 가지 같은 종류의 사내를 주체하지 못했다. 본인은 성실하게 일하고 있으니까 무턱대고 나무랄 수도 없다. 우익인 척하는 사내의 얕은 생각이 낳은 수작이라면 입에 발린 말로 속일 수도 있다. 이자는 친소파가 틀림없다. 그런 자가 생각한 끝에 완강하게 '반소적'인 행동을 하여 본래는 반소적인 노게를 곤란하게 한다는 것이 성가신 것이다.

"……자네 흉내를 낸 건 아닐 테지만 다른 조에서도 고의로 사보타주를 하는 자가 나오고 있네. 소련군 당국은 그렇게 보고 있어. 바람의 세기가 점점 강해지고 있네……."

"……바람의 세기라."

가지가 입가를 일그러뜨리며 웃었다.

"당신네들은 장교 대우를 받고 있으니까 쇠약해질 걱정은 없겠지요. 우린 보시면 알겠지만, 예전의 관동군이 지금은 거지 집단이란 말입니다. ……저는 제 힘으로 저를 지킬 수밖에는 없습니다."

"그럼 자넨 내가 부탁해도 사보타주는 그만두지 않겠다는 건가?"

"……그만두지 않겠습니다. 사보타주가 좋지 않다는 건 알지만 그만둘 수는 없습니다."

"멋대로 구는 건 용서하지 않겠다!"

느닷없이 노게가 소리를 질렀다. 소령의 관록이 느껴지는 목소리다.

이런 식으로 수백 명에 달하는 부하들을 통솔했을 것이다. 뱃속까지 울리는 질타에 가지는 하마터면 마음의 자세를 무너뜨릴 뻔했다.

"대를 위해 소가 희생된다는 말이 있다. 네 행동 여하에 따라 널 소련군에 넘길지도 몰라!"

가지는 무릎이 후들후들 떨리기 시작했다. 무서운 것은 아니었다. 모든 일이 자신의 생각과는 반대로 되어버릴 것 같은 생각이 자꾸만 들었기 때문이다. 노게 일당은 '동포의 장래'를 구실로 자신들의 보신을 획책하고 있는 것에 지나지 않을 것이다. 사회주의 건설에 대한 협력 따위는 털끝만큼도 생각하지 않고 있다. 단지 자신들의 입장이 궁지에 몰리지 않도록 병사 포로들이 소련군의 말대로 움직여주길 바랄 뿐이다. 그러면서도 병사들이 진짜 '빨갱이'가 되는 것은 곤란하다. 사보타주를 하더라도 가능한 한 티가 나지 않도록 요령껏 소련군의 심기를 거스르지 않는 선에서 하여 하루라도 빨리 귀국하는 데 지장이 없게 하고 싶다.

일단 귀국하고 나면 배신하고 소련군을 비방할지도 모른다. 그런 무리들이다. 그런 무리가 가지를 '소련군 병사에게 넘긴다'고 말하며 위협할 수 있는 입장에, 그것도 소련군의 허락하에 놓여 있다. 소련군이 가령 노게라는 인간을 모르기 때문에 실수로 그렇게 하고 있다면 그럴 수도 있다. 그러나 작업을 진척시키기 위해서 어쩔 수 없이 그렇게 하고 있는 것에 지나지 않는다는 걸 알고 있기 때문에 가지의 입장에서는 더욱 참을 수 없는 것이다.

"……어쩔 수가 없지요."

가지는 호흡을 몇 번 가다듬고 나서 말했다.

"작업이고 뭐고 아무것도 하지 않고 빈둥거리고 있는 당신들을 소련군이 신뢰하고 있다면 전 그들 손에 넘겨진다고 해도 어쩔 수가 없다고 생각합니다. 저는 착실하게 일하고 있고, 앞으로도 그럴 생각입니다. 그와 동시에 전 제 주위에 있는 사람들만이라도 육체적으로 쇠약해지는 것을 막아줄 것입니다. ……전 말이죠, 노게 씨. 사회주의의 장래를 믿습니다. 마찬가지로 동포의 장래도 믿습니다. 하지만 만약 지금의 소련군 중에서 어떤 자가 당신과 저의 차이를 잘못 평가한다면 그런 놈은 믿지 않습니다. 또 그런 놈이 시키는 작업이 정말로 인간을 위한 것이라고도 생각하지 않습니다."

가지는 노게의 말을 기다리지도 않고 그 자리를 떴다.

작업장으로 돌아오자 여전히 빈둥거리고 있던 기라가 말했다.

"어떻게 됐나, 노게와의 이야긴? 네가 일전에 장교를 혼내준 것처럼 노게를 몰아세우기라도 하면 모처럼 얻은 이 편한 작업이 허사가 될까 봐 걱정했는데."

가지 조의 작업장은 얼마 전에 타일이 깔린 큰 욕실 같은 곳으로 바뀌었다. 펄프를 표백하던 곳이었는지, 바닥과 벽이 전부 타일로 되어 있었다. 이 타일을 한 장씩 뜯어내는 작업을 하게 된 것이다.

"편한 작업이라니, 그래 넌 몇 장이나 뜯었는데?"

가지가 언짢은 눈으로 기라를 보았다.

"너 같은 놈이 없었다면 난 노게랑 좀 더 강하게 싸울 수 있었어."

"……너도 이제 슬슬 신경질을 내기 시작하는군."

기라는 가지를 비웃으며 그의 날렵한 손놀림을 미리 피하듯 두세 걸음 움직였다.

"넌 좋은 녀석이지만 역시 바보야. 성실하게 사는 것만이 옳은 길은 아니라는 걸 아직도 모르겠나? 엉터리 같은 환경에 처하면 엉터리로 살아야 해. 이것이 객관적으로 옳은 유일한 길이라고."

그럴 리가 없을 것이다. 그러면서도 그럴지도 모른다는 생각이 들었다. 기라는 고통을 덜 받으며 살아갈 수 있을 것이다. 그 결과 기라의 말대로 살아남는 것은 기라일지도 모른다. 가지 같은 사람이 피와 땀을 흘리며 닦아놓은 길을 기라 같은 자가 싱글벙글 웃으면서 편안히 걸어간다. 그렇게 된다면 도저히 참을 수 없을 것이다. 어떻게 그럴 수가 있단 말인가!

"……핑계 없는 무덤은 없는 법이니까."

가지는 정을 주워 들고 타일 벽으로 향했다. 타일의 이음새에 정을 대고 망치로 내려친 첫 가격이 보기 좋게 튕겨 나오며 가지의 시도가 무산된 것을 비웃는 듯했다. 가지는 정도 망치도 내팽개치고 싶어졌다. 주위를 둘러보니 몇 명의 사내가 하얗고 반들반들한 벽을 향해 부지런히 망치를 휘두르고 있었다. 체력적으로 무리가 가지 않는 일이라면 그들은 무위와 지루함에 사로잡히기보다는 일을 선택하는 것일까? 가지는 마음을 고쳐먹고 다시 망치를 휘둘렀다.

36

 기리하라는 데라다를 호시탐탐 노렸다. 물론 데라다를 잡는 것이 목적은 아니었다. 가지를 사보타주의 장본인으로 감시병에게 잡아다 넘기고 싶은 것이다. 데라다는 아침에 작업조가 나갈 때 몸을 숨기는 데 매번 신경을 써야 했지만 기리하라가 가지에 대한 악감정으로 자신을 노리고 있다는 것을 알자 가지가 말리려고 해도 듣지 않았다. 데라다로서는 은인인 가지의 편을 드는 것이 당연했고, 이 기회에 기개가 있는 자신의 모습을 보여주고 싶기도 했다.

 그러나 언제까지나 기리하라의 눈을 속일 수는 없었다. 며칠 후에 데라다는 기리하라에게 붙잡혀서 얻어맞았다. 데라다 외에도 일고여덟 명이 먹을 것을 줍기 위해 '병결'로 남아 있었지만 기리하라는 데라다를 잡는 것이 그의 목적을 이루기 위한 수단이었기 때문에 데라다만을 흠씬 두들겨 팬 다음 감시병에게 끌고 갔다.

 데라다는 끝까지 입을 다물고 있었다. 감시병은 포로에게 일을 시키기만 하면 되었으므로 별로 엄하게 문책하지도 않고 기리하라에게 기차역 사역을 시키라고 했다. 이날은 역 창고에 있던 콩을 실어내는 일이었다. 하역 인부들은 현장에 있는 병사의 눈을 피해 콩을 조금씩 훔쳤다. 데라다는 기리하라가 눈을 부라리고 있었기 때문에 처음엔 참았지만 쓰레기통에 비하면 여긴 보물창고 같은 곳이었다. 정말이지 칼로리가 풍부해 보이는 콩의 유혹에 그만 지고 말았다.

기리하라는 그것을 기다리고 있었다는 듯 데라다를 때리고 발가벗겼다. 데라다의 옷에서는 한 되 남짓한 콩이 나왔고, 기리하라는 감시병들이 보고 있는 앞에서 다시 데라다를 흠씬 두들겨 팼다. 소련군 병사들은 일본인이 자신들과는 다르게 때리는 모습을 재미있어 하면서 지켜보고 있었다.

그때 한 젊은 병사가 와서 기리하라를 떠밀더니 거친 말투로 힐책했다. 통역이 없었기 때문에 의미는 전혀 통하지 않았지만, 주근깨투성이인 그 병사의 얼굴이 벌겋게 달아올라서 주근깨가 거의 보이지 않을 정도였으니 기리하라의 폭행을 꽤나 엄하게 나무란 모양이다. 웃으며 보고 있던 병사들이 멋쩍은 듯 움츠린 것은 그 병사가 동료이긴 해도 특별한 지위를 가졌기 때문인 것 같았다.

그 젊은 병사는 데라다가 옷을 입고 물러갈 때까지 방금 전과는 전혀 다르게 동료들과 유쾌하게 이야기를 주고받았다. 기리하라는 병사들이 그 사내를 '타바리시치 차파예프(차파예프 동지)'라고 두세 번 부르는 것을 들었다. 이자가 진짜 당원인 것이다. 기리하라는 좋지 않은 자에게 야단맞았다고 생각했다. 그 차파예프는 잡담을 끝내고 갈 때 기리하라를 보고 다시 뭐라고 말했다.

기리하라가 딱 한마디 알아들은 것은 '니에 하라쇼'다. 좋지 않다는 말이니 기리하라가 좋지 않다는 뜻일지도 모른다. 맘대로 해라! 기리하라는 마음속으로 투덜거렸다. 난 네가 당원이든 뭐든 알 바 아니다. 그는 야단맞은 화풀이로 데라다가 녹초가 될 때까지 작업을 시켰다.

데라다는 밤이 되어 다리를 질질 끌며 겨우 격납고로 돌아왔다. 나루토가 병원에서 돌아와 있었다. 병원이 만원이었기 때문에 나루토 같은 거구가 '신경통'을 호소해도 통하지 않았던 것이다. 나루토는 선물로 병원 모포를 잘라서 옷 속에 두르고 돌아왔다. 그 모포로 데라다의 몸을 싸서 모닥불 곁에서 쉬게 하고 있을 때 가지 일행이 돌아왔다.

가지는 데라다가 당한 일을 듣고도 아무 말이 없었다. 데라다의 이마에 자신의 차가운 손을 대고 열이 있는 듯하자 자기 이마를 데라다의 이마에 바짝 댔다. 데라다는 바들바들 떨면서 어머니에게 응석을 부리듯 가만히 있었다.

비참한 식사였다. 사내들은 쓰레기통에서 가져온 선물에 너무 익숙해져 있었다.

"내일은 내가 남을게."

가지가 불쑥 말했다.

"작업은 너희들이 알아서 해주고. 농땡이를 치든 열심히 일하든 너희들 마음대로지만. ……작업 지시는 나루토가 받아주고, 알았지?"

나루토는 고개를 끄덕였다. 가지가 뭔가 결의한 것 같다는 것을 느끼고 걱정했지만 데라다의 이마에 손을 대고 있는 가지의 얼굴이 험악하게 굳어져 있는 것을 보고는 아무 말도 할 수 없었다.

바보 같은 짓일까, 내가 하려는 짓이? 가지는 그 다음 날 아침, 모두가 나가고 없는 취사장에 가만히 앉아서 기리하라를 기다리고 있었다.

감시병이 오면 피해야 한다. 기리하라가 혼자 오기를 바랐다. 어떻게 할지는 아직 결정하지 않았다. 어떻게 될지도 아직 전혀 알 수 없었다.

감시병이 격납고 뒤쪽에서 모습을 나타냈다. 가지는 조마조마했다. 발소리가 다가왔다. 아무래도 혼자 같다. 함석판에 둘러싸여 있는 칸막이 안쪽을 일일이 확인하고 있는 모양이다. 가지는 부젓가락 대신 쓰고 있는 와이어로프 조각을 뚫어지게 보고 있었다. 그것을 휘둘러서 기리하라를 때려눕히는 자신의 모습을 상상해보았다. 이 상상은 소름 끼칠 정도로 통쾌했다.

얼굴이 나타났다. 웅크리고 있는 가지와 시선이 마주친 채 그대로 얼어붙었다.

"너냐……?"

기리하라가 허연 입김을 토해냈다. 설마 했을 것이다. 그 순간 마땅한 묘안도 떠오르지 않은 것으로 보였다.

"……날 사역장에 데리고 갈 건가? 콩을 좀 얻고 싶은데."

"……좀 더 좋은 데로 데리고 갈 수도 있지."

기리하라가 빙그레 웃었다. 가지는 와이어로프 쪽을 다시 한 번 보았다. 이건 아직 쓰지 않는 게 좋을 것 같다.

"내가 데라다를 대신해서 매일 남게 되었다."

가지는 석유통 손잡이를 잡고 일어섰다.

"네가 시키는 사역에 나가도 돼. 아니면 쓰레기통을 뒤지게 해주겠나? 소련군 병사에게 내가 상습적으로 농땡이를 부리고 있다고 해도 된다. 사보타주를 선동하고 있다고 해도 되고. 거지 동업자가 열 명 이상은 된 것 같으니까."

"허세를 부리는 것도 지금뿐인 줄 알아."

기리하라는 가지를 사역에 내몰려고도 하지 않고 말했다.

"넌 시베리아의 감옥행이야. 가엾게도."

"상관없어. 어디든 가겠다."

가지는 석유통을 들고 기리하라 앞을 지나갔다.

"단, 이 한 마리를 잡아 죽이고 나서야. ……데라다는 안에서 자고 있다. 넌 오늘 저 녀석에게 흑빵이라도 한 조각 갖다 줘. 그 정도는 해줘야 되는 법이야."

가지는 격납고 쪽을 돌아보았다. 감시병은 마대를 입은 더러운 포로를 봤을 테지만 그 옆에 기리하라가 있었기 때문인지 아무 말도 하지 않았다. 기리하라는 멀어져가는 가지의 뒷모습을 바라보며 그를 처치하겠다는 계획을 다음으로 미뤘다. 어차피 앞으로 하루나 이틀이다. 가지는 반드시 처벌받게 되어 있다.

37

이튿날 새벽은 더 추웠다. 그 때문만은 아니겠지만, 격납고 한구석에서 포로 하나가 죽었다. 옆에서 자고 있던 자가 일어나 보니 이미 싸늘하게 경직되어 있었다. 새벽 어스름 속에서 그 부근이 소란스러워졌다. 소련군 병사가 두세 명 와서 포로들에게 지시했다. 죽은 자는 동료들이 데리고 나갔다. 그것이 지나가는 것을 데라다가 보지 못하도록 가지는 몸으로 가렸다.

"……무슨 일입니까?"

데라다가 일어나려고 하자 가지는 매정하게 말했다.

"가만히 누워 있지 않으면 너도 저렇게 돼."

"……전 죽지 않습니다."

데라다가 거적 속에서 말했다.

"여기까지 살아서 왔으니까요. ……이보다 더 힘든 일도 있었는데요, 그렇죠?"

고통은 좀 줄어들고 있는 걸까? 죽음이라는 형태로 고통이 끝나는, 그런 건 아니겠지? 방금 운반되어 나간 저 사내가 열흘 후, 혹은 한 달 후의 데라다나 가지가 아니라고 누가 장담할 수 있겠는가.

"……가만히 누워 있어. 금방 돌아올 테니까."

가지는 일어서서 거적에서 일어나 나온 수백 명의 사내들이 웅성거리고 있는 곳으로 들어갔다. 데라다와 그 주위에 있는 자들은 넓은 격납고 어딘가에서 가지가 외치는 소리를 들었다.

"미나가와 통역은 어디에 있나?"

미나가와는 노게 옆에 있었지만 대답하지 않았다.

포로 중 누군가가 그를 부르는 것은 대개 염치없는 부탁을 하기 위해서인 경우가 대부분이었기 때문에 일일이 들어주다가는 끝이 없었다. 그뿐만이 아니라 친절을 베풀어서 들어주었다가 자신의 입장이 불리해지는 경우가 많았던 것도 사실이다.

겨우 미나가와를 찾아낸 가지가 말했다.

"미안하지만 병원으로 한 명 보낼 수 있도록 얘기해주지 않겠나?"

"만원이야."

미나가와가 귀찮다는 듯 대답했다.

"퇴원해선 안 될 자들도 자꾸 내보내고 있는 형편이니까."

"그럼 아스피린이든 뭐든 약 같은 거라도 받아다 주면 고맙겠는데……."

"약은 입원하지 않으면 받을 수 없어."

"그럼 내가 부탁해볼 테니까 통역해줘."

"이봐, 나도 바빠. 환자 한 명 때문에 시간을 허비할 순 없다고. 그렇다고 내 책임은 아니야."

미나가와는 그렇게 말하고 옆에 편안하게 앉아 있는 노게와 애매한 미소를 나누었다. 뭔가 있는 모양이다. 가지는 단념하고 가려고 했다. 이럴 때 병에 걸리면 걸린 사람만 재수가 없는 것이다. 데라다는 스스로의 힘으로 병을 이겨낼 수밖에 없다.

뒤에서 미나가와의 목소리가 늘렸다.

"넌 작업장에는 나가는 게 좋을 거야. 그렇지 않으면 변호해주고 싶어도 해줄 수가 없게 돼."

"……내가 무슨 죄인이라도 되나?"

"너뿐만이 아니야. 소련군 장교가 화가 잔뜩 나서 반동분자의 사보타주를 철저하게 파헤치고 있어."

가지는 순간 멍했다. 그러고 나서 대담하게 웃었다.

"그랬지, 참! 난 파시즘의 사무라이라는 말을 들었으니……. 그래도 너한테 변호해달라고는 하지 않아. 만약 그때가 되면 내가 말하는 것을 정확하게 전해주기만 하면 돼."

'그때'는 그 다음 날 밤에 찾아왔다. 장소는 격납고에 딸린 건물에 있는 한 방이었다. 넓디넓은 실내에 달랑 책상 세 개가 나란히 있을 뿐 나머진 전부 부숴서 모닥불이라도 피웠는지, 한쪽 구석에 부러진 책상다리와 회전의자의 잔해가 쌓여 있었다. 샹들리에가 부서진 자리에서 갓 없는 전구가 흐릿하게 노란 빛의 동그라미를 만들고 있었다.

가지는 미나가와에게 끌려 들어갔다. 소련군 장교 한 명과 병사 세 명이 있었다. 장교는 가지 일행이 여기로 올 때 수송을 지휘한 중년의 얼굴빛이 붉은 사내다. 그는 가지는 기억도 하지 못하는 것 같았다.

"이자의 계급은?"

장교가 미나가와에게 물었다. 가지는 미나가와를 통해 대답했다.

"상등병."

"군에 있었던 기간은?"

"1년 9개월."

"원래 직업은?"

"회사원."

"직종은?"

"여러 가지였다. ……마지막은 노무관리자."

"노무관리라는 것은 착취하는 자리지?"

가지는 "해석은 귀관의 자유지만, 난 대답할 필요를 느끼지 않는다."고 말했다. 미나가와는 그것을 이렇게 통역했다.

"……뭐, 대충 그렇습니다."

장교는 고개를 한 번 크게 끄덕이고 "반동적인 이유를 과거의 생활에 가지고 있는 모양이군."이라고 말하며 병사들과 서로 몇 번 작게 고개를 끄덕였다.

"뭐라고 말했나?"

가지가 미나가와에게 물었다.

"심문 밖의 얘기다. 말해줄 수 없어."

가지는 양손이 저절로 움직이며 초조한 마음을 드러내 보이자 손을 허리띠 대신 두른 새끼줄 사이에 찔러 넣었다.

"넌 부지런한 척하면서 포로들 사이에 사보타주가 만연하도록 획책했다. 이 사실을 인정하지 않을 수 없을 것이다."

장교가 가지를 똑바로 보면서 말했다. 가지는 장교와 미나가와가 동시에 보이도록 비스듬하게 서 있었다.

"부지런한 척하지는 않았소. 체력이 허락하는 한 부지런하게 일했을 뿐이오. 사보타주가 만연하도록 획책한 사실도 없소."

"매일 고의로 한 명씩 쉬게 한 것이 계획적이지 않다는 말인가?"

장교는 큼지막한 손바닥으로 책상을 쾅 내려쳤다.

"건강한 네가 고의로 쉰 것이 사보타주가 아니란 말인가?"

가지는 잠자코 있었다. 미나가와가 나지막한 목소리로 말했다.

"인정하는 게 좋을 거야."

"……부분적으로는 인정하오. 사보타주라고 한다면 어쩔 수 없지만, 그 이유를……."

미나가와는 장교의 재촉으로 가지가 말을 끝내기도 전에 통역했다.

"부분적으로는 인정한다고 합니다."

"하나의 사실은 하나의 전체다. 부분은 없다."

장교의 얼굴에 순간 철학자 같은 모습이 스쳤다.

"여긴 법정이 아니니까 판결을 내리는 건 아니다. 우리는 포로의 반항이든 태만이든 인정할 수 없다. 그뿐이다. 내일 이후 넌 다른 반동분자와 마찬가지로 삼림철도의 선로 철거 작업에 투입된다. 거기엔 수용소도 없고 울타리도 없다. 오로지 작업만 있을 뿐이다. 거기에선 누구도 도망을 칠 수도, 반항할 수도, 게으름을 피울 수도 없을 것이다. 만약 그런 시도를 했다간 굶어죽을 뿐이다. 명심하도록."

미나가와가 그 말을 가지에게 전했다. 가지는 미나가와를 잠시 응시하고 있다가 갑자기 소리를 질렀다.

"그런 말도 안 되는 소리가 어딨소? 작업은 뭘 시켜도 상관없소. 좀 더 인간다운 처우를 해주길 바랍니다. 내게도 말할 기회를 주시오."

장교가 미나가와에게 물었다.

"이자가 뭐라고 하는 건가?"

미나가와는 통역을 잘못했다.

"당신 얘기는 어리석다. ……즉 어리석은 자의 말이다."

그 순간 가지는 미나가와의 통역이 잘못됐다는 것을 직감했다. 낯빛이 달라진 장교가 책상을 두드린 것과 동시에 병사 하나가 "요뽀이마찌!"라고 낮게 중얼거렸다.

"일본인 파시스트 자식!"

장교는 일어서서 가지에게 똑바로 손가락질을 했다.

"네놈에게 25년의 금고형을 받게 해주겠다!"

"……뭐라고?"

가지가 물었다. 미나가와는 자신의 오역을 깨닫고 있었기 때문에 입이 자유롭게 움직이지 않았다. 그 잠깐 동안 장교는 다시 한 번 가지 쪽으로 똑바로 손가락질을 했다.

"이놈을 어디서 본 것 같은데. 통역, 이자가 누구냐? ……그래! 생각났어. 넌 그놈이야! 그 사무라이 개자식이야! 너라면 그러고도 남아."

장교는 큼지막한 손을 격렬하게 흔들었다.

"세상에서 제일 나쁜 놈은 독일 놈이다. 그 다음은 네놈 같은 일본 놈이야!"

가지는 이미 체념하고 있었다. 말할 자격이 주어지지 않은 포로가 말을 전달할 도구조차 잃었다면 벙어리나 마찬가지다. 반격할 여지가 전혀 없다.

장교가 떠들고 있는 동안 문이 열리고 한 젊은 병사가 들어왔다. 장교는 몹시 화를 내면서 그 병사와 악수를 나눴다. 다섯 명의 러시아인 사이에 잠시 짧은 대화가 오갔다.

가지는 새로 들어온 병사가 동료에게 뭐라 말하고 가지 쪽으로 돌린 얼굴에 잔뜩 나 있는 주근깨를 보고 살짝 놀랐다. 눈은 푸른색인지 회색인지 보고 있으면서도 구분이 가지 않았다. 단지 따뜻하다는 것만은 피부로 느낄 수 있었다.

"이자의 말도 들어줘야지."

그렇게 말한 것이 분명했다. 미나가와가 소곤소곤 작은 소리로 가지에게 말했다.

"계획적인 사보타주에 어떤 이유가 있다면 말해보게. 단, 너무 합리화하려고 하지 말고."

가지는 고개를 숙이고 입술을 축였다. 그러고는 고개를 들고 주위를 둘러본 뒤 캄캄한 천장을 올려다보았다가 다시 고개를 숙였다.

가지가 겨우 다시 고개를 들고 말했다.

"……난 잘못을 저질렀다는 것을 인정한다. 그것을 고집했던 것도 인정한다. 하지만 그렇게 한 데에는 이유가 있었다. 이 장교가 말한 것처럼 파시스트 사무라이라서 반항적으로 한 것은 아니다. 일본인 중에도 파시스트가 아닌 자는 얼마든지 있다. 내가 한 짓은 잘못이긴 해도 그런대로 실용성과 합리성은 있었다고 생각한다. 그것은 소련 동맹의 포로관리가 원칙적으론 올바르지만 현실적인 면에서는 우리 포로에게 너무나 불리하고 비합리적인 사정에 있다는 것과 흡사 표리의 관계에 있다……."

가지는 말을 끊고 미나가와를 보았다.

"몇 번이든 다시 말할 테니 정확하게 전해주게."

미나가와는 이런 이야기엔 서툰 것 같았다. 우거지상을 하고 더듬더듬 통역하는 것을 장교는 답답하다는 듯 손을 자꾸 움직이며 듣고 있다가 미나가와의 말이 끝나는 것과 동시에 주근깨 병사에게 말했다.

"이렇다니까! 포로가 우릴 비판하고 있어! 사보타주의 장본인이 말이야. 듣고만 있을 수가 없군."

"잘못을 인정한다면서 합리적이라고 말하는 것은 도대체 뭐야?"

다른 병사가 말했다.

"포로로 있는 동안에는 복종해야 하는 거야."

"……네 주장을 합리화하려고 자꾸 핑계를 대면 불리해질 뿐이야."

미나가와가 초조해하며 나지막한 소리로 주의를 주었다.

"우린 포로이니까 복종해야만 해."

"복종은 한다. 난 제네바 조약을 방패 삼아 사역을 거부하려는 것이 아니야. 소련군이 포로들을 사역에 동원하여 철거 작업을 서두르는 이유와 목적도 알고 있어. 다만 그 이유나 목적 때문에 가당치도 않은 자의 말이 받아들여져서 진지하게 생각하려는 자를 사무라이니 뭐니 해가며 제거해서는 안 된다는 거야. ……난 인간 대 인간으로 이야기를 하고 싶어. 그러고 나서 처벌이 내려진다면 기꺼이 받겠다. 소련 동맹이라면 그렇게 할 수 있다고 생각했어. …… 그러나 난 실망했다. 특히 내 생각이 너무 낭만적이었다는 점에서. ……난 전쟁터에서 살아남아 도망쳐 다녔다. 그렇게 도망 다니는 동안에는 그래도 비참한 행복이나마 있었다고 생각한다. 군대 계급제도의 불합리함이 없어져서 우리는 어쨌든 자주적으로 살 수 있는 조그만 자유가 있었다. 그런 의미에서 말이야. ……생명을 끊임없이 위험에 처하게 하면서 획득하는 자유라는 것은 결코 자유가 아니라는 것을 알고 있으면서도 말이지. 그렇기 때문에 도망 다닌 것이 잘못이었다는 실증을 난 여기서 보고 싶었던 것이다. 그런데 이것이 또 낭만적인 착각이었어. ……러시아가 필요한 것은 일본인 포로의 개인적인 바람 따위가 아니야. 역사적 임무라는 것이 때로는 인간의 생명을 짓밟으며 그것을 정당화한다. ……정당하겠지. 정당해도 짓밟히는 쪽은 참을 수 없으니까 자신을 지키려고 하는 거야. 협력하면서 말이야. 적어도 진보에 대한 반역이 되지 않는 범위에서라고 생각하면서 말이지. 달리 무슨 방법이 있을까? 그걸 물어봐줘."

미나가와의 통역은 시간이 걸렸다. 가지가 듣고 싶어 하는 말 대신 한 병사가 말했다.

"일본군이 항복하면서 전투가 전면적으로 끝났는데도 불구하고 넌 무장을 풀지 않고 '자주적으로 살았다'고 하는데, 그동안 우리 쪽 병사에게 위해를 가했겠지?"

가지는 몸이 저절로 떨리는 듯한 망설임을 느꼈다. 끝까지 부정하지 않으면 위험할지도 모른다고 생각하는 이면에서는 발뺌해봐야 이 문제는 해결되지 않는다고 얼마간 자포자기로 자기 자신을 몰아넣는 기분이 움직였다. 좋든 나쁘든 할 건 해버리는 것이다. '자주적으로' 살았다고 믿었지만 결국은 전쟁의 논리대로 흘러오지 않았던가. ……가지는 고개를 끄덕였다.

"……그랬다."

"마을의 중국인에게도 위해를 가했나?"

"그랬다."

"그것만으로도 전범으로 복역할 이유는 충분해!"

장교가 말했다.

"네가 포로에게 주어진 권리와 자유 외에 모든 권리와 자유를 박탈당하는 것은 당연하다. 오히려 우리의 조치가 너무 관대했는지도 몰라."

"……난 부인할 수도 있었다."

가지는 절망적인 분노와 용기로 차츰 흥분하기 시작했다.

"내가 걸어온 경로를 더듬어가서 증거를 모을 수는 없을 것이다. 당신들은 당신들의 동료가 일본인 민간인에게서 약탈하고, 그들에게 폭력을 가했다는 것을 인정하지 않을 것이다. 인정해도 붉은 군대의 권위와 위상은 흔들리지 않지만 인정하지 않을 것이다. 난 내가 한 짓을 인정한다. 당신들의 잘못을 지적하기 위해서다. 당신들의 이상이 올바르기 때문에 당신들은 독일에도, 일본에도 이긴 것이 틀림없다. 하지만 승자도 전쟁에서 범죄는 저질렀다. 잘못도 저질렀다. 날 여기에 넘긴 것이 저 노게라는 장교인지, 하사관인 기리하라인지는 모른다. 누구든 상관없다. 문제는 당신들이 편의상 노게나 기리하라를 이용하여 내가 우리 조 사람들의 체력을 유지하기 위해 계획적으로 쓰레기통을 뒤지게 한 것만을 탓하고 있다는 점이다. 당신들은 작업을 서두르기 위해 조잡한 관리 방식과 융통성 없는 방법으로 선의를 죽이고 악의를 눈감아주고 있다. 그런 것은 어찌 됐건 작업을 진척시키기만 하면 된다는 거겠지만, 문제는 거기에 있다! ……어제 한 사내가 거적 위에서 죽었다. 내일은 내가 죽을지도 모른다. 소련 동맹의 건설과 발전의 필요성은 그런 것과는 비교도 할 수 없을 것이고, 물론 그건 사실이다. 하지만 죽어가는 나는 긍지도 기쁨도 없이 죽어가는 것은 참을 수 없다. 당신들은 사회주의 건설에 참가했다는 긍지와 기쁨을 가지라고 말하고 싶겠지만 포로에게는 그런 건 티끌만큼도 없다. 그저 파시즘을 위해 사역하는 것보다는 사회주의 건설을 위해 사역하는 것이 낫다는, 그런 관념적인 비교가 있을 뿐이다. ……이젠 그만두겠네, 미나가와. 헛일 같아. 끌려가는 대로 끌려가는 수밖에 어쩔 수 없지."

가지는 멋대로 한쪽 구석으로 가서 부서진 책상과 의자가 쌓여 있는 곳에 불안정한 모습으로 앉아 머리를 감쌌다.

미나가와가 더듬더듬 말하고 있었다. 시간이 꽤 흐른 것 같다.

미나가와가 말했다.

"일어서."

일어서자 주근깨투성이의 병사가 말했다.

"넌 너무 혼란스러워서 감정적이 된 것 같다. 모든 것이 한꺼번에 잘 될 수는 없어. 그렇지 않나? 너의 가장 큰 불만은 우리가 너희들의 실태를 모르고 작업을 진행하고 있다는 것 같은데 그렇지 않나?"

'그렇지 않나?'라고 말할 때마다 그는 가지에게서 미나가와에게로 시선을 옮겼다. 미나가와가 가지 대신 일일이 고개를 끄덕이고 있었다.

"좀 더 시간이 흐르면 너희들 사이에서 민주화 운동이 일어나 모든 게 순조로워질 거야. 넌 기다려야 해. 개인적인 방법에 의존하지 말고……."

미나가와의 입을 통해 거기까지 들었을 때 가지는 딱 한 번 짐승처럼 눈을 번뜩였다. 기다릴 수 없는 경우가 있다는 특수 사정을 상대가 일반론으로 없애고 쉽게 넘겨버리고 있기 때문이다. 하긴 결국엔 그렇게밖에 말할 수 없으리라. 현실은 항상 많은 특수 사정을 흩뿌리고, 일반론으로 대충 묶고, 상당수의 특수 사정을 흘리고 간다. 역사는 그렇게 흘러온 것이다. 인간은 그래서 운다. 괴로워한다. 그런데도 그렇기 때문에 또 살아올 수 있었을 것이다.

"넌 사보타주를 한 것을 인정하고 있다."

가지는 고개를 끄덕였다.

"우린 공공연히 사보타주를 하는 것을 인정할 수 없다."

가지는 입술을 살짝 깨물었다.

"여기 지도자는 너희들을 삼림철도의 선로 철거 작업에 보내기로 방침을 정했다. 넌 이 방침에 따라야 해."

가지는 고개를 끄덕였다.

"작업은 오래 걸리지 않을 것이다. 일주일이나 열흘 정도야. 거기선 이미 많은 일본인이 일하고 있다. 그자들은 산속에 틀어박힐 흉계를 꾸미고 반항하던 자들이야. 그들도 머잖아 여기로 오게 된다. ……아직 하고 싶은 말이 남았나?"

가지는 느릿느릿 말했다.

"……만약 있다면 아스피린이든 뭐든 얻을 수 있을까? 내 어린 친구가 거적 위에 누워 있다. 그거라도 주고 가고 싶다."

"좋다."

주근깨투성이의 얼굴이 풀어졌다.

"내일 아침까지 어떻게든 조치해주겠다."

가지는 그 대답에만 인사하고 문 쪽으로 갔다. 허리에 힘이 없었다. 병을 앓고 난 사람처럼 몸이 휘청거렸다.

38

차파에프는 가지와 한 약속을 지켰다. 작업 정렬 전에 종이봉투에 들어 있는 아스피린을 가지고 왔다. 20번 이상 복용할 수 있을 것이다. 반짝반짝 빛나는 하얀 가루를 보고 가지는 미소를 지었다. 데라다는 이것으로 살 수 있을 것이다. 살진 못해도 개죽음은 피할 수 있게 되었으니 만족해야 한다.

"……스파시바."

가지는 중국어 같으면 '따셰(대단히 감사합니다)'라고 말했을 것을 '따(대단히)'에 해당하는 러시아어가 이 경우에는 '발쇼이(크다)'인지 '오첸(대단히)'인지 확실하지 않았기 때문에 스파시바라는 말만 되풀이했다. 차파예프는 손을 저으며 웃는 얼굴로 돌아갔다.

"돌아오시겠죠?"

데라다는 아스피린을 받고 뜨거운 눈물을 흘렸다. 가지는 짚을 긁어모아서 데라다의 몸에 덮어주었다.

"여기가 인생의 출발점이라고 말한 게 누구지? 내가 돌아올 때까지 다 낫지 않으면 형편없이 나약한 놈으로 생각할 거야."

데라다는 불안해서 견딜 수 없는 것 같았다. 가지의 보호에서 떨어지는 것은 이번이 처음이다. 전쟁터에서 탱크에 깔려 죽을 뻔한 것을 가지가 구해주었을 때조차 떨기는 했지만 이렇게 애처로운 표정은 짓지 않았다. 죽음이 임박해 보인다. 이 녀석은 죽을지도 모른다. 만약 죽기라도 하면 소련군 당국은 기리하라의 행위와 데라다의 죽음 사이에 있는 인과관계를 밝힐 만한 노력을 기울여줄까?

그 기리하라와는 바깥 출입구에서 마주쳤다. 기리하라는 감시병에게서 한 줌의 살담배와 해바라기 씨를 얻어와서 웃는 얼굴로 몇 번이고 고개를 끄덕이고 있었다. 가지에게 향한 얼굴도 적어도 겉으로는 기분이 좋아 보였다.

"간다지? 수고가 많겠군."

그렇게 말한다. 가지는 다리에 저절로 쥐가 나는 것 같은 느낌을 겨우 억눌렀다.

"부탁 하나만 들어주지 않겠나?"

"뭘?"

"데라다 말이야. 애초에 넌 날 해치우는 게 목적이었어. 목적은 이뤘을 것이다. 데라다는 아파서 누워 있으니까 먹을 걸 좀 가져다 줘. 타바리시치 기리하라는 능히 할 수 있을 거야."

그렇게 말하면서 가지는 부젓가락 대용품인 와이어로프 조각을 떠올리고 있었다.

"숙이고 나오면 내 기분이 좋아질 줄 알았나?"

기리하라는 엷은 미소를 지으며 말했다.

"넌 나와 노게 씨를 증인으로 세우려고 한 것 같은데 저들이 넘어가지 않았다더군. 뭐, 좋다. 넌 이제부터 바람을 맞으며 노숙할 테니. 날 내쫓고 우쭐했던 대가가 얼마나 비싸졌는지 잘 계산해봐. ……이걸 줄 테니 갖고 가."

기리하라가 감시병에게서 얻은 해바라기 씨를 내밀었다. 가지는 와이어로프를 후려치는 기분으로 기리하라의 손을 뿌리쳤다.

"이겼다고 생각하지 마라. 승부는 아직 끝나지 않았어."

열네댓 명의 일행은 그날 저녁 작업 현장에 도착했다. 그 부근부터 숲이 깊어지기 시작했고, 붉게 녹슨 경편철도의 레일이 군데군데 쌓여 있었다. 숲속에서 뜯어내 하나하나 출구 쪽으로 가지고 온 것이다. 이것을 며칠이 걸려서 인가에 가까운 도로까지 가지고 가서 쌓아두는 모양이다.

레일 하나의 무게는 둘이 메기에 알맞았지만, 거리가 멀어지면 어깨에 파고든 아픔이 등줄기에 멍을 만들고 허리뼈로 전해져서 무슨 중병의 전조 증상 같은 둔통과 호흡곤란을 일으킨다.

하지만 포로들을 정말로 두렵게 만든 것은 밤눈에도 하얗게 보일 정도로 서리가 내려앉은 맨땅 위에서 자야 하는 일이었다. 포로들은 모닥불을 군데군데 피워놓고 그 둘레에서 자는 궁리를 해보았지만 결국은 몸에 서릿발이 내려앉아서 땅의 일부가 될 수밖에 없다는 것을 알았을 때 비로소 세상의 끝까지 와버렸다는 실감이 몸속 깊숙이 꽂혔다.

그런데 놀랍게도 감시병들은 그것이 당연하다는 듯 아무런 망설임도 보이지 않고 땅바닥의 움푹 팬 곳을 골라 자는 것이었다. 됨됨이가 완전히 다른 것 같다. 정신도 육체도. 무엇이 이렇게까지 그들을 강인하게 단련시켰는지 경험이 적은 가지의 판단으로는 알 수 없었다.

"저건 먹는 게 다르기 때문이야."라든가 "버터나 치즈를 많이 먹으면 아무렇지도 않은 거야."라고 포로들은 투덜거렸지만 병사늘은 대개 흑빵과 감자, 스프밖에 먹지 않았다. 가지는 몸에 한기를 느꼈다기보다도 영혼이 떨리기 시작했다. 도저히 맞설 수 없는 강인함이다. 그것은 선천적인 것이 아니라 후천적인 것임이 틀림없다. 그렇다면 가지의 영혼이 비명을 지르고 있는 지금의 생활은 그들에게는 그리 놀랄 만한 것이 아닌지도 모른다.

가지는 밤새도록 잠을 이룰 수가 없었다. 자신의 정신과 육체의 나약함을 자조하기도 하고, 이런 처지로 몰아넣은 전쟁의 숙명을 저주하기도 하고, 이렇게 되도록 오로지 이 길을 걸어온 자신의 어리석음을 비웃기도 하며, 언젠가는 자신에게 되돌아올 모든 아픔을 하나하나 밤하늘에 얼어붙기 시작한 별을 보면서 세고 있었다.

만약 그 이튿날 단게와 재회하지 않았다면 가지는 그날 밤이나 그 다음 날 밤에는 무모한 탈주를 시도했을지도 모른다. 적어도 기왕 버릴 목숨이라면 할 만큼은 해보겠다는 심정이었던 것이다.

단게는 숲속에서 서른 명 남짓한 무리의 선두에 서서 감시병과 뭐라고 우스갯소리를 나누면서 레일을 메고 나타났다. 서로 상대를 알아보는 데 단게가 조금 늦은 것은 가지가 누더기 마대를 입은 거지꼴이었기 때문이다.

"인연 참 질기군."

그렇게 웃고 나서 단게가 말했다.

"여기 이들은 본 기억이 없나?"

가지는 고개를 가로저었다.

"그 산에서 농성하던 자들이야. ……대장이 있었지? 자네와 다툰 통통한 놈. 그자는 자네 예언대로 되었네. 토벌대에 저항하려다가 부하에게 죽임을 당했어."

"……히로나카 하사는?"

"이 숲속에서 사흘 전에 죽었네. ……위축되었던 것 같아. 그래선 죽을 수밖에 없어."

"……나도 위축될 것 같아."

가지는 서늘하게 웃었다.

"도망쳐 다닌 것도 잘못이었고, 포로가 된 것도 잘못이었어. 한 번 더 잘못을 저질러볼까 하고 생각 중이지만……."

밤이 되어 가지가 깨달은 것이지만 작업 중에는 단게의 지시에 따르던 자들이 밤의 모닥불 옆에서는 단게를 되도록 피하려고 하는 것이었다. 가지가 그것을 지적하자 단게는 "어쩔 수 없지."라며 별로 걱정하지도 않는 것 같다.

"내 입장이 소련군의 편의상 주어진 것이니까. 난 무리에서 나온 게 아니야. 본의는 아니지만 사실이 그래. 난 소련군의 요구로 산에 투항을 권고하러 갔었네. 위험했지만 그런대로 잘된 덕에 감시병들은 작업지휘를 거의 내게 맡겼지. 그런데 작업이 힘든 거야. 투항해서 살았다는 기쁨이, 만약 있었다 해도, 싹 날아가 버리고 말았지. 이래서는 시베리아로 간 다음이 더 큰일일 것 같아. 소비에트 권력의 지배하에 있으니까 민주화 운동도 할 수 있겠지만, 주어진 민주화란 것에서 진짜 민주화로 다시 만들어가기 위해서는……."

"그래도 자네는 가겠지? 기꺼이……."

가지는 불빛에 비치는 단게의 표정을 살폈다.

"기꺼이 가는 건지 어떤지는 모르지만 어쨌든 난 갈 거네."

단게는 가지 쪽을 보지 않고 말했다.

"다른 건 생각하지 않으려고."

"왜?"

"왜라고 물으니 난처하지만 이런 기분이야."

단게는 가지를 보고 미소를 지었다.

"곤란한 상황에 부딪혔을 때 우린 생각하잖아. 다른 일이라면 뭐든지 하겠지만 이것만은 싫다고. 실제로는 어떤 종류의 곤란한 상황에 부딪혀도 항상 이것만은, 말이야."

가지는 무릎 위에 이마를 올리고 잠자코 있었다. 불꽃이 튀는 소리가 몇 번인가 났다. 가지가 말했다.

"이것만은 싫다는 것이 역시 있었어."

"뭔데?"

"형편에 따라서 적당하게 다뤄진다는 거야."

단게는 아무 말도 하지 않았다.

"……그렇게 느끼지 않나?"

단게는 얼굴도 움직이지 않았다.

"우린 뭐지?"

가지가 거듭 물었다.

"포로이니까 사역한다. 그건 좋아. 시베리아에 데리고 가서 이용해먹고 싶은 만큼 이용해먹는다. 그것도 좋아. 그런데 말이야 평화니 해방이니 하는 간판은 내리고 그랬으면 좋겠어."

단게의 눈이 움직인 것을 가지가 제지하고 말을 이었다.

"좀 참고 들어봐. 그런 우익 편향이라고 힐책하는 듯한 눈빛은 하지 말고. 사회주의 건설이라는 큰 목적이 있으니까 모든 것이 정당화된다고 생각하는 것은 잘못이야. 큰 목적은 큰 목적이니까 당당하게 해주었으면 좋겠어. 처음부터 일본인 파시스트인 사무라이 거지를 모아서 목적을 구가했으면 싶었어. 포로라고 인격이 없는 게 아니야. 이용할 만큼 이용해먹고 나중에 교육시켜주겠다는 방법은 적어도 소련이 해서는 안 되는 거야. 물론 시베리아에 가면 우리들 사이에서 반군 투쟁도 일어날 것이고 민주화 운동도 발전하겠지. 하지만 말이야, 지금 우리는 인격체가 아니고 물체에 지나지 않아. 난 노동이 과중하다고 말하는 게 아니네. 배식이 조악해도 어쩔 수 없다고 생각해. 감시병도 우리와 마찬가지로 땅바닥에서 자니까. 내가 말하고 싶은 것은 우리가 스탈린에게 러일전쟁의 앙갚음의 수단으로 이용되는 건 참을 수 없다는 거야. 포로의 대부분은 계급의 적이 아닐 테니까. 그것을 다루는 데 뭔가 하나가 빠져 있고, 뭔가 쓸데없는 것이 들어가 있어."

"……들어가 있다는 게 뭔가?"

"잘못 느낀 건지도 몰라. 하지만 느끼고 있어, 유아독존을."

"……어쩔 수 없지."

단게는 한숨을 쉬듯 하얀 입김을 어둠 속에 토해냈다.

"전략적으로 소련 제일주의가 필요한 단계라면 말이야."

"……그래."

가지는 불을 보며 고개를 끄덕였다.

"어쩔 수 없을지도 모르지."

가지는 다시 턱을 무릎 위에 얹었다.

"인간이란 놈은 결국 어쩔 수 없다는 것으로 귀착되는 걸까? 우리들 수십만 명의 포로는 인간적인 필요를 자각하기 전에 아무래도 전략적인 필요 앞에 서야 하는 걸까? 응?"

"만약 그것이 잘못됐다면……."

단게도 어느새 가지와 같은 자세로 앉아 있었다.

"역사가 정정하겠지. 자네나 내가 아니라."

"싫다, 정말!"

가지는 불을 보며 웃었다.

"시베리아로 끌려가면 난 그걸 말하기 위해 온몸을 내던져 움직여볼 생각이야. 그러면 아무래도 감옥행이 되겠지? 아무리 부지런히 일해도 말이야."

불안한 앞날이었다. 부지런히 일해도 발언할 권리는 주어지지 않을 것이다. 단지 그 용기를 갖기 위한 도의적인 근거가 되는 데 지나지 않으리라. 그는 포로다, 침략전쟁에서 떨어져 나온.

39

 숲속에서의 작업은 일주일 만에 끝났다. 수용소로 돌아올 무렵 가지는 운명을 받아들일 만한 마음가짐이 되어 있었다. 소련군의 포로로 일하는 것에 의의를 찾아냈다기보다는 뼈에 사무친 일주일간의 노숙이 그의 반역적인 영혼을 운명에 순순히 따르게 했다는 것이 맞을 것이다. 여기에 의의를 부여한 설득은 나중에 이루어졌다.

 사회주의로 가는 길의 하나가 가지에게는 이런 형태로 주어졌기 때문이라든가, 포로에서 벗어나는 것은 그 길에서 이탈하게 되는 것일 뿐만 아니라 생명을 위기에 몰아넣는, 말하자면 생명에 대한 범죄라는 식의 이유를 붙여가며 가지는 몇 날 밤이나 자기 자신과 맞서 싸웠던 것이다.

 서리가 얼어붙는 추운 밤은 두 가지 형태로 작용했다. 마대와 찢어진 여름 군복 바지를 뚫고 뼈에 스미는 한기는 가지를 이렇게 부추겼다. 이대로는 얼어 죽는다. 도저히 이 겨울을 넘길 수 없다. 물자가 부족한 소련이 과연 포로에게 충분한 방한복을 지급할 수 있을까? 할 수 있었다면 벌써 지급해줬을 것이다. 기왕에 죽을 바에는 하는 데까지 해봐라! 그러자 싸늘한 위장과 위기에 민감해진 본능이 그 반대편에 선다. 이미 여름이 아니다. 겨울이다. 밭은 없다. 따라서 먹을 것도 없다. 체력은 바닥이다. 이 이상 모험을 견뎌낼 힘을 무엇으로부터 구할 작정인가?

가지는 밤마다 미치코의 얼굴을 불러놓고는 결코 들리지 않는 대답을 구했다. 돌아와줘요! 라고 말하리라. 무리하지 말아요! 라고도 말할 것이다. 결국은 어느 쪽을 말할까?

"여자는 어느 쪽을 원할까?"

마지막 날 밤에 가지는 단게에게 물었다.

"무리를 해서라도 돌아오는 남자를 바랄까, 운명을 극복하기를 기다릴까……?"

단게는 잠시 생각하고 나서 대답했다.

"……무리를 하라고는 하지 않을 거네. 자네가 무리를 하고 싶어 하는 사람이라는 걸 알고 있을 테니까."

가지는 긍정도 부정도 하지 않고 가만히 고개만 저었다. 여자는 자신을 위해 무리하는 남자를 바라는 법이다. 그래서 비극이 일어나고 우는 것이다.

"……하기엔 이미 너무 늦지 않았을까?"

단게가 또 잠시 후에 말했다.

"자신은 있나?"

"……있다고는 할 수 없네."

"잡히거나 도중에 살해당하거나 얼어 죽거나야. 요행만을 바라고 움직이는 것은 자네답지 않아……. 자네가 시베리아행을 두려워하는 것은 웃기는 이야기야. 자네가 견디지 못한다면 견딜 수 있는 놈은 이 세상에 거의 없어."

가지는 고개를 끄덕이고 멍청하게 웃었다. 이것이 운명이라는 것이리라. 모든 것이 되어야 하는 대로 되었고, 될 수밖에 없었던 것이다.

수용소로 돌아온 것은 다음 날 해질 무렵이 다 되어서였다. 데라다는 누워 있던 거적 위에 없었다. 다 나아서 작업하러 나갔는지도 모른다고 생각했다.
어두워지고 나서 나루토 일행이 돌아왔다. 가지를 본 나루토의 눈이 금방 트라코마 환자처럼 붉어졌다.
"데라다가 죽었습니다."
가지는 너무 놀라서 아무 말도 못하고 주위에 있는 사람들을 둘러볼 뿐이었다.
"그놈이 죽였습니다."
"네가 가고 나서 이틀째 되는 날이었나, 그 친구 열이 조금 내려서 엉기적엉기적 일어나더군."
기라가 감정이 격해진 나루토를 대신해서 말했다.
"그만뒀으면 좋았을 텐데, 또 쓰레기통을 뒤지러 간 거야. 우리에게 먹일 생각이었겠지. 조금 모으더니 몸이 힘들어졌는지 돌아왔다가 그놈한테 들켜서 변소 청소를 하게 된 것이 불운이었어."
기리하라에게는 석유통을 들고 있는 데라다의 모습이 자기를 놀리고 있는 것처럼 보인 모양이다. 수백 명이나 되는 사내가 볼일을 봐서 더러워질 대로 더러워진 변소를 청소시키는 것으로 자신의 가학적인 취미와 우월감을 만족시키려고 했다.

 기리하라로서는 데라다가 빌면 적당한 선에서 용서해줄 생각이었는지도 모른다. 그러나 데라다는 쇠약해진 몸으로 오기를 부렸다. 퍼내고 퍼내도 끝이 없는 오물과의 사투 끝에 데라다가 분뇨 범벅이 되어 쓰러져 있는 것이 발견된 것은 기리하라가 임시 사역자들을 데리고 돌아온 뒤였다.

 병원으로 업고 가려고 해도 냄새가 나서 어쩔 수가 없었기 때문에 기리하라는 데라다의 몸에 물을 끼얹고 찢어진 군복을 벗기고 나서야 업고 갔다.

 환자로 미어터지는 병원에서는 제대로 치료도 해주지 않은 모양이다. 일본인 군의관이 오진한 의혹도 있다. 경증환자 옆에 눕혀진 데라다는 사흘째 되는 날 죽었다.

 이야기가 끝날 때까지 가지는 한 마디도 하지 않았다.

 잘 때쯤 되어서 기라가 한 남자를 가지에게 데리고 왔다. 데라다가 죽는 모습을 병원에서 지켜본 사내다.

 "자네가 가지인가?"

 가지는 얼이 나간 듯한 눈빛으로 상대를 보고만 있을 뿐이었다.

 "그는 의식은 있었지만 아무 말도 하지 않았네. 가지라는 이름을 몇 번인가 불렀을 뿐이야. 난 처음엔 여자 이름인 줄 알았어. 고통을 호소하지도 않고 잠자코 있으니까 군의관이란 놈이 제대로 눈길도 주지 않더군……."

"고맙네. 더 이상 듣고 싶지 않아."

가지는 고개를 가로저었다. 완벽한 무표정이랄까, 창백한 얼굴이 딱딱하게 굳어 있었다.

"가지 씨가 돌아올 때까지 기다리고 있었습니다."

나루토가 다가서며 목소리를 낮췄다.

"그놈을 살려둘 수 없습니다!"

"뭐 좋은 방법 없을까?"

기라가 말했다.

"넌 믿지 않겠지만 난 노게한테까지 따지러 갔었어. 노게 이 자식이 상대도 해주지 않았지만."

"감시병도 알고 있겠지?"

"알고 있고말고! 하지만 범죄가 되진 않는다고 하더래. 변소에 쓰러져 있던 것은 사실이지만 기리하라가 시킨 사역 때문에 죽었다고는 할 수 없다는 거야. 누워 있던 환자가 아니라 어쨌든 쓰레기통을 뒤지고 다녔으니까."

"논리로는 안 됩니다, 가지 씨!"

나루토가 신음하듯 말했다.

"당신이 하지 않으면 나 혼자서라도 하겠습니다."

"잠자코 있어."

이때 비로소 가지의 눈이 무시무시하게 번뜩였다.

"모른 척해라. 알았나? 무슨 일이 일어나도 말이다!"

가지는 일어서서 나갔다.

얼마 뒤 돌아온 가지는 단게가 있는 곳으로 찾아갔다. 포로들은 이미 대부분 잠들어 있었다.

단게를 흔들어 깨운 가지는 소리를 죽이며 말했다.

"단게, 난 마음이 바뀌었네. 오늘 밤 나가."

단게가 일어나 앉아서 무슨 말인가를 하려는 것을 손가락으로 제지했다.

"아무 말도 하지 말아주게. 바보 같은 짓인 줄도, 잘못인 줄도 알고 있으니까."

단게는 가지가 자고 있는 사내들의 머리와 다리를 넘어서 가는 것을 보다가 결국 단념했다. 이제 와서 말려봤자 들을 인사가 아니었기 때문이다.

가지는 겨우 기리하라가 자고 있는 곳을 찾아냈다.

"기리하라, 차파예프가 너에게 볼일이 있다더군."

"이 늦은 시간에 무슨 일이야?"

"내가 너와의 대결을 요구했다. 왜 무서운가?"

"바보 같은 소리 마라."

기리하라는 일어났다.

"미나가와를 데리고 가지 않으면 말이 통하지 않아."

"통역은 필요 없다. 거기도 알아듣는 사람이 있어. 가겠나? 아니면 나한테 빌겠나?"

기리하라는 경솔하게도 가지의 유도에 넘어갔다. 데라다의 일이 머릿속에 떠오르지 않은 것도 아니었지만 그건 그것대로 이미 조치가 끝났다. 감시자 쪽은 전혀 문제시하지 않았던 것이다. 포로들은 잠들어 있는 시각이지만 병사들이 이 시간에 보드카를 마시며 노래를 부르는 것은 흔한 일이라서 별로 신경 쓰지 않았다.

"좋아, 가자."

기리하라는 일어섰다.

"성가신 놈이군. 네가 감옥에 가면 속이 다 후련할 거다."

두 사람은 벽을 따라 출구 쪽으로 돌아갔다. 밖에는 아무도 없었다. 어두웠다. 저 멀리 비행장의 일부를 어둠 속에서 선명하게 도려낸 서치라이트의 파란 불빛이 거대한 소련 수송기를 은빛으로 부각시키고 있을 뿐이다. 멀리서 합창하고 있는 소리가 들렸다. 멋진 목소리의 테너가 리드하고 있다. 〈카츄샤〉였다.

"이쪽이야."

가지는 기리하라가 별동 쪽으로 가려고 하자 팔을 잡았다. 기리하라는 이때 확실히 뭔가를 느꼈던 것 같다.

"너……"

중얼거리려는 순간 가지의 허리께에서 무서울 정도로 단단한 일격이 기리하라의 안면으로 비스듬하게 날아왔다. 기리하라가 서 있을 수 있었던 것은 불과 한 호흡 동안이었다. 연이어 와이어로프의 타격이 얼굴에 집중되었다. 가지는 쓰러진 기리하라의 뒷덜미를 잡고 질질 끌었다. 신음 소리를 내면 끄는 것을 멈추고 다시 입 언저리를 있는 힘껏 후려갈겼다.

변소까지 끌고 왔을 때는 가지도 숨이 끊어질 것 같았다.

"일어서."

쉰 목소리로 말했다.

"일어설 때까지 때린다."

기리하라는 비틀거리면서 겨우 일어섰다.

"……그만해줘."

기리하라의 찢어진 입에서 메마른 비명이 새어나왔다.

"……제발 부탁이야. ……이렇게 빌게."

"그 말을 듣고 싶었다!"

광대뼈를 부술 듯한 기세로 주먹이 날아갔다.

"네놈이! 네놈이!"

정신없이 때렸다. 밝은 곳이었다면 이렇게 때리지도 못했을지 모른다. 어두워서 기리하라의 얼굴이 엉망으로 망가진 것이 보이지 않았다. 잡아 일으켜서 때리고, 끌어당겨서 때리고, 때리고 또 때렸다.

이렇게 체력을 다 소모해버려도 좋다고 생각했다. 때리면서 마음속으로 외치고 있었다. 이것이 네 잘못의 총복습이다. 사적인 처벌이 잘못되었다는 것은 알고 있다. 그래도 네놈을 때려죽일 테다. 너 같은 놈이 정당한 수단으로 청산되기까지는 시간이 너무 오래 걸려! 그동안 좋은 사람이 죽어나갈 뿐이야! 죽어라! 나도 네놈 때문에 죽을지 모르지만 그래도 죽어!

가지는 와이어로프를 쥐고 있는 손이 피로 끈적끈적해진 것을 알고 때리는 것을 멈췄다. 기리하라는 발밑에 쓰러진 채 전혀 움직이지 않았다. 발소리가 들어왔다. 오줌을 누는 소리와 뭐라고 중얼거리는 소리가 들렸다. 모습은 어둠에 묻혀서 거의 보이지 않았다. 발소리가 멀어져갔다. 가지는 기리하라의 상체를 안아 일으켜서 똥통 속에 거꾸로 처박았다.

범죄는 끝났다. 모든 것이 끝났는지도 모른다. 죄책감 따위는 전혀 없었다. 허탈했다. 지금 이 순간, 이 자리에서 앞과 뒤가 모두 단절되어 버린 것 같았다.

다시 움직이기 시작할 때까지 시간이 얼마나 흘렀을까? 가지는 어둠 속을 천천히 걸었다. 감시병이 보든 말든 거의 신경 쓰지 않았다.

멀리서 노랫소리가 들렸다. 그것이 〈붉은 사라판〉인 것도 알고 있었다. 감시병의 느릿느릿한 발소리가 어딘가에서 들린다. 어둡고, 고요하고, 추운 밤이다. 참극이 벌어질 리도, 도망자가 있을 리도 없다는 듯.

울타리까지 왔다. 이것이 인간과 포로를 나누는 경계선이라고는 믿을 수가 없었다. 아무것도 아니다. 넘어가면 된다. 어둠 저편에 죽음이 기다리고 있든, 삶이 기다리고 있든, 지금은 그저 이것을 넘어갈 뿐이다. 가지는 위를 보고 누워서 맨 아래쪽 가시철조망 밑으로 빠져나가려고 했다. 철조망의 가시가 얼굴을 할퀴었다. 하지만 머리는 빠져나갔다. 이번엔 가시가 입고 있는 마대를 잡았다. 조용히 철조망을 들어 올려서 하나씩 빼고 땅바닥을 쓸며 빠져나간다. 가슴에서 배로, 그리고 다리로.

마침내 나왔다. 아무것도 아니었다. 그 대신 자유도, 희열도, 희망도, 아직은 전혀 느낄 수 없었다. 폭이 20여 미터쯤 되는 개천 너머에 만주인 마을이 잠들어 있다. 개천의 얇은 얼음을 밟아 물소리가 났을 때 개가 짖었다. 가지는 물속에 서 있었다.

아무도 한 일본인의 결사적인, 그리고 절망적인 행동을 눈치채지 못했다.

40

미치코는 병원의 취사부가 되었다. 처음엔 사무직원이나 견습 간호사로 쓰고 싶어 하는 셰 의사의 호의에 따를 생각이었다. 그러나 사무 계통은 중국인으로 바꾼다는 방침을 알고 나니 셰의 소개로 비집고 들어가 봐야 마찰만 일으킬 것 같았고, 간호사 일도 라오후링에서 이미 경험한 적이 있었기 때문에 비슷하게 흉내쯤은 못 낼 것도 없었지만 간호사의 태반을 차지하고 있는 일본인 여자들로부터 셰의 정부처럼 여겨지는 것은 그녀 자신을 위해서도, 셰를 위해서도 안 될 일이었다.

"괜찮아요."

미치코는 웃으며 셰에게 말했다.

"집에서도 밥 짓는 일밖에는 하지 못한걸요."

특별히 영락했다고도, 서글프다고도 생각되지 않았다.

미치코의 기질이나 일솜씨를 알고 있는 셰는 내전의 전선이 조금씩 이 거리로 다가와서 조만간 바빠질 것이라고 예상하고 있었기 때문에 그때는 그녀를 간호사로 쓸 생각이었다.

취사장에서 소박한 중국인 여자들과 어울려 일하니 마음은 편했다. 취사부장인 잔소리꾼 마타이타이는 처음엔 미치코를 곱지 않은 시선으로 보았지만 바탕은 착한 사람이어서 빠릿빠릿하게 움직이며 몸을 아끼지 않고 일하는 이 젊은 일본인 여자를 다시 보기까지는 그리 오랜 시일이 걸리지 않았다.

취사부 중에서는 쑨잉민이라는 젊은 아가씨가 미치코와 친해졌다. 어느 날 빨래를 하고 있을 때 쑨이 느닷없이 "너, 애인 있습니까?"라고 물었다. '너'와 '있습니까'라는 엉뚱한 조합에 미치코는 자기도 모르게 웃으며 "있어요. 타타[&] 있어요."라고 대답했다. 미치코의 '타타'는 결코 수의 많고 적음을 말하는 것이 아니라 사랑의 깊이를 그렇게 표현했을 뿐인데, 상대는 그 말에 눈이 휘둥그레졌다.

"그거, 곤란하지 않아? 저기 남자, 여기 남자, 한꺼번에 오면, 너, 몸, 하나, 곤란하지 않아?"

미치코는 이때 그녀에게 난 단 한 명의 남자를 천 명의 남자를 사랑하듯 사랑하는 것이라고 설명하느라 진땀을 뺐다. 설명하고 있는 동안

안타까움이 복받쳐 눈시울이 붉어진 것을 쑨은 가만히 지켜보고 있었지만, 그녀 역시 꽤나 감수성이 예민했던지 굵은 진주알 같은 눈물을 뚝뚝 떨어뜨렸다.

"전쟁, 나빠. 가지 씨, 나쁘지 않아. 돌아와, 반드시 돌아와."

그날 이후 쑨잉민은 큰 몸집과 밝은 목소리와 약간의 마늘 냄새를 가지고 미치코의 마음속으로 이사 왔지만 쑨의 우정과 격려에도 불구하고 미치코의 기대와 바람은 날마다 배신당했다.

그리고 마침내 겨울이 왔다. 미치코에게는 거의 절망의 선고나 다름없었다.

눈이 내리기 전까지는 돌아오세요! 미치코는 그렇게 기도했었다. 그 눈이 지금 겨울 저녁의 어둑어둑한 잿빛 하늘에서 하늘하늘 춤추며 내리고 있었다. 겨울이 되면 북쪽을 향해 달리는 열차의 창에 피는 얼음 꽃이 역을 하나씩 지날 때마다 점점 두껍고 화려해진다. 여기에서 몇 백 킬로미터나 떨어진 북쪽은 이미 뼛속까지 얼어붙을 정도로 추울 것이다.

미치코는 병원에서 돌아오는 길을, 그 추위를 뚫고 열심히 걸어오는 가지를 상상하면서 걸었다. 외투도 입지 않았다. 배도 고프겠지. 마음 편히 잘 곳도 없으리라. 그래도 그이는 걸어올 것이다. 반드시 끝까지 걸어올 것이다. 아니면 더 추운 북쪽을 향해 끌려가고 있을까?

미치코는 장갑을 벗고 추위를 가늠해보았다. 물일로 몹시 차가워진 손에 내린 눈은 좀처럼 녹지 않았다. 미치코는 그 눈이 가지의 머리와 눈썹에도 쌓여 있는 모습을 상상하며 바라보고 있었다. 그러고 나서 손과 손을 비비면서 걸었다. 물일과 육체노동으로 거칠고 딱딱해진 손은 판때기처럼 서걱서걱 소리를 냈다. 그 소리를 아직은 뼈저리게 느낀 적이 없었다. 거칠어진 손은 고독한 시간의 경과를 정직하게 말해주고 있었다. 그 정도로 오랜 마음의 갈증을 호소하고 있었다.

마음은 항상 이 손을 빌려서 가지를 안고 싶어 했다. 누구에게도 말하지 않았지만, 눈물로 흥건히 젖은 꿈을 꾼 적도 한두 번이 아니었다. 이 손으로 지금 가지의 얼굴과 몸을 어루만질 수만 있다면 평생을 취사부로 살아도 좋다고 생각했다.

걷고 있는 이 길의 맞은편에서 가지가 온다. 미치코는 틀림없이 남의 시선 따위는 아랑곳하지 않고 무작정 달려가 안길 것이다. 볼에 닿은 미치코의 거칠어진 손에 가지는 깨달을 것이다. 손을 잡으며 "일하고 있었네."라고 따뜻한 눈이 말해줄 것이다. 미치코는 자기가 꼭 이렇게 말할 것이라고 생각한다. '일해야죠. 당신이 돌아와주기만 한다면 이보다 더한 일이라도!' '이제 행상이든 물 긷기든 뭐든지 할 수 있으니까, 더 이상 당신의 짐이 되지 않고 같이 일할 수 있어요!'

미치코는 아무런 만족을 주지도 못하는 말을 중얼거리고 있다는 것을 깨달았다. 언제부턴가 혼잣말하는 버릇이 생겼다. 밤에도 어쩌다가 불쑥 그 버릇이 나온다. "이거면 됐죠?"라든가 "이걸로 안 될까요?"라고. 그럴 때마다 야스코가 웃는다. "쿠사츠草津의 온천물로도 치료할 수 없겠다, 얘. 난 사랑하는 남자가 없어서 다행이야." 미치코는 자신을 불행하다고는 생각하지 않았다. 이 애달픈 심정과 슬픔도 행복의 일종일지 모른다고 생각했다.

광장까지 왔을 때 미치코는 걸음을 멈추고 어둠이 짙어진 하늘에서 본격적으로 내리기 시작한 눈을 올려다보았다. 쓸쓸한 기숙사의 창문에서 이 눈을 바라보는 처량함은 참을 수 없을 것 같았다. 야스코는 아직 돌아오지 않았을 것이다. 등사판을 긁느라 바빠서 귀가가 대개 늦다. 미치코는 광장에서 기숙사와는 반대 방향으로 고개를 숙였다 들었다 하면서 걸어갔다.

노토가 주재하는 〈민주일보〉의 사무실에서는 난로를 가운데에 두고 네 남자 사이에서 열띤 토론이 벌어지고 있었다.

그날 낮에 시 정부의 외사과에서 신문의 논조가 '약'하고, '기회주의'에 빠질 위험이 있다고 문책을 당했기 때문이다.

미치코가 들어갔을 때는 마침 노토가 이렇게 말하고 있었다.

"거기에 있는 옌안延安에서 온 일본인이 문제야. 그 자식은 기계적인 유물론자야. 오카노 스스무岡野進(일본 공산당 대표-옮긴이)의 교본을 한 권 읽은 것 갖고 아는 척하니 참을 수가 없어야지. ……우리 신문은 〈민주일보〉야. 공산당 기관지가 아니라고. 팡 씨 무리에게는 일본인의 뒤떨어진 단계가 이해가 안 되겠지. 여러분 우리는 우리를 위해 우리의, 이딴 식의 논조로 해봐. 이 신문은 사흘 만에 폐간이야!"

오키시마는 그 말을 들으면서 미치코에게 인사하고 쓴웃음을 지었다.

"하지만 일본인 반동분자의 적발이라는 점에서는 우리 신문이 확실히 약한 건 사실이야!"

오키시마 옆에 앉은 까무잡잡한 사내가 씩씩거렸다.

"옛날 회사 간부들의 반동성을 철저하게 폭로할 필요가 있어."

"철저하게 폭로한다는 건 떠들어대는 게 아니야. 난 신랄하게 쓰고 있다고 생각해."

"인텔리야, 당신은. 감각이 대중적이지 못하니까 시 정부에서 불만이 나오는 거라고."

"그런 경향이 없는 것도 아니지."

나이가 지긋한 다른 사내가 말했다.

"좀 더 과감하게 전투적인 논조로 바꿔보는 건 어떨까?"

"안 돼!"

노토가 단호하게 고개를 가로저었다.

"일본인의 생활 감각을 무시하고는 뭘 써도 의미가 없어."

"생활 감각만을 내세우다간 시종 대중에게 끌려다닐 수밖에 없지 않을까?"

"끌려다니지 않아! 느닷없이 혁명의 방정식을 갖다 대고 맞지 않는 부분을 잘라내는 짓은 하지 않겠다는 거야. 자네는……."

노토는 처음에 말한 까무잡잡한 사내 쪽으로 고개를 돌렸다.

"대중, 대중 하는데, 만주에 있는 일본인 대중이란 게 어떤 것인지나 알고 있나?"

"…… 굉장하구나."

미치코는 등사판을 긁고 있는 야스코에게 나직이 말했다.

"아까부터 같은 얘기만 한 시간은 했을 거야. 혁명은 입에서 나오나 봐."

야스코는 혀를 날름 내밀었다.

"허 참!"

노토가 돌아보았다.

"야스코는 이런 이야기를 진지하게 듣지 않으니까 언제까지나 생각 없이 사는 거야."

"생각 없이 살아서 죄송하네요."

야스코가 말괄량이 같은 얼굴로 다시 혀를 내밀었을 때 노토는 이미 등을 돌리고 이야기로 돌아가 있었다.

"만주의 일본인 대중이란 것은 근로 대중이 아니란 말이야. 모두가 노동 귀족이야. 의식이 뒤떨어져 있는 데다 건전하지 못해. 여태 20대 애송이가 중국인 노동자를 함부로 부려왔으니까. 그런 인간들에게 혁명의 필연성을 설득하려면 끈기가 필요한 거야, 끈기가!"

"저기 잠깐, 오키시마 씨."

야스코가 느닷없이 괴상한 소리를 냈다.

"이 칸은 어떻게 하는 거예요? 비워두었는데 당신들은 계속 회의만 하고 있으니……."

"인민 해방군의 승리 박두, 그렇게 쓰면 시 정부에서 시비를 걸지는 않을 겁니다."

"무슨 말이에요? 여긴 난민 구제 자금란이잖아요. 누가 쓸래요?"

미치코는 고개를 가볍게 저으며 미소를 짓고 있었다.

"재밌어 보이는구나……. 나도 일해보고 싶어지는걸."

"제발 그래주겠니? 나 혼자서는 도저히 못하겠다. 남자들이 아주 멋대로라니까! 배갈 마실 시간이 있으면 등사일을 좀 도와줘도 되는 거 아니니?"

야스코는 펄펄 뛰며 화를 내고는 있지만 결코 불쾌한 것 같지는 않았다.

"안 돼요, 아주머니."

오키시마의 부리부리한 눈이 웃었다.

"지금 내전은 점과 선에 관한 한 국민당 쪽이 우세한 상황이니까 언젠가는 이 거리에도 닥칠 거예요. 우린 일이 없으니까 어딘가로 튀거나 하면 그 신경질쟁이 아가씨는 거리를 떠돌게 될 테니 아주머니는 병원에 딱 붙어 있는 게 좋아요. 취사부면 훌륭하죠. 국민당 놈들도 병원은 손대지 않을 거예요."

"뭐야, 자네!"

까무잡잡한 사내가 부루퉁한 표정으로 말했다.

"벌써부터 내뺄 준비를 하는 건가? 우리가 그렇게 약하게 구니까 시정부가 신뢰하지 않는 거야!"

"이봐, 큰소리는 그때 가서 쳐."

오키시마의 눈이 반쯤 노기를 띠었다.

"옆 마을에 국민당이 들어왔을 때 가장 먼저 파랗게 질릴 놈이 누굴 것 같아?"

"나라는 말인가?"

"그럴지도 모르지."

"그만두지 못해!"

노토가 얼굴을 찌푸렸다.

"대중에 대해서 논의 중이야. ……어쨌든 시 정부에 일본인 대중의 기생적인 약점이란 걸 인식시켜줄 필요가 있어……."

"이제 토론은 그만!"

야스코는 일어서서 난로 위의 주전자를 내려놓았다.

"원고나 쓰세요, 어서. 난 또 밤늦게까지 일하긴 싫다고요."

미치코도 난롯가로 다가왔다.

"모두들 활기에 넘치는 모습이 보기 좋네요. ……그이가 돌아오면 동료로 끼워주시겠어요?"

"기다리고 있습니다, 저는."

노토가 말했다.

"오키시마 군의 말다툼 상태가 또 한 명 늘어나겠지만요."

"그 녀석하곤 이제 안 싸워."

오키시마가 빙그레 웃었다.

"적당한 선에서 내가 먼저 손을 들지 않으면 끝까지 물고 늘어질 녀석이거든. 아마 이번에 돌아오면 이가 엄청나게 날카로워져 있을 거야."

"그러면 저도 여기서 일하게 해주세요."

난로 열기에 상기된 탓인지 미치코의 얼굴은 밝은 장밋빛 웃음으로 발그레했다.

"국민당이 들어와서 피난 가게 되면 저도 같이 가겠어요. 가는 곳마다 어디로 가야 할지 고민해야 할 텐데, 그럴 바엔 이번에야말로 꼭 같이 갈래요. 오키시마 씨, 걱정 마세요. 이 손 좀 보세요. 힘든 일도 거뜬히 할 수 있으니까요."

"그럼 난 외톨이의 고민거리나 투덜거리면서 따라가야 되겠다."

야스코가 생기 있는 눈을 반짝이면서 흰 이를 보이며 웃었다.

"그래도 그 편이 낫지. 네가 혼잣말로 중얼거리는 걸 들으면 나까지 가슴이 짠해진다니까."

"야스코는 일이나 열심히 하고 있어."

노토가 말했다.

"그러면 내가 시베리아에서 돌아오는 빠릿빠릿하고 멋진 청년을 소개시켜줄 테니까."

"이런 건 말로 하기 전에 몰래 실행부터 하는 거예요."

"시베리아라……"

오키시마와 다툰 사내가 말했다.

"나도 가 보고 싶다는 생각은 하고 있어. 기한을 내가 정할 수만 있다면 말이지."

"시베리아 말이 나왔으니 하는 말인데, 소이치 만두 할머니가 불과 며칠 전까지만 해도 시베리아까지 어떻게 하면 갈 수 있는지 심각하게 고민하더니……."

나이가 지긋한 사내가 얼굴은 미치코 쪽을 보며 누구에게랄 것 없이 말했다.

"오늘 봤는데 싱글벙글 웃고 있더군. 아들이 돌아왔다나……."

야스코가 황급히 손을 저으며 신호를 보냈지만 때는 이미 늦었다.

미치코의 숨이 거칠어졌다.

"언제요?"

"엊그제라는 것 같았어요. 지금은 몸이 안 좋아서 누워 있다는데 그 할머니는 소원을 성취한 셈이죠……."

"그렇죠……. 돌아왔군요!"

미치코가 뜨거운 한숨을 내쉬었다.

"다행이네요!"

미치코는 남의 기쁨을 축하하며 미소를 지을 생각이었으리라. 입술의 떨림이 목소리로 나타났다. 그 자리에 있던 사람들이 깜짝 놀라서 숨소리조차 죽인 것은 방금 전까지만 해도 장밋빛이었던 미치코의 뺨이 갑자기 핏기를 잃고 끊임없이 흐르는 눈물에 속수무책으로 젖어들고 있었기 때문이다. 미치코는 그럴 수밖에 없었다. 눈물을 참으려고 하면 오열이 터져 나올 것 같았다. 입술을 깨물고 참고 있었다.

오키시마가 미치코의 어깨에 손을 얹었다.

"……돌아올 거예요."

"……네."

미치코가 그제야 흐느껴 울며 고개를 끄덕였다.

"……돌아올 거예요."

41

저기까지 걸어갈 수 있을까? 저 전봇대까지? 광야에 죽 이어져 있는 전봇대를 하나하나 볼 때마다 그렇게 생각했다. 넘어지고 비틀거리고 휘청거리면서 걷는다. 이렇게 여러 개의 산을 넘고 강을 건너왔다. 이렇게 또 끝없이 펼쳐져 있는 황량한 겨울 광야를 건넌다.

가지는 이미 인간의 얼굴이라고는 할 수 없었다. 더럽고 수척해진 얼굴에 퀭하게 들어간 눈만이 집념의 불꽃으로 활활 타오르고 있었다. 흡사 인간이 아닌 귀신을 보는 것 같다. 굶주림이 그의 가장 큰 적이었다. 마지막으로 먹은 것이 며칠 전이었던가? 그는 도둑질할 기력조차 없었다. 구걸할 말도 거의 입 밖으로 낼 수가 없었다. 하고 싶은 말은 가슴속에서만 흘러넘치고 있었다. 불타오르고 있었다. 그는 말을 먹으면서 살아왔다.

사흘 전이었던가. 마을 길에 짐마차가 몇 대 나란히 있고, 일고여덟 명의 건장한 사내가 양곡 마대를 쌓아올리고 있었다. 그들은 누더기 마대를 입고 지나가는 거지는 거들떠보지도 않았다. 일하느라 정신없이 바빴기 때문에 가지는 구걸을 했다간 들이받히거나 걷어차일 거라고 생각했다.

그는 한 사내에게 그 마대를 날라주겠다고 손짓발짓 섞어가며 말했다.

"멜 수 있겠어?"

그 사내는 가지의 몰골을 보며 웃었다.

"무거워. 100근이 넘는다고. ……영차!"

그는 짐마차에서 가지의 등으로 마대를 옮겼다. 가지는 한 걸음은 옮겼다. 그러고 나서 쓰러졌다. 마대가 바위 같은 무게로 가지의 하반신을 누르고 있었다. 사내들은 웃었다.

"일본, 거지인가?"

한 사람이 말했다.

"옛다, 이거나 가져가라."

먹다 남은 것으로 보이는 빠오미삥즈包米餅子(옥수수 가루로 만든 떡—옮긴이) 조각을 던져주었다. 축축한 부분에 흙이 묻었다. 가지는 그것을 두 손으로 움켜쥐고 허겁지겁 먹었다. 그것은 정당한 보수였다. 고통과 굴욕의 정당한 대가였다.

가지는 뭐든지 상관없었다. 먹어서 살아야만 했다. 살아남지 못하면 거기에서 도망쳐 나온 의미가 없었다. 살아서 일상으로 돌아가야만 했다. 돌아가서 다시 출발하기만 하면 과거의 모든 것을 자기 자신에게 설명할 수도, 청산할 수도 있을 것이다.

그는 빠오미삥즈를 흙째 먹었다. 그것이 마지막 음식이었다.

가지는 꿈을 꾸듯이 몽롱한 상태로 전봇대에서 전봇대로 걸었다. 몸 어딘가가, 딱 한 부분만이, 치열하게 살고 있었다. 치열하긴 했지만 지리멸렬하기도 했다. 걸으면서 생각하는 것이 몇 갈래로 찢어져 동시에 웅성거리기도 하고, 끊어지지도 않고 계속되기도 했다.

충분히 걸었어요, 라고 데라다가 말했다. 걷고 있는 거야, 난 아직. 방향을 잘못 잡고 있는 건 아니겠지? 만약에 잘못 잡았다면 가르쳐줘, 제발 부탁이야. 내가 잘못한 걸까? 난 잘못하지 않았어. 하지만 이미 어디를 어떻게 걷고 있는지 모르겠어.

그래, 내가 해치웠어, 그놈은. 그놈이 죽지 않고 똥통에서 기어 나와서 차파예프에게 말했을까? 그 러시아인은 나를 결국 멸망해가는 나라의 인간에 불과하다고 생각했을까?

그때 신조와 함께 도망쳤어야 했어. 그날 밤 분대원들을 데리고 맞은편 능선까지 탈출했어야 했어. 그랬으면 다시로를 죽게 하지 않을 수 있었을 텐데!

난 많은 사람을 죽였어. 그전에 내가 몇 번이나 남에게 죽임을 당했는지 당신은 모를 거야. 제발 날 싫어하지 말아줘. 내가 이렇게 당신에게 가고 있으니까.

단게는 시베리아로 가고 있을 거야. 그 녀석은 날 경멸하거나 부러워하겠지?

미치코, 난 알고 싶어. 당신은 아직 살아 있을까? 당신이 만약 살아 있지 않으면 어떡하지? ……좋아, 그때는 난 아무것도 생각하지 않을 테니까. 아무것도, 아무것도!

　러시아인이 내게 무엇을 가르쳐주었더라? 잊어버렸다. 목숨을 걸고 배운 것을 잊어버리고 말았다. 아무러면 어떠랴, 그따위 것이. 돌아가서 다시 생각해내면 되지. 안 그래?

　미치코, 난 걷고 있어. 그런데 걷고 있다는 느낌이 전혀 들지 않아. 다리가 뒤꿈치밖에 남아 있지 않은 것 같아. 절굿공이 같단 말이야, 다리가. 이쪽으로 가면 되겠지? 저 마을로 가서 구걸을 하고 다시 당신한테로 갈게…….

　그 마을까지는 멀었다. 가지가 도착했을 때는 이미 해가 뉘엿뉘엿 지고 있었다. 무겁게 내려앉은 하늘은 아무래도 눈을 뿌릴 것만 같았다. 가지는 이제 눈도 바람도 두렵지 않았다. 눈은 이제까지 두 번 내렸다. 마른 풀뿌리에 쌓인 눈에 얼굴을 처박다시피 하고 3분씩, 또는 5분씩 잤다. 추위를 느끼지 못하게 되면 죽는다는 것은 알고 있었다. 부들부들 떨면서 자고, 일어나서 걷다가 다시 잠이 들었다. 아무것도 그의 집념을 죽일 수는 없을 것 같았다.

　가지는 집이 줄지어 선 길을 휘청거리며 걸었다. 어린아이와 남자와 여자가 들락날락하고 있었다. 누구나 가지를 보았지만 아무도 그에게 말을 걸지도, 아는 척을 하지도 않았다.

　길가의 다 쓰러져가는 가게 앞에서 노인이 고기만두를 찌고 있었다. 가지는 갑자기 맹렬한 식욕을 느꼈다. 아니, 식욕이라고 말해버릴 단순한 것이 아니었다. 그 냄새를 맡는 순간 위가 입을 딱 벌렸다. 다른 기관은 다 없어져버린 것 같았다. 빨려 들어가듯 다가갔다. 노인이 힐끗 보지만 않았다면, 그리고 그 눈이 벌겋게 충혈되어 있지만 않았다면 가지는 그 자리에서 마구 집어 먹었을 것이다.

노인은 밀반죽 방망이를 휘두르며 위협했다. 가지는 바보처럼 웃었다. 하얗고 반질반질한 껍질에서 김이 모락모락 나고 있는 네모난 고기만두는 근사한 생명의 빛을 지니고 있었다. 이걸 하나 먹으면 10리는 더 갈 수 있을 것이다. 너무나 맛있어 보인다. 뿐만 아니라 그것은 내일을 보장하고 있었다.

무슨 일이 있어도 이것을 먹고 가야겠어!

가지는 네모난 고기만두를 가리키며 더듬더듬 말했다.

"……이거 줘."

돌아온 대답은 "저리 꺼져, 이 자식아!"였다.

바보는 다시 웃었다.

"주면 고맙겠는데. ……난 걸어가야 해. 그러지 않으면 안 돼. 돌아갈 거야. 그러니까 하나만 줘."

노인은 알고 있는 모든 욕을 다 퍼부었다. 거지는 전혀 느끼지 못했다. 무슨 욕을 들어도 먹어야 한다. 죽느냐 사느냐가 마치 이 만두 하나에 달려 있는 것 같았다.

거지는 잠자코 서 있었다. 노인이 귀찮아서라도 줄 거라고 생각한 것은 아니다. 단지 무슨 일이 있어도 먹어야만 했고, 먹을 방법이 없었을 뿐이다. 노인은 이 바보 거지가 쇠약해질 대로 쇠약해져 있었기 때문에 안심했다. 만약의 경우 아무리 노인이지만 밀반죽 방망이를 한 번 휘두르기만 해도 이 거지는 쓰러질 것 같았기 때문이다.

서 있고 싶은 만큼 서 있어라. 그 대신 아무리 서 있어봐야 코딱지만큼도 안 줄 테니까.

거지의 몸이 휘청거리기 시작했다. 노인은 부지런히 반죽하기 시작했다. 노인은 거지의 눈이 두세 번 정열적으로 반짝이는 것을 보지 못했다. 그는 반죽에서 한 손을 떼고 코를 팽 풀었다. 거지는 손을 슬쩍 뻗어 만두를 쥐었다.

가지는 드디어 생명의 덩어리를 획득했다. 그는 엄청난 속도로 달려갔다고 생각했다. 그러나 그 가게 앞에서 열 걸음도 채 못 가서 있는 힘껏 떠밀려 쓰러졌다. 만두가 굴렀다. 가지는 정신없이 기어갔다. 그때는 이미 수십 명의 목소리가 머리 위에서 아우성치고 있었다.

누군가의 손이 가지를 잡아 일으켰다.

"이놈은 일본인이다! 이 도둑놈아!"

가래침이 얼굴 정면으로 날아왔다. 무의식적으로 소매로 얼굴을 닦은 가지에게 몇 개의 손과 발이 무자비하게 날아왔다. 밀려 넘어지고 걷어차이면서 가지는 땅바닥을 뒹굴었다. 콧물과 눈물로 젖은 얼굴이 흙으로 범벅이 되었다. 가지는 아파서, 고통스러워서 운 것은 아니었다. 한심해서 운 것도 아니었다. 눈물은 저절로 흘러나왔다. 눈물은 알고 있었던 것 같다. 지금까지 해온 모든 것이 헛일이었다. 여기까지 와서,

여기서, 이 길이 끊긴 것이다.

"때려죽여!"

"밤새도록 나무에 매달아놓자!"

"이 새끼 군인 같아. 로모즈한테 넘기면 총살이다!"

"끌고 가서 넘겨!"

"때려죽이면 돼. 우릴 엄청 못살게 군 놈이야!"

가지는 개가 앞다리만 세우고 있는 듯한 자세로 양손을 짚고 고개를 숙인 채 욕이 터져 나올 때마다 고개를 부들부들 떨었다. 이제 어떻게 되든 상관없었다. 마지막인 모양이다. 여기까지 최선을 다해 온 것만으로도 누구에게나 용서를 받아야 한다. 힘이 다했다. 마음의 불꽃도 다 타버린 것 같다.

"너, 일본인인가?"

누군가가 가지의 얼굴을 들어 올리고 내려다보았다. 젊은 사내였다. 가지는 고개를 떨궜다.

"왜, 도둑질, 했나, 바보 같은 놈! 배가 고프면 달라고 하지? 도둑질, 누구나 화낸다. 너, 집, 있나? 어디, 있지? 빨리 가는 게 좋아. 다음에 한 번 더 나쁜 짓 하면 죽는다! 알았나?"

젊은 사내는 흙투성이가 된 고기만두를 주워서 노인에게 잠깐 보여주었다가 가지의 손에 쥐여주었다.

"빨리, 돌아가. 빨리, 돌아가."

가지는 부축을 받고 일어서서 앞으로 고꾸라질 듯하며 걷기 시작했다. 한 걸음, 두 걸음, 비틀거리다 멈춰 선다. 그러고 나서 다시 한 걸음, 두 걸음. 가지는 고기만두를 그리운 듯 바라보았다. 입으로는 가져가지 않았다. 그것은 이미 차갑게 식어서 딱딱해져 있었다. 식욕은 사라졌다. 몸에 받은 아픔도 느껴지지 않았다. 방금 전의 구타는 그에게서 육체를 빼앗아갔다. 그는 마음만이 걷고 있었다.

눈이 내렸다. 보기 드물게 솜 같은 눈이다. 초저녁 어둠 속에서 어지러이 흩날린다.

추수를 끝내고 그루터기만 남아 있는 수수밭이 끝없이 펼쳐져 있는 곳이다. 그 끝에 누워 있는 산기슭에서는 길을 가다 날이 저문 나그네를 유혹하듯 따뜻한 불빛이 하나둘 켜지기 시작하고 있었다. 가지는 걸음을 멈추고 멀리 바라보며 미소를 머금었다. 라오후링과는 완전히 다른 곳이었지만 가지에겐 그곳이 마치 추억의 그 산처럼 보였다.

미치코, 마침내 내가 돌아왔어!

가슴속에 희망이 부풀어 올랐다. 가지는 가쁜 숨을 내쉬었다. 밤의 장막에 덮이고, 내리는 눈에 부예진 광야는 끝없이 펼쳐져 있는 것처럼 보이지만 아득한 저편에서 반짝이는 불빛과 가지 사이에 점점이 서 있는 전봇대 하나하나가 확실한 이정표가 되고 있었다. 그것을 세면서 더듬어 가면 된다. 그날 그곳에서 나와 오늘 밤 그곳으로 돌아간다. 얼마나 먼 길을 걸어왔던가!

피로가 기분 좋게 느껴졌다. 황홀했다. 걸어온 보람이 있었다. 한결같은 정열과 노력이 이제 와서 보상을 받는 것 같았다. 자신의 고행이 눈물겹고 대견했다. 미치코, 날 봐줘, 여기까지 온 나를. 이제 괜찮아. 여기서 잠깐 쉬게 해줘. 좀 쉬라고 말해줘.

가지는 수수 그루터기 사이에 앉았다. 펑펑 쏟아지는 눈을 올려다보다가 생각이 나서 네모난 만두를 꺼냈다. 그것은 이미 돌처럼 딱딱하게 얼어 있었다. 가지는 만두에 뺨을 대고 가만히 웃었다. 이걸 갖고 돌아가서 미치코에게 먹여주어야겠다고 생각했다. 700여 일 동안 집을 떠났다가 돌아온 그가 유일하게 주는 선물이다. 아무 말을 안 해도 이것이 모든 것을 말해주리라. 이 사람은 이렇게 사랑하는 여자에게로 돌아왔다고.

미치코, 당신은 기뻐해줄 수 있을까? 그곳에서 나온 것이 잘못이었다고 생각하지 않게 해줄 수 있을까?

이제 다 왔어. 난 괴로움만을 안고 걸어왔지만, 그것도 이제 끝이야. 오늘 밤 난 당신을 보겠지. 당신의 목소리를 듣고, 손으로 만져보고, 생각해내겠지. 그래, 잃어버렸던 모든 것을 오늘 밤 꼭 되찾아올 거야.

이제 다 왔어. 5분만 쉬게 해줘. 5분만 쉬고 갈게. 오늘 밤 안에는 꼭 도착할 테니까.

가지는 저녁 어둠 속에서 소리 없이 내리는 눈 사이로 멀리 반짝이는 불빛을 바라보며 행복한 듯 몇 번이나 미소를 지었다.

결국은 안녕이라고 말하지 않아도 되겠구나. 실현할 수 없는 꿈이었던 것이 저기 있다. 평화롭게 깜빡이며 기다리고 있다. 이제는 조금 쉬었다가 기운을 차려서 돌아가기만 하면 된다. 미치코, 당신과 나의 삶은 오늘 밤부터 새롭게 시작되는 거야.

가지는 그곳이 마치 푹신한 잠자리라도 되는 듯 등을 펴고 그루터기 사이에 누웠다. 미치코가 문을 열고 뛸 듯이 기뻐하는 그 순간의 얼굴과 안에서 탁탁 소리를 내며 타고 있을 따뜻한 불 외에는 아무것도 생각하지 않았다.

눈은 그칠 줄을 모르고 줄기차게 쏟아졌다.

멀리서 반짝이는 불빛까지 가리는 것 하나 없는 어두운 광야를 조용히 발소리를 죽이며 시간이 흘러갔다.

무심코 쏟아져 내리는 눈이 마침내 사람이 누워 있는 모양의 낮고 작은 언덕을 만들었다.

〈끝〉

고미카와 준페이의 회상적 약력

※

1916년 3월, 만주 랴오둥 반도遼東半島의 다롄 만大連灣에 면한 한촌에서 태어났다. 1928년, 1학년부터 6학년까지 전교생이 약 60명인 초등학교를 졸업하고 다롄 제1중학교에 입학했다.

1933년, 다롄 제1중학교를 졸업하고, 만철장학자금의 장학생이 되어 도쿄 상과 대학(현 히토쓰바시 대학) 예과에 들어간다.

이듬해, 동과를 자퇴하여 장학금 혜택을 스스로 차버리는데 당시 문학에 심취해 있던 탓이 컸던 듯하다. 이후 후쿠시마 현福島縣 오누마 군大沼郡의 스기토게杉峠에 있는 작은 금광 등을 전전하다 다롄으로 돌아와 수험생의 가정교사를 하면서 미래에 대해 다시 생각하게 된다.

1936년, 도쿄 외국어학교 영어부 문과에 입학한다. 이때는 스스로 선택한 길이라서 고학^{苦學}은 각오하고 있었다. 이듬해 중일전쟁이 발발하고, 또 그 이듬해에는 '공산주의' 학생들이 모조리 검거되는 사건이 벌어진다. 이때 고미카와는 독서 동아리와 연구회에 참여했다는 이유만으로 말로만 듣던 특별고등경찰의 육체적·정신적 고문을 당하지만, 때마침 상경한 매형의 정치 이권 브로커적인 운동에 의해 석방된다.

1940년, 학교를 졸업하고 만주에 있는 거대 군수회사에 취직한다. 이때가 생활상의 필요와 감상적 휴머니즘을 유착시켜서 자신의 존재의 정당화와 합리화를 위한 궤변적 조작이 시작되는 시기다.

1943년 가을, 광산 노무관리에 종사하며 '특수 광부'를 처형시키는 자리에 입회한다. 이 자리에서 그는 인생은 이제 되돌릴 수 없다, 평생 끊임없이 스스로를 오염시킬 뿐이라고 느낀다.

같은 해 소집영장을 받고 군에 입대한 뒤 약 2년간 동부 소만 국경을 전전한다. 대학을 졸업한 다른 병사들과는 달리 간부후보생은 지원하지 않고, 병사로서는 우수한 부류에 속한 듯 현역병을 제치고 초년병의 교육 조수가 된다.

1945년 8월 13일, 소련군과 전투를 벌이다 소속 부대원 전원이 전면한다. 폐허가 된 전장을 탈출하기 전까지 파악한 정황이 틀리지 않다면 생존자는 158명 중 4명이다. 같은 해 12월, 반생반사의 상태로 겨우 출생지로 돌아온다.

이상이 소설 《인간의 조건》의 배경적 연보다.

작가는 이러한 경험을 바탕으로 하여 1955년에 《인간의 조건》을 발

표하는데, 이후 이 소설은 일본에서만 1,500만 부가 넘게 팔리는 초베스트셀러가 되며 현재까지도 휴머니즘 문학의 걸작으로 손꼽히고 있다. 이 소설은 또 일본에서 3부작 영화와 드라마로도 제작되어 많은 사람의 사랑을 받았다.

1978년에는 기쿠치칸 상菊池寬賞을 수상했다.

옮긴이의 말

인간이 인간으로 살아가는 조건

✤

《인간의 조건》은 프랑스의 작가 앙드레 말로의 공쿠르상 수상작과 제목이 같다. 앙드레 말로의 《인간의 조건》은 1933년에 발표되었고, 고미카와 준페이의 《인간의 조건》은 1955년에 발표되었으니 꼬박 22년의 시차를 두고 같은 주제의, 같은 제목의 두 걸작이 탄생한 셈이다.

두 작품은 공히 인간이 인간으로 살아가는 최소한의 조건이 무엇인지를 이야기하고 있다.

역사적인 큰 흐름 속의 개인과 그 개인의 현실 속 삶 사이에서, 인간으로 산다는 것과 인간이 아닌 것으로 산다는 것 사이에서, 지배와 피지배의 사이에서, 속박과 자유의 사이에서, 과거와 미래의 사이에서,

본능과 이성의 사이에서 갈등하고 방황하는 인간 군상의 다양한 모습을 통해 읽는 이로 하여금 스스로 인간이 인간으로서 갖추어야 할 조건이 무엇인지를 생각하게 하고, 인간이 인간으로서 마땅히 행하여야 할 바른 길을 찾게 한다.

고미카와 준페이의 《인간의 조건》은 1943년부터 1945년까지가 시간적인 배경이다. 공간적인 배경은 만주의 라오후링 광업소와 소련과 만주의 국경 지대 등 오늘날 중국의 동북부 지방, 즉 만주 일대다.

1943년은 1941년 일본의 진주만 공습으로 본격화된 제2차 세계대전이 미일 간의 치열한 공방으로 절정에 달한 해다. 또 1945년은 소련의 대일對日 전쟁 참전이 결정되면서 연합국 측으로 전세가 급격히 기울자 일본이 마침내 항복을 선언하며 제2차 세계대전이 공식적으로 종결된 해다.

만주는 일본 관동군이 만주사변을 일으켜서 중국 동북부 지방에 만주국이라는 친일 괴뢰정권을 세운 곳이다. 당시 그곳으로는 많은 일본 기업이 진출하여 제2차 세계대전에 소요되는 일본군의 군수물자를 공급하는 핵심적인 역할을 했고, 많은 일본인이 이주하여 병사가 되거나 일본 군수회사의 일원이 되어 직간접적으로 전쟁에 협력하는 역할을 했다.

이 책의 주인공인 가지도 만주의 제철회사에 다니면서 군수회사의 양치기 개로서, 또 갑작스런 사건에 연루되어 군에 징집되어서 군인의 신분으로 본인의 의사와는 상관없이 전쟁에 직간접적으로 협력하게 된다.

가지는 그렇게 전쟁을 겪으면서 자신이 태어나서 한 번도 경험해 본 적이 없는 일을, 아예 듣도 보도 못한 해괴한 사건들을 직접 눈앞에서 보고, 누군가의 입을 통해 들으며 경악한다. 그리고 때로는 그 사건들에 직접 연루되어 어쩔 수 없이 가해자가 되기도 하고, 피해자가 되기도 한다. 그것들은, 가지의 기준으로는, 인간이 인간으로서는 해서는 안 될 짓이고, 인간이 인간에게는 해서는 안 될 짓이며, 인간과 인간 사이에서는 도저히 있을 수 없는 일들이었다. 다시 말해서 인간으로서 갖춰야 할 최소한의 조건도 갖추지 못한 짐승들이나 하는 짓들이었다.

가지는 스스로가 인간다운 인간으로 살기를 원하고, 인간을 인간으로서 대우하겠다고 굳게 결심하고 있었다. 그러나 인간으로서는 하지 못할 그 모든 일들을 겪으면서 의지와는 상관없이 차츰 짐승화되어 가고 있는 자신의 모습에 당혹감과 수치심을 감추지 못한다. 또 그 모든 일의 원인 제공자이자 배후가 되고 있는 조국 일본과 동포들의 야만성과 잔인함에 말로는 할 수 없는 깊은 배신감과 혐오감을 느낀다.

한 인간이 '인간의 조건'에서 완전히 벗어난 짓들을 보거나 듣거나 하거나 당하면서 과연 그는 어떤 생각을 하게 될까? 또 그런 것들은 한 인간에게 어떤 영향을 끼치고 결국엔 그 인간을 어떻게 바꿔놓을까?

 어떤 이는 스스로 인간이기를 포기하고 주변 환경에 맞춰가며 살 것이다. 어떤 이는 끝내 주변 환경에 굴복하여 스스로 삶 자체를 마감할 수도 있을 것이다. 그러나 가지는 인간이기를 포기하지 않았다. 주변 환경에 굴복하지도 않고 끝까지 인간으로 살기 위해, 인간다운 인간으로 살기 위해 스스로를 다잡고 인간이 아닌 모든 것들에 맞서 싸웠다.

 나는 이 책에서 주인공 가지를 통해 인간이 인간으로서 갖춰야 할 최소한이자 기본적인 조건이 무엇인지를 볼 수 있었다. 그 기본적인 조건을 갖춘 인간이 주변 환경에 의해 어떻게 흔들리고 방황하는지도 보았다. 그리고 가장 중요한 것은 인간이 '인간의 조건'을 지키기 위해서는 어떤 희생을 감수해야 하고, 어떤 노력을 해야 하고, 어떤 마음가짐으로 있어야 하는지를 배웠다.

 비록 어쩔 수 없는 상황이었다 해도 인간으로서의 도리와 양심을 버린 채 도둑질을 하고, 짐승처럼 폭력을 휘두르고, 잔인하게 누군가를 죽이고 있는 자신의 모습이 너무도 낯선 가지. 그런 자신의 행동과 모습에 후회도 하고, 방황도 하고, 갈등도 했지만 끝 끝내 인간이기를 포기하지 않았던 가지.

 난 그에게서 인간이면 당연히 가져야 할 기본적인 '인간의 조건'을 배웠다. 그렇게 배운 인간의 조건을 나 역시 가지처럼 죽을 때까지 내

것으로 지키며 살려고 한다.

  그리고 또 한 가지, 이 책을 통해 내가 배운 것을 이제는 세상 모든 사람들에게도 전해주고 싶다.

  상식이 통하지 않는 사회, 인간다운 인간을 보기 힘든 사회, 인간으로서의 도리를 지키며 살 수 없는 사회, 인간이 인간이 아닌 것들에게 지배당하고 핍박받는 사회가 되지 않도록. 또 우리 자식에게는 적어도 인간으로서 인간다운 도리를 지키며 인간답게 살 수 있는 사회를 물려주기 위해…….

옮긴이 김대환

 6 집으로 가는 길

한국어판 ⓒ 도서출판 잇북 2014

1판 1쇄 발행 2013년 11월 11일
1판 2쇄 발행 2014년 4월 4일

지은이 | 고미카와 준페이
옮긴이 | 김대환
펴낸이 | 김대환
펴낸곳 | 도서출판 잇북
캘리그라피 | 신영복
책임편집 | 김랑
책임디자인 | 한나영
인쇄 | 대덕문화사

주소 | (413-736) 경기도 파주시 와석순환로 347
전화 | 031)948-4284
팩스 | 031)947-4285
이메일 | itbook1@gmail.com
블로그 | http://blog.naver.com/ousama99
등록 | 2008.2.26 제406-2008-000012호

ISBN 979-11-85370-01-9 04830
ISBN 978-89-968422-5-5(세트)

* 값은 뒤표지에 있습니다. 잘못 만든 책은 교환해드립니다.